Herz aus Gold und Asche

Ammon, Katja:
Herz aus Gold und Asche
ISBN 978 3 522 50532 1

Umschlaggestaltung und -typografie: formlabor
Innentypografie und Satz: Kadja Gericke
Reproduktion: Digitalprint GmbH, Stuttgart
Druck und Bindung: GGP Media GmbH, Pößneck

FSC www.fsc.org
MIX
Papier aus verantwortungsvollen Quellen
FSC® C014496

KATJA AMMON

Herz aus Gold und Asche

PLANET!

Für Djordje und Ilija

Kapitel 1

Minutenlang stand ich am Fuß der Treppe, vor dem Hauptgebäude von Panazea, dem Pharmaunternehmen, für das schon mein Vater gearbeitet hatte. Ich konnte an nichts anderes denken, als an die Möglichkeit, dass Tante Sina vielleicht doch recht behielt mit ihren Anschuldigungen. Wenn sie es mir wenigstens einmal erklärt hätte, warum sie der Firma die Schuld am Tod meiner Eltern gab. Aber wenn ich sie danach fragte, sagte sie immer: »Das ist kompliziert, Elin«, und damit war das Gespräch beendet.

Ich brauchte diesen Job – und ich wollte ihn! Denn er beinhaltete ein Chemiestudium. Ein Traum, den ich angesichts unserer finanziellen Situation schon lange begraben hatte.

Mit weichen Knien stieg ich die weitläufige Treppe zum Haupteingang hoch und trat durch die automatische Drehtür ins Foyer. Ein schwacher Zitrusduft umfing mich. Der Eingangsbereich der Firma war gigantisch. Ein moderner Palast aus weißem und schwarzem Marmor. Ich schaute mich in der von Säulen eingefassten Halle um. Das Firmenlogo aus blank poliertem Metall prangte mir entgegen.

Es hing vor einer schwarzen Wand, an der das Wasser wie ein dünner Vorhang plätschernd hinunterlief. Das warme Licht, das die Halle ausleuchtete, kam von unzähligen Spots, die wie ein Sternenzelt über mir funkelten.

Ich zupfte meinen Blazer zurecht und begab mich zur Anmeldung.

»Guten Morgen«, begrüßte ich die Dame hinter der Theke. »Mein Name ist Elin Bergmann, ich habe ein Bewerbungsgespräch mit Herrn Leva.«

»Guten Morgen, Frau Bergmann«, lächelte sie. »Nur einen Moment, bitte, ich melde Sie gleich an.« Sie hob den Hörer ab und hielt die Hand auf die Sprechmuschel. »Sie können noch einen Moment dort drüben Platz nehmen.«

Ich schaute über meine Schulter und entdeckte ein paar hohe Topfpflanzen, die um eine Ledergarnitur gruppiert waren. »Vielen Dank.«

Beim Wartebereich angekommen, ließ ich mich auf der Couch nieder und griff mit zittrigen Händen nach einer Firmenbroschüre.

»Frau Bergmann?«

Ich fuhr hoch. Eine Frau mittleren Alters tauchte wie ein Wirbelwind mit ausgestreckter Hand neben mir auf. »Deiss«, lächelte sie. Die kurze blondierte Dauerwelle wippte noch nach. Ihre Fröhlichkeit steckte mich sofort an. Unauffällig strich ich die schwitzigen Hände an der Hose ab und begrüßte sie.

Sie führte mich quer durch das Foyer zu den Aufzügen. »Wir müssen nach oben in den vierundzwanzigsten Stock, dort werden Sie von Herrn Dr. Leva und Herrn Dr. Siller erwartet. Dr. Leva ist der Leiter der Forschungsabteilung für Onkologie, in der Sie arbeiten würden, und Dr. Siller ist unser CEO.«

Hatte ich mich verhört? Der oberste Chef der Firma würde mich interviewen? So ein Aufwand wegen einer Ausbildungsstelle?

Der Aufzug kündigte sich mit einem Klingen an, und Frau Deiss ließ mir den Vortritt. »Bitte schön.«

Nachdem sich die Türen geschlossen hatten, lächelte sie mir aufmunternd zu. »Hört sich schlimm an, was? Aber machen Sie sich keine Sorgen, Dr. Siller ist sehr nett.«

Oben angekommen verließen wir den Lift und gingen einen mit grauem Teppich belegten Korridor hinunter. Vor der Bürotür drehte sich Frau Deiss noch einmal zu mir um. »Bereit, Frau Bergmann?«

»Bereit«, sagte ich mit einem Nicken.

Sie klopfte und drückte die Klinke nach unten. Ich folgte ihrer einladenden Geste in das Zimmer. Ein langer ovaler Designertisch aus dunklem Holz beherrschte die Mitte des Büros. Um ihn herum standen schwarze drehbare Lederstühle mit hohen Rückenlehnen. Helle Spotlampen ersetzten das Tageslicht im durch Jalousien verdunkelten Raum. An den Wänden hingen Diplome und Zertifikate, die angestrahlt wurden. Dann erst fiel mein Blick auf die zwei Herren, die sich nun erhoben. Der ältere kam auf mich zu und reichte mir die Hand.

»Elin Bergmann!«, begrüßte er mich. »Mein Name ist Christoph Siller, ich bin der Geschäftsführer von Panazea. Es wird Sie vielleicht wundern, aber ich lasse es mir nicht nehmen, vielversprechende Auszubildende selbst unter meine Fittiche zu nehmen. Jugend ist Zukunft!« Ein freundliches Lächeln erhellte sein bärtiges Gesicht. Mit seinem karierten Hemd, dem Strickpullunder und der Cordhose sah er nicht aus, wie ich mir einen Geschäftsführer vorgestellt hatte. Nur der scharfe Blick aus den klaren, graublauen Augen ließ vermuten, dass er mehr war als der nette Opa von nebenan.

»Guten Tag, Herr Dr. Siller«, erwiderte ich. »Vielen Dank für die Einladung.«

»Timon Leva. Leiter der onkologischen Forschungsabteilung«, sagte der Jüngere und gab mir die Hand. Ich schätzte ihn auf Mitte zwanzig, also kaum älter als ich selbst. Ganz im Gegensatz zu mir war er aber schon Doktor und Leiter einer Abteilung!

Er trug einen schwarzen Anzug mit hellblauem Hemd, das perfekt zu seinen eisblauen Augen passte, die mich kritisch musterten. Er hatte dunkle Haare und ein feines kantiges Gesicht.

»Freut mich«, sagte ich, in der Hoffnung, er würde mich dann loslassen, denn meine Hand schmerzte bereits von seinem Macho-Griff.

»Frau Deiss haben Sie ja schon kennengelernt, sie ist unsere gute Fee und die Chefin der Personalabteilung«, sagte Dr. Siller mit einem Zwinkern.

Frau Deiss stand am Ende des Tisches, beide Hände auf die Stuhllehne gestützt. Ich nickte ihr zu und erwiderte ihr Strahlen.

»Möchte jemand einen Kaffee?«

»Gern, Lucinda, danke«, sagte der Geschäftsführer.

»Für mich auch«, sagte Leva schroff.

»Und Sie, Frau Bergmann?«

»Sehr gern. Vielen Dank.«

»Wunderbar«, strahlte Dr. Siller. »Dann setzen wir uns doch erst einmal.« Er zog den nächsten Stuhl ein Stück nach hinten und bot mir den Platz an. Ich setzte mich und versank gleich ein Stück in dem weichen Leder.

»Also, Frau Bergmann«, sagte er an mich gewandt. »Ich werde Ihnen kurz die Firma vorstellen, und danach wird Ihnen Dr. Leva etwas über den Job und die Aufgaben erzählen, die Sie hier erwarten würden.«

Ich riskierte einen Blick zum »Herrn Doktor«, aber der verzog keine Miene, was mein Lächeln ersterben ließ, bevor es sich geformt hatte.

»Danach sind Sie an der Reihe und dürfen uns ein bisschen über sich erzählen. Sind Sie damit einverstanden?«

»Natürlich.« Ich war überrascht, dass ich nicht gleich durch die Mangel gedreht wurde, aber mir sollte es recht sein.

Leva wandte seinen Blick nicht von mir ab. Seit ich den Raum betreten hatte, verfolgte er jede meiner Bewegungen. Das wurde mir langsam unangenehm. Hatte ich einen Fleck auf der Bluse? Ich schaute kurz an mir hinunter. Nichts.

»Ich habe eine kleine Präsentation zusammengestellt«, sagte Dr. Siller und hantierte an den Schaltern herum, die in den Tisch eingelassen waren. Eine Leinwand erschien in seinem Rücken, und der Beamer summte auf, während sich das Licht von allein dimmte. Als Dr. Siller zu sprechen begann, schaute auch Leva endlich nach vorne. Erleichtert atmete ich auf.

Panazea war 1697 gegründet worden, wobei die Wurzeln der Firma noch viel weiter zurückreichten. Auf die lange Tradition seines Unternehmens schien Dr. Siller besonders stolz zu sein. Schon immer galt ihr Hauptinteresse der Krebsforschung, was sie heute zu den führenden Spezialisten auf diesem Gebiet machte.

Sofort musste ich an meinen Bruder denken. Trotz all der Forschung gab es keinen Weg daran vorbei, dass Nico so leiden musste. Er war doch erst vierzehn. Das Leben konnte so ungerecht sein. Sechs Monate intensiver Krebstherapie hatten ihm schlimm zugesetzt. Ich musste tatenlos zusehen, wie mit jedem Chemoblock ein weiteres Stück seiner Fröhlichkeit und Lebenslust erlosch. Er war nur noch Haut und Knochen gewesen, als er vor zwei Wochen endlich wieder ganz nach Hause durfte. Jetzt begann die sogenannte »Erhaltungsphase« der Leukämietherapie. Weitere eineinhalb Jahre, in denen er starke Tabletten schlucken musste, in der Hoffnung, dass der Krebs nicht zurückkam. Die ständige Angst um ihn belastete mich sehr. Ihn heute Morgen nach so langer Zeit wieder einmal lachen zu hören, war ein unglaubliches Gefühl gewesen.

Erst als die Tür aufging und Frau Deiss mit einem Tablett erschien, auf dem sie vier Tassen balancierte, bemerkte ich, dass ich total abgeschweift war. Erschrocken richtete ich mich auf. Mein Blick streifte Leva, der mich schon wieder wie gebannt fixierte. Demonstrativ schaute ich nach vorne und versuchte, mich auf Dr. Sillers Vortrag zu konzentrieren, was mir nur mäßig gelang.

Als dieser geendet hatte, drückte er ein paar Knöpfe vor sich. Die Leinwand verschwand, und die Jalousien fuhren nach oben. Die bodentiefe Fensterfront gab einen gigantischen Blick auf die Stadt frei.

»So, das war's über die Firma. Haben Sie Fragen dazu?«

Ich wusste, dass ich irgendetwas sagen sollte, das machte einen guten Eindruck. Mein Problem war, dass ich das meiste von Dr. Sillers Ausführungen verpasst hatte. Ich räusperte mich. »Also … Sie sagten, dass Panazea führend ist auf dem Gebiet der Krebsforschung. Nun gibt es Tausende von verschiedenen Krebsarten. Forschen Sie da auf speziellen Gebieten wie zum Beispiel Leukämie, oder decken Sie mit Ihrer Forschung alles ab?«

»Eine ausgezeichnete Frage, Frau Bergmann. Man merkt, Sie haben sich mit dem Thema auseinandergesetzt«, sagte Dr. Siller. »Das Medikament, das wir entwickeln, kann für jegliche Arten von Krebs eingesetzt werden.« Er machte eine Pause. »Sie verstehen sicher, was das für ein gewaltiger Durchbruch wäre.«

»Ich denke schon«, nickte ich. Nico musste eine ganze Batterie von Medikamenten schlucken, um nur eine Art Krebs zu bekämpfen, und die entwickelten hier ein Medikament, das alle Arten von Krebs heilen konnte? »Aber ich dachte, jede Krebsform sei so individuell, dass das gar nicht möglich wäre? Eine Chemotherapie ist ja im Grunde auch nichts anderes als ein Rundumschlag, der den ganzen Körper lahmlegt.«

»Schon«, riss Leva das Wort an sich, »aber Krebszellen haben etwas gemeinsam, sie sind gegenüber gesunden Zellen verändert.« Er musterte mich. »Das ist unser Ansatz.«

Als ich nicht reagierte, kniff er kurz den Mund zusammen und erweiterte seine Erklärung um den nächsten kryptischen Satz. Seine Stimme nahm dabei eine genervte Färbung an. »Wenn wir die gesunden Zellen ausschließen, kann der Wirkstoff gegen den Rest ankämpfen.«

In meinem Hirn ratterte es. Er machte mich nervös.

Seine Brauen zogen sich finster zusammen. »Verstehen Sie das?«

»J-ja«, stotterte ich. »Das … das klingt logisch.« Die Frage, warum das bisher sonst niemand geschafft hatte, verkniff ich mir.

Eine peinliche Stille breitete sich aus.

»Wenn sonst alles geklärt ist«, durchbrach Leva schließlich das Schweigen, »kommen wir zum Job.« Übergangslos begann er, mir die Bedingungen zu erläutern: Ich würde drei Tage arbeiten und drei Tage an der Uni sein. Das hieß nur einen Tag Wochenende. Aber das war mir egal. Ich konnte studieren, und dafür würde ich fast alles tun. Im Labor würde ich Leva unterstützen und »einen Beitrag zur Forschungsarbeit« leisten, wie er es ausdrückte. Das klang alles so unglaublich, dass es mich gleich wieder nervös machte, denn noch hatte ich den Job ja nicht. Das vergaß ich gelegentlich, da irgendwie der Eindruck entstand, dass ich schon eingestellt war. Aber das war bestimmt nur Taktik. Ich hatte viel über solche Interviews gelesen, da gab es echt fiese Strategien.

»Fragen?«

»Wann würde das Studium beginnen?«

Leva blätterte in seinen Unterlagen, wurde aber nicht fündig. »Irgendwann im Oktober. Ich werde es heraussuchen.«

»Die Anstellung würde aber schon vorher beginnen, oder?«

»Ja.« Der Hauch eines Lächelns umspielte seine Lippen. »Im Prinzip ab sofort.«

Ich nickte. »Das wäre toll. Ich würde gern so schnell wie möglich anfangen.«

Nach den persönlichen Fragen wurde ich von Frau Deiss noch über das Gehalt und organisatorische Dinge aufgeklärt. 4450 Schweizer Franken pro Monat? Und das für einen Ausbildungsplatz! Mann! Ich dachte, ich hätte mich verhört, aber sie wiederholte es ein weiteres Mal. Natürlich ließ ich mir nichts anmerken, aber mein Puls raste immer noch, als sie mich nach draußen begleitete. Sie bat mich, einen Moment zu warten, bis sich die Herren beraten hatten.

Wollten die sich etwa gleich entscheiden? War das normal? Das kam mir alles merkwürdig vor, und ich konnte kaum ruhig sitzen. Aber tatsächlich, nach wenigen Minuten rief mich Leva wieder herein. »Wir gratulieren, Frau Bergmann.«

»Wie?« Ich schaute von einem zum anderen. »Im Ernst, ich habe den Job?«

Dr. Siller lachte. »Sie haben den Job – wir sind überzeugt, dass Sie in unseren Kreis passen und motiviert sind.«

»Und wie!«, rief ich. »Vielen Dank.«

»In dem Fall, bis Montag.«

Aus Levas Mund klang alles wie ein Befehl, aber daran musste ich mich wohl gewöhnen.

»Acht Uhr beim Empfang. Ich hole Sie ab.«

»Perfekt!«

Wir reichten uns die Hände, und Dr. Siller übergab mich wieder in die Obhut von Frau Deiss, die mich bis ins Foyer zurückbegleitete.

Als ich nach draußen trat, blendete mich die Sonne, und frische Frühlingsluft umfing mich. Ich blinzelte. Nur langsam nahm die Welt um mich herum wieder Gestalt an.

Ich konnte nicht fassen, was gerade passiert war. Ich hatte diesen Job bekommen, einfach so! Mein Blick wanderte an dem Gebäude entlang, hoch bis zum obersten Stock. Die Glasfassade glitzerte im einfallenden Licht in allen Farben. Das würde mir niemand glauben.

Noch im Umdrehen ging ich los und knallte sogleich gegen etwas Hartes. Hände umfingen meine Oberarme und stabilisierten mich. »Sie haben es aber eilig, von hier fortzukommen.«

Ich kam nicht dazu, etwas zu erwidern, denn als ich den Blick hob, schaute ich in die unglaublichsten Augen, die ich je gesehen hatte. Die waren golden! Nicht gelb oder bernsteinfarben oder ocker, nein, die Iris schimmerte wie flüssiges Gold. Und diese Augen gehörten zu einem jungen Wachmann mit kurzen pechschwarzen Haaren, die er mit Gel gebändigt hatte. Die markanten Gesichtszüge konkurrierten mit dem sanften Blick. Die perfekt geschwungenen Brauen angehoben, lächelte er mich an, was einen Kranz feiner Fältchen in seine Augenwinkel zauberte. Mein Kopf war wie leer gefegt, und ich musste kurz die Augen schließen, um nicht das Gleichgewicht zu verlieren.

»Geht es Ihnen nicht gut?«

»Doch, doch«, stieß ich hervor. »E-es tut mir leid.«

»Kein Ding«, sagte er und ließ mich los. »Aber es hilft, wenn man den Blick dahin richtet, wo man hinwill.« Er verzog den Mund zu einem schiefen Grinsen.

»Ja, das macht Sinn. Danke für den Tipp.« Ich hörte mich total schlagfertig an. In Wahrheit aber raste mein Herz wie verrückt, und mein Kopf musste feuerrot sein, so heiß wie der sich anfühlte.

»Na dann, einen schönen Tag noch«, sagte er und ging davon. Ich schaute ihm nach. Sein trainierter Körper wirkte kein bisschen plump, im Gegenteil, die Bewegungen erinnerten mich an fließendes Wasser.

»Danke, gleichfalls«, murmelte ich.

Esra

Esra war kaum durch die Drehtür ins Foyer gelangt, als Leva sich vor ihm aufbaute. »Lass die Finger von der Kleinen, Delano!«

»Wie bitte?«

»Konzentrier dich gefälligst auf deine Aufgaben und halt dich von den Leuten fern!«

»Den Leuten, welchen Leu…« Esra weitete theatralisch die Augen. »Moment mal, war das etwa die Tochter von Michael Bergmann?«

Levas Mund verzog sich säuerlich. »Halt dich aus Dingen raus, die dich nichts angehen – Wachmann!«

»Die Dinge gehen mich also nichts an?«

»Nein, tun sie nicht.«

Esra lachte auf. »Interessant, wirklich, Leva, das …«

»Du bewegst dich auf sehr dünnem Eis«, unterbrach er ihn. »An deiner Stelle würde ich den Mund nicht so weit aufreißen.« Er drehte auf den Fersen ab und stolzierte davon.

Kapitel 2

Erst als ich vor Tante Sinas Haus stand, wich das beschwingte Gefühl aus meinem Kopf. Kalte Steinmauern umringten mich in der engen Gasse der Altstadt. Kaum ein Sonnenstrahl drang hier bis auf den Boden durch. Ich hielt einen Moment den Atem an und lauschte in die Stille. Nichts. Nicht einmal ein Vogel war zu hören. Eine Gänsehaut überzog mich. Mit zittrigen Fingern kramte ich in der Tasche nach dem Schlüssel, schob ihn ins Schloss und schlüpfte ins Haus. Was für eine merkwürdige Stimmung. Ich atmete tief durch und versuchte, die Kälte loszuwerden, die mich umfing.

Das würzige Aroma von gekochtem Schinken stieg mir in die Nase, und das Klappern von Töpfen aus der Küche brachte mich zurück in die Wirklichkeit. Ich zog meine Schuhe aus und schlich die Treppe hoch in mein Zimmer.

Das schlechte Gewissen nagte an mir. Ich hätte meiner Tante sagen müssen, dass ich mich ausgerechnet bei Panazea beworben hatte. Wie sollte ich ihr nun erklären, dass ich ab Montag dort arbeiten würde? Plötzlich konnte ich nicht schnell genug aus den Businessklamotten kommen. Ich tauschte sie gegen meine schwarze Röhrenjeans, eine weiße hüftlange Bluse und eine schwarze Weste.

Wenn Sina ihre Theorien hätte beweisen können, warum wich sie mir dann immer aus?

Nein, da war nichts. Panazea war eine ganz normale Firma. Punkt!

Ich löste die Haarspange, sodass mir die kastanienfarbenen Haare in leichten Wellen über die Schultern fielen, und ging hinunter in die Küche.

»Hey Elin.« Nico stieß mir mit einem wissenden Lächeln seinen Ellbogen in die Rippen. Da er mich heute Morgen erwischt hatte, als ich mich rausschleichen wollte, hatte ich ihn einweihen müssen. Jetzt war ich froh, einen Verbündeten zu haben.

»Hey.« Ich küsste ihn auf seinen kahlen Kopf und ging zum Herd hinüber. »Hallo Sina. Das riecht gut.« Ich fischte über ihre Schulter hinweg nach einer Nudel.

Sina schlug mir auf die Hand. »Danke, mein Kind. Und jetzt deck bitte den Tisch.«

Ich grinste.

»Wo warst du eigentlich den ganzen Morgen?«

»Weg«, sagte ich schnell, während ich die Teller verteilte. »Ich musste einiges erledigen.«

»Aha.«

Ich schöpfte Gemüse und Nudeln aus den dampfenden Töpfen, die meine Tante auf den Tisch gestellt hatte. Nachdem sie jedem ein Stück Fleisch gegeben hatte, begann ich sofort, alles in mich hineinzustopfen, sodass mein Mund keine Sekunde leer blieb. Ich hoffte, Sina würde ihren stechenden Blick irgendwann resigniert abwenden. Aber sie lauerte nur darauf, mich im Moment des Herunterschluckens zu packen.

Nach wenigen Minuten verlor sie die Geduld. »Was hattest du denn zu erledigen, wenn ich fragen darf?« Sie gab sich keine Mühe, der Frage etwas Beiläufiges zu verleihen.

Ich schob mir die volle Gabel in den Mund und legte dann das Besteck hin. »Ich hatte ein Vorstellungsgespräch.«

»Oh! Das ist ja toll. Warum hast du denn nichts erzählt?«

»Ich dachte, falls es nicht klappt … also ich wollte nicht …« Ich holte tief Luft. »Ich dachte, ich sag's euch, wenn ich erfolgreich war.«

»Aber Elin, wir würden dich doch nicht verurteilen, wenn es nicht klappt. Das ist doch ganz normal. Die wenigsten bekommen gleich den ersten Job.«

»Ich hab ihn aber bekommen«, sagte ich und lächelte sie an.

»Was?« Sina runzelte die Stirn. »Du hast schon eine Zusage erhalten? Direkt nach dem Vorstellungsgespräch?«

Ich nickte. Nico stieß mich an und grinste.

»Das ist merkwürdig. Bei welcher Firma ist das denn?«

Mein Herz schlug mir bis zum Hals, als sich der Name auf meiner Zunge formte. »Panazea.«

Einen Moment stand alles still. Den Atem angehalten, ließ ich Sina keine Sekunde aus den Augen.

»Panazea!« Meine Tante sprang auf und donnerte ihre Fäuste auf den Tisch. Ich zuckte zusammen. Nico hatte aufgehört zu kauen und saß reglos neben mir.

»Das kann unmöglich dein Ernst sein, Fräulein!«

»Das ist eine große Chance, Sina. Ich könnte nebenher studie…«

»Eine Chance? Du weißt ganz genau, was das für Verbrecher sind!«

»Nein, weiß ich nicht. Du redest ja nie mit mir. Woher soll ich also wissen, was damals deiner Meinung nach passiert ist?«

»Das hat nichts mit meiner Meinung zu tun! Die haben deine Eltern auf dem Gewissen. Schämst du dich gar nicht, auch nur daran zu denken, dort zu arbeiten?« Ihr Zeigefinger hackte bei jedem Wort auf mich hinunter.

»Es gibt keine Beweise. Die Polizei hat nichts gefunden. Der Fall ist abgeschlossen. Es war ein ganz normaler Autounfall!«

»An diesem Unfall war überhaupt nichts normal. Herrgott! Wo ist deine verdammte Loyalität geblieben, Elin?« Ihre violettgrauen Locken hoben sich leuchtend von dem dunkelroten Teint ab, den ihr Gesicht angenommen hatte.

»Dann erzähl mir doch endlich mal deine Version der Geschichte! Alles, was ich immer höre, ist ›Das ist kompliziert‹. Was soll ich damit anfangen?« Ich wischte mir über die feuchten Augen. »Ich wollte nur einen Job, damit wir etwas mehr Geld haben.«

»Ich gebe mir weiß Gott alle Mühe, euch das zu bieten, was ihr gewohnt wart, und nun kommst du mir so!«

»Nein, so habe ich das nicht gemeint. Ich wollte doch nur helfen. Ich weiß, wie hart du …«

»Wir haben genug, auch ohne dass du bei Panazea arbeitest.« Sie drehte sich abrupt um und ging zur Spüle. Diese Diskussion hatte eine völlig verkehrte Richtung genommen. Und alles, was ich sagte, kam falsch an. Offensichtlich war es zu anmaßend, sich um einen Job zu bemühen und etwas aus seinem Leben machen zu wollen.

Auf einmal fühlte ich mich schuldig. Nicht nur dass ich wohl meine Eltern verraten hatte, jetzt dachte Sina auch noch, dass ich undankbar war. Ich war den Tränen nahe, aber die Blöße würde ich mir nicht geben. Krampfhaft schluckte ich sie hinunter.

Nico hatte wieder begonnen zu essen, wenn auch langsam und darum bemüht, keine Geräusche zu machen. Mir war der Appetit vergangen.

Ich starrte auf meine Hände. Plötzlich überdeckte mich Sinas Schatten erneut. »Und du wirst da nicht arbeiten! Hast du mich verstanden?«

Ich war achtzehn, sie konnte mir gar nichts verbieten. So eine Chance würde ich nie wieder bekommen. Diesen Job abzusagen, wäre schlicht und ergreifend dumm! Aber es ging nicht nur um die Ausbildung oder die Karriere, dort zu arbeiten hieße auch, dass ich helfen würde, Nico für immer zu heilen!

Vielleicht war das eine Trotzreaktion, und vielleicht war es egoistisch, vielleicht war es auch falsch und verwerflich oder alles zusammen, aber ich konnte Sina diesen Wunsch nicht erfüllen. Ich stand auf und verließ die Küche, ohne ein weiteres Wort.

»Du bleibst hier!«, brüllte sie mir hinterher, aber da war ich schon zur Haustür hinaus und rannte die Gasse hinunter Richtung Stadtzentrum.

Die hohe mit Efeu überwachsene Mauer stand den dicht gedrängten alten Häusern gegenüber, deren rostrot umrahmte Fenster wie Augen auf mich hinabblickten.

Erst als ich in der Tram saß, auf dem Weg zu Juna, entspannte ich mich allmählich.

Es war irgendwie merkwürdig, unter welchen Umständen Juna und ich uns kennengelernt hatten. Sie stand plötzlich da, auf der Beerdigung meiner Eltern. Es hieß, ihre Familie sei mit meinem Vater bekannt gewesen, aber ich hatte sie noch nie zuvor gesehen. Wahrscheinlich war es wohl Schicksal.

Sie tröstete mich, draußen vor der Kirche, und ich ließ es zu, weil es sich gut anfühlte. Ich wusste nicht mehr, wie es dazu kam, dass ich plötzlich in ihren Armen lag. Überhaupt erinnerte ich mich nur Bruchstückhaft an diese Zeit. Später kam sie ab und zu bei uns vorbei, wenn Sina abends arbeiten musste. Mittlerweile war sie wie eine große Schwester für mich.

Bei der nächsten Station stieg ich aus. Der Blumenladen, in dem Juna arbeitete, befand sich gleich an der Ecke auf der anderen Straßenseite. Durch das Schaufenster hindurch sah ich, wie sie einen jungen Mann bediente, der unschlüssig von einem Topf zum anderen wanderte. Ich klopfte an die Scheibe, um mich bemerkbar zu machen. Juna winkte mir zu und lächelte. In dem dunklen Strickkleid sah sie wie immer umwerfend aus. Die kurzen schwarzen Haare umspielten fransig ihr Gesicht, und der knallrote Lippenstift schmeichelte ihren vollen Lippen.

Ich ging einige Schritte die Straße entlang, als auch schon die Türglocke bimmelte. Ich drehte mich um und sah, wie Juna hinter dem Kunden aus dem Laden trat.

»Wiedersehen. Und viel Glück heute Abend«, sagte sie.

Der Typ grinste breit. »Danke. Wird schon schiefgehen.«

»Ben, ich mache Mittag«, rief Juna über die Schulter, bevor die Tür hinter ihr zufiel. »Hey Süße!« Sie hüpfte die

Stufe hinunter und kam auf mich zu. Vor mir stockte sie. »Was ist los?«

»Ich hatte Streit mit Sina.«

Sie zog mich in ihre Arme und gab mir einen Kuss auf die Wange. »Komm, lass uns runtergehen zum Rhein. Dann erzählst du mir alles in Ruhe.«

Keine hundert Meter weiter grenzte das Wohnviertel ans Rheinufer. Die wenig befahrene Straße oberhalb des Flusses war von knorrigen Kastanienbäumen gesäumt, die sich die ganze Uferpromenade entlang bis ins Stadtzentrum zogen. Wir stiegen eine kleine Steintreppe hinunter und hockten uns auf den von der Sonne gewärmten Damm. Erste Grashalme und Wildblumen bahnten sich ihren Weg zwischen den Steinplatten hindurch ans Licht und verströmten ihren süßen Duft nach Frühling.

»Also, was ist passiert?«

»Ich habe mich bei Panazea beworben und den Job bekommen.« Ich schnippte mit den Fingern. »Einfach so.«

»Echt?« Juna klatschte in die Hände und drückte mich dann. »Wow! Ich gratuliere dir.«

Ich löste mich von ihr. »Und du denkst nicht, dass ich eine Verräterin bin?«

»Wie kommst du darauf?«

»Du kennst doch Sinas Verschwörungstheorien ...« Ich brach ab. »Sie will, dass ich den Job absage.«

»Absagen? So ein Quatsch«, rief Juna. »Du bist volljährig. Sina muss lernen, damit zu leben, dass du deine eigenen Entscheidungen triffst.«

»Aber was ist, wenn sie recht hat? Was, wenn Panazea tatsächlich für den Tod meiner Eltern verantwortlich ist?« In meinem Kopf brauten sich plötzlich dunkle Wolken zusammen. Im Nachhinein war es doch verflucht einfach gewesen, diese Stelle zu bekommen. Kaum hatte ich die Bewerbung abgeschickt, hatte ich schon die Einladung bekommen. Und nun hatte ich den Job – als ob die auf mich gewartet hätten.

»Jetzt hör mir mal zu, Süße!«, drang Junas Stimme zu mir durch. »Du wirst nicht deine Zukunft wegwerfen, nur weil dir deine Tante mit ihren Theorien den Kopf verdreht.«

»Die haben mir so viel Geld geboten, Juna. Fast 4500 Franken pro Monat. Das ist wie Schweigegeld, oder nicht?«

»Jetzt hör auf, dich verrückt zu machen. Panazea ist ein riesiger Konzern. Hohe Gehälter sind da normal. Zudem haben wir das echt durch, oder? Du kennst den Polizeibericht vom Unfall, ich kenne ihn, deine Tante kennt ihn. Alle kennen ihn. Ich kann diese Verschwörungstheorien nicht mehr hören.«

Ihre Worte waren Balsam für mein Gewissen. Bestimmt hatte sie recht. Es musste so sein.

Ich zupfte einen Grashalm zwischen den Steinen hervor und schaute auf den Rhein. Meine Gedanken schweiften ab. Zu dem Wachmann. Keine Ahnung, warum er mir nun plötzlich im Kopf herumspukte. In seine Augen zu blicken, hatte sich ein bisschen angefühlt wie Schweben. Schön, aber im Nachhinein auch etwas unheimlich.

Juna schnippte mit den Fingern vor meinem Gesicht herum. »Hallo? Ist da jemand?«

Ich zuckte zusammen. »Ähm … hast du was gesagt?«

»Nein, aber du eben auch nicht.«

Ich grinste. »Entschuldige. Ich …«

»Was?«

»Nichts, vergiss es.«

»Elin, was macht dieser verträumte Ausdruck auf deinem Gesicht?«, gluckste meine Freundin.

»Was?« Ich schubste sie von mir weg. »Ich habe ganz bestimmt keinen verträumten Ausdruck auf dem Gesicht. Du spinnst ja wohl.«

»Sondern?«

»Gar keinen Ausdruck.«

Juna zog die Augenbrauen hoch und grinste breit.

»Na gut«, stöhnte ich. »Da war so ein Wachmann, mit dem ich zusammengestoßen bin. Vor der Firma.«

»Und?«

»Was und?«

»Na, wie sieht er aus? Was hat er getan? Warum denkst du überhaupt über ihn nach? Solche Dinge eben …«

»Na ja, irgendwie sieht er verdammt gut aus, um ehrlich zu sein. Er ist groß und hat einen tollen Körper. Athletisch, nicht so ein Muskelprotz, weißt du? Und er hat schwarze Haare. Kurz, also so mittel – und dann diese Augen …« Ich schüttelte den Kopf. »So was habe ich noch nie gesehen.«

»So-was-hast-du-noch-nie-gesehen-schön oder eher nicht-so-schön?«

Ich blickte wieder auf den Rhein. »Das Erste – glaube ich.«

»Du glaubst es?«

»Getan hat er eigentlich nichts«, überging ich Junas Einschub, »außer mir im Weg zu stehen.«

Sie lachte auf. »Na ja, um als männliches Wesen deine Aufmerksamkeit zu erlangen, muss man sich schon was einfallen lassen.«

»Ha, ha.«

Es war spät, als ich mich wieder nach Hause wagte. Normalerweise hatte ich keine Angst im Dunkeln, aber heute war etwas anders. Ich hatte es schon am Mittag gespürt, und nun war es wieder da, dieses beklemmende Gefühl, nicht allein zu sein. Die Haare standen von meinen Armen ab. Es war mir nie aufgefallen, wie unheimlich es bei Nacht in der Altstadt sein konnte. Ein Radfahrer ratterte an mir vorbei und ließ mich zusammenzucken. Das sich entfernende grell blinkende Licht und das Klappern des Rades auf dem Kopfsteinpflaster zerstreuten die Grabesstimmung. Ich beeilte mich, nach Hause zu kommen.

Ohne das Flurlicht anzuschalten, huschte ich wenig später die knorrige Holztreppe hoch, die sich in einem Viertelkreis in den ersten Stock schwang. Durch den Türspalt von Nicos Zimmer schimmerte Licht auf den Gang hinaus, und ich hörte das leise Rattern und Summen seines Computerspieles. Ich blieb kurz stehen. Es war schön, ihn wieder hier zu haben.

Kaum hatte ich mich aufs Bett gelegt, fielen mir auch schon die Lider zu. Das Knarren der Tür vermischte sich bereits mit meinen Träumen.

»Elin?«

Zittrig schreckte ich hoch. Nur langsam zeichnete sich eine Gestalt vor dem grellen Flurlicht ab. »Nico? Bist du das?«

»Ja. Darf ich reinkommen?«

»Sicher.« Ich rappelte mich hoch.

Er fläzte sich zu mir aufs Bett. »Ich wollte nur sagen, dass es voll fies war, was Sina zu dir gesagt hat.«

»Danke, Nico.«

»Und ich finde es gut, dass du diesen Job bekommen hast.« Ich zog ihn in meine Arme.

»Ich wollte einfach, dass du das weißt«, nuschelte er gegen meine Schulter. Dann stemmte er sich aus meinen Armen. »Hab noch einen Krieg zu gewinnen«, grinste er und nickte Richtung Tür.

»Okay, aber nicht mehr zu lange.«

»Ja, ja. Schlaf gut!«

»Du auch.« Mit einem Lächeln schaute ich ihm hinterher. »Nico?«

Er drehte sich um.

»Ich hab dich ganz doll lieb.«

»Ich dich auch.«

Kapitel 3

Als ich am nächsten Morgen hinunter in die Küche kam, wunderte es mich, dass sich an der Scheibe noch keine Eiskristalle gebildet hatten, so frostig war die Stimmung. Ich zog meine Strickjacke enger um den Körper und verschränkte die Arme vor der Brust. »Guten Morgen«, murmelte ich.

Sina sagte nichts. Wandte sich nicht um. Der Tisch war nicht gedeckt, also ging ich zum Schrank und holte die Teller heraus. »Ich glaube, wir haben gestern etwas aneinander vorbeigeredet«, wagte ich mich vor.

Sina knallte den Lappen in die Spüle und drehte sich zu mir. Ihr Blick traf mich wie eine Ohrfeige. »Nein, das glaube ich nicht.«

Ich schluckte, presste die Teller an mich, als ob sie mich beschützen könnten.

»Und ich wäre froh, wenn du das nächste Mal nicht einfach davonrennst, nur weil dir nicht gefällt, was ich sage.«

»Es tut mir leid«, presste ich hervor.

»Ja, mir auch.« Damit wandte sie sich wieder ab und

widmete sich dem Herd, den sie heftig zu schrubben begann, dabei blitzte er schon wie das Tafelsilber der Queen.

»Ich versuche nur, alles richtig zu machen.«

»Du weißt ganz genau, wie du das erreichen kannst, Elin!«

Das Kratzen der Stahlwolle auf dem alten Herd zog alles in mir zusammen. Am liebsten hätte ich ihr das Ding aus der Hand gerissen. Sie konnte so stur sein. Alles, was ich wollte, war eine Zukunft. Ich konnte nicht ändern, was geschehen war, aber ich wollte zumindest das Beste aus dem machen, was mir geblieben war. »Dann erklär mir doch endlich mal, was damals vorgefallen ist. Erklär mir, warum du Panazea verdächtigst, etwas mit dem Unfall zu tun zu haben. Rede mit mir! Ich will es verstehen, Sina!«

Das Kratzen verstummte. Sina richtete sich auf und blieb einen Moment reglos stehen. Dann strich sie die Hände an der Schürze ab, zog sie aus und hängte sie an den Haken bei der Kommode.

»War es das nun wieder?«, platzte ich heraus, als sie an mir vorbeiging. »Lässt du mich wieder hier stehen?«

»Ach!«, machte sie und verschwand durch die Tür.

Ich knallte die Teller auf den Tisch. Gut! Wenn sie mir nichts sagte, musste ich selbst Nachforschungen anstellen. Das hieße aber, dass ich auf den Dachboden gehen und in den Sachen meiner Eltern herumstöbern musste, die Sina von der Hausräumung mitgenommen hatte. Ich setzte mich, stützte die Ellbogen auf den Tisch und legte meine Stirn in die Hände. Irgendwann musste ich mich den schlimmen Erinnerungen stellen, sonst würde ich die guten früher oder später auch vergessen.

Am Nachmittag ging ich mit Nico zur wöchentlichen Nachkontrolle. Seine Blutwerte waren super: keine Leukämiezellen nachweisbar. Und wenn er sich gut fühlte, durfte er ab Montag wieder zur Schule.

Es war herrliches Wetter, und man konnte den Sommer förmlich riechen. Blätter sprossen saftig grün aus den knorrigen Ästen der Kastanienbäume, die unseren Weg säumten.

Der Alltag würde Nico ablenken, und er hätte wieder Kontakt zur Außenwelt. Durch die lange Zeit im Krankenhaus hatten seine Freundschaften gelitten, und ich wusste, dass ihn das sehr traurig machte. Früher verbrachte er jede freie Minute mit seiner Clique, fuhr Skateboard, bis es dunkel war, und flirtete mit seinen Bewunderinnen. Ich musste grinsen bei dem Gedanken. Erst durch die Krankheit hatte er sich derart zurückgezogen. Er wollte keinen Besuch. Seine Freunde sollten ihn nicht so sehen, hatte er immer gesagt. Und in den paar Tagen zwischen den Chemoblöcken, in denen er zu Hause war, hatte er fast ununterbrochen geschlafen. Aber das war nun Vergangenheit.

»Lass uns ein Eis essen gehen.«

Nico grinste. »Yeah.« Er hielt die Hand hoch, und ich schlug ein.

Wir steuerten ein Café an, das keine zehn Minuten von der Kinderklinik entfernt gleich an der Ecke des Basler Marktplatzes lag. Hier gab es super leckere Eiscreme. Wir setzten uns draußen unter die großen weißen Sonnenschirme an einen Tisch. Mein Blick schweifte über den mit Kopfsteinpflaster versehenen Platz, auf dem einige Marktstände aufgestellt waren. Dahinter erhob sich das dunkelrote Rathaus, mit seinen merkwürdigen, an Orgelpfeifen erinnernden Fenstern und den bunten Dachziegeln.

Ich genoss den Moment der Ruhe, lauschte dem Stimmengewirr, das sich mit dem leisen Klappern von Geschirr und Besteck verwob, und streckte das Gesicht der Sonne entgegen. Von den Ständen wehte ein würziger Duft nach Käse und Grillwurst zu uns herüber.

»Brauchst du noch etwas für die Schule?«, fragte ich Nico, nachdem der Kellner seinen Eisbecher und meinen Eiskaffee vor uns auf den Tisch gestellt hatte.

»Haare wären cool«, sagte er und begann, seine Eiskugeln mit dem Löffel zu bearbeiten.

»Die kommen sicher bald wieder. Du hast Dr. Brenner ja gehört. Bei vielen beginnen sie schon, in den ersten Wochen der Erhaltungstherapie wieder zu wachsen.«

»Hmm.« Nico drehte den Löffel im Mund herum. »Meinst du, ich darf im Unterricht meine Mütze tragen?«, nuschelte er.

»Ich kann mit Mattmann reden, wenn du willst.«

Nico zuckte mit den Schultern und widmete sich wieder dem Eis.

»Aber du musst dich nicht schämen deswegen.«

»Das ist die Schule, Elin. Das ist was anderes als unter Fremden.«

»Ich weiß. Aber in drei, vier Wochen ist das kein Thema mehr. Wirst sehen.«

»Ich lass sie einfach auf.«

»Ja, tu das«, nickte ich und biss in den karamellisierten Mandelkrokant.

Nico kratzte schon den letzten Rest Eiscreme aus dem Glas. Dass er nicht noch den Finger zu Hilfe nahm, wunderte mich. Ich grinste ihn an. »Nachschub?«

»Ist das nicht zu teuer?«

»Ach was, bald verdiene ich Geld.«

Er gluckste. »Nur wenn Sina dir vorher nicht den Kopf abreißt.«

»Das soll sie mal versuchen.« Ich winkte den Kellner herbei und bestellte die zweite Runde.

Erst als es draußen ganz dunkel war und im Haus endlich Ruhe einkehrte, schlich ich mich aus dem Zimmer. Vom Flur im ersten Stock, wo Nico und ich unsere Zimmer hatten, führte eine Luke auf den Dachboden. Der lange Haken, mit dem man die Falltür öffnete, stand verstaubt in der Ecke unseres kleinen Badezimmers. Vorsichtig zog ich an der Klappe und ließ die Leiter hinunter. Meine Finger waren eiskalt. Ich hatte Angst vor dem, was mich da oben erwartete. Beim Hinaufklettern quietschten die Metallsprossen leise bei jedem Tritt. Ich hielt den Atem an und horchte in die Dunkelheit. Alles blieb ruhig. Oben angekommen schaltete ich die Taschenlampe ein und zog die Leiter samt Falltür hinter mir hoch.

Ich musste gebückt unter den Dachbalken gehen. Im Schein der Lampe entdeckte ich ein paar gestapelte Kisten in der Ecke. Der Geruch nach altem Karton und feuchtem Holz lag in der Luft. Überall hingen Spinnweben, und alles war von einer dicken Staubschicht überzogen. Es kitzelte mich in der Nase, als ich die erste Schachtel öffnete. Angestrengt versuchte ich, ein Niesen zu unterdrücken. In der Kiste lag ein altes Geschirrset von Sina, eingewickelt in vergilbtes Zeitungspapier. Ich schloss den Deckel wieder, und mein Blick wurde von einem Karton angezogen, auf dem »Michael« stand, der Name meines Vaters. Mein Herz stolperte. Ich pustete den Staub weg, öffnete eine der

Kartonklappen und leuchtete hinein. Unter zerknülltem Zeitungspapier lag ein Stapel Fotoalben. Ich griff nach dem obersten Band. Auf der ersten Seite lachten mir meine Eltern entgegen, im Hintergrund sah ich Berge und einen See. Ihre Gesichter waren leicht verzerrt. Vermutlich hatte mein Vater das Bild selbst geschossen. Ich lächelte, aber gleichzeitig verschwamm alles vor meinen wässerigen Augen. Wann würde es aufhören, so schrecklich wehzutun?

Einige Seiten weiter blieb ich an einem Bild von Nico hängen. Er grinste schelmisch in die Kamera, was tiefe Grübchen in seinen Wangen hervorrief. Seine dunkelbraunen halblangen Haare waren zerzaust und fielen ihm in Strähnen über die Stirn. Er hatte rote Wangen von der frischen Bergluft, und seine braunen zu Halbmonden verengten Augen blitzten, als ob er irgendetwas ausgeheckt hätte. Es war schon lange her, seit ich ihn das letzte Mal so gesehen hatte, gesund und glücklich.

Ich zog das nächste Album heraus, und die Anspannung fiel langsam von mir ab, als ich immer tiefer in die schönen Erinnerungen eintauchte. Nach dem letzten Buch verstaute ich alles wieder in der Schachtel und klappte den Deckel zu.

Ich drehte mich auf die Knie und zog den nächsten Karton zu mir heran. Meine Hand ertastete Luftpolsterfolie. Neugierig schwenkte ich den Lichtkegel in die Schachtel und hob die darin gebettete Holzfigur heraus. Mein Vater hatte sie mir geschnitzt. Ich erinnerte mich noch genau, wie ich das Geschenk an meinem dreizehnten Geburtstag ausgepackt hatte. Die viele Arbeit und Mühe, die er sich für mich gemacht hatte. Er musste Wochen darangesessen haben. Mit dem Finger strich ich über die goldenen Rückenzacken des drachenähnlichen Geschöpfes. Die Figur war etwa so hoch wie mein Unterarm und bis ins kleinste Detail ausgearbeitet. Der gefiederte Bauch ging in den schuppigen Rückenpanzer über, von dem aus die Flughäute ansetzten. Die ausgebreiteten Flügel zeigten eine viergliedrige Stützkonstruktion, die die Fingerknochen widerspiegelte und in scharfen Krallen endete. Bis auf die goldenen Augen, Hornfortsätze und Krallen war er schwarz, der Basilisk. Eine ungewöhnliche Farbe für den legendenumwobenen Wappenhalter unserer Stadt. Mein Vater hatte mir gesagt, dass dies der Anführer der Basler Basilisken sei und dass er mich immer beschützen würde.

Ich legte die Figur beiseite. Die würde auf jeden Fall nachher mit mir nach unten gehen.

Ich öffnete eine Kiste nach der anderen. Eigentlich hatte ich gehofft, irgendwelche Papiere zu finden, Briefe, Tagebücher, irgendetwas, was mir weiterhelfen würde. Aber da war nichts. Und als ich schon aufgeben wollte, entdeckte ich sie, die Kiste, die zu demonstrativ in einem dunklen Winkel verborgen lag und als einzige fest verklebt war. Ich rutschte auf den Knien weit unter die Dachbalken, zerrte die Schachtel aus ihrem Versteck und begann, an dem Klebeband herumzuzupfen. Die Aufregung machte meine Finger ganz zittrig. Endlich bekam ich ein Ende des Bandes zu fassen und zog daran. Ich wickelte die Kiste aus und hob den Deckel ab. Im Schein der Taschenlampe erkannte ich ein schwarzes Tuch. Vorsichtig schob ich die luftige Seide zur Seite. Unter den Fingern spürte ich feines, mit Kerben überzogenes Leder. Ich steckte mir die Lampe zwischen die Zähne und griff in die Schachtel. Es fühlte sich an wie ein Buch. Meine Hand reichte kaum aus, um den dicken

Wälzer zu umschließen. Der Ledereinband, der zum Vorschein kam, war mit wunderschön geschwungenen goldenen Prägeformen verziert. Das Buch musste uralt sein. Es war zwar nicht das, was ich bei meinen Nachforschungen zu finden gehofft hatte, dafür war es umso spannender.

Schnell packte ich den Basilisken und das Buch in die Schachtel und kletterte mit ihr unter dem Arm hinunter in den Flur. Es war eine Zitterpartie, und ich war froh, als die Falltür geschlossen war und ich, ohne Zwischenfälle, wieder in meinem Zimmer stand. Ich wuchtete die Kiste auf den Schreibtisch. Als Erstes nahm ich den Basilisken heraus und stellte ihn auf den Nachttisch. Danach hob ich den dicken Wälzer hoch, wobei ich einen Zipfel des Seidentuches erwischte, das ich gleich mit herausriss. Etwas Schweres rollte klimpernd in die Kiste zurück. Mit dem Unterarm schob ich ein paar Stifte und Zettel zur Seite, um das Buch ablegen zu können, und schnappte mir dann wieder die Kiste. Auf dem Boden lag eine feingliedrige Kette mit einem runden bauchigen Anhänger in der Größe eines Ein-Franken-Stückes. Das schwarz angelaufene Silber des Anhängers brachte die goldenen ineinanderfließenden Linien, die ihn verzierten, umso mehr zum Leuchten. Ich nahm die Kette in die Hand und rieb mit dem Daumen über den Anhänger. In meiner Handfläche begann es zu kribbeln, und plötzlich wurde das Medaillon ganz heiß, es schien förmlich zu glühen. Erschrocken ließ ich es zurück in die Kiste fallen. Der Zauber verflog so schnell, wie er gekommen war. Ich starrte in die Schachtel. Was war das denn gewesen?

Der fahle Schein der Schreibtischlampe milderte das Kribbeln in meinem Nacken nicht, sondern machte die

Schatten nur noch bedrohlicher. Ich schob die Schachtel von mir und setzte mich. Zitternd betrachtete ich das Buch. Die Goldprägung zeigte Ornamente, aber sie hatten eine merkwürdige Regelmäßigkeit und somit nicht viel Künstlerisches. Auch fehlte ein Titel.

Ich schlug den Deckel auf. Das vergilbte wellige Papier fühlte sich rau und steif an. Diese seltsamen Muster zogen sich über alle Seiten. Wenn man den einzelnen Linien folgte, sah man deutlich, dass sie mit einer Feder gezeichnet waren, denn ihre Dicke variierte. Aber ich fand nicht den kleinsten Hinweis darauf, mit was ich es hier zu tun hatte. Es gab weder Text noch Passagen, die auch nur annährend an Buchstaben erinnerten. Auch auf Beschreibungen oder Erklärungen zu den Mustern hoffte ich vergebens. Es gab nicht einmal ein wirkliches Bild. Nur diese in chaotischer Regelmäßigkeit auftauchenden Formen und Muster, die mal auseinandergezerrt wirkten und mal dicht gedrungen waren. War das eine Art Code oder eine unbekannte Sprache, so was wie die Keilschrift oder Hieroglyphen?

Das Knarren der Treppe ließ mich zusammenfahren. Eilig packte ich das Buch in die Kiste und hob sie hoch. Unschlüssig stand ich einen Moment mitten im Zimmer.

Unter der Tür hindurch sah ich den Schatten von zwei Beinen.

War das Sina? Mist! Obermist!

Hastig zog ich die Tür des Kleiderschranks auf, wühlte die nicht mehr tragbaren Klamotten zur Seite, die sich unter den aufgehängten Kleidern und Hemden stapelten, schob die Kiste in die hinterste Ecke und bedeckte sie anschließend wieder mit den abgetragenen Sachen.

Durch die Aufregung gab ich der Tür zu viel Schwung,

woraufhin sie zuknallte. Danach war es einen Moment totenstill.

Plötzlich lösten sich die Schatten auf, die Treppe knarrte wieder. Dann verschwand auch der Lichtschein unter der Tür.

Dennoch traute ich mich nicht mehr, meinen Fund hervorzuholen. Morgen war auch noch ein Tag.

Kapitel 4

Als ich am Montagmorgen den Vorplatz des Panazea-Firmengeländes überquerte, wurde ich immer nervöser. Heute war mein erster Arbeitstag. Dennoch konnte ich die Gedanken an das Buch und das Amulett nicht vollständig verdrängen. Das ganze Wochenende hatte ich damit verbracht, diese merkwürdigen Formen zu studieren. Ich hatte im Internet recherchiert und sogar Juna damit belästigt. Aber sie konnte mir natürlich nicht helfen. Wie auch.

In der Glasfassade kontrollierte ich noch einmal mein Spiegelbild, bevor ich eintrat.

Die Zeit hielt einen Moment an, als mich der Blick des Wachmannes traf. Ein flüchtiges Lächeln huschte über sein Gesicht. Er beugte sich kurz zu seinem Kollegen hinüber, der sogleich anfing zu grinsen. Dann kam er auf mich zu. Seine Präsenz ließ den Prunk der Eingangshalle richtig billig wirken.

»Guten Morgen, Elin.«

Er wusste meinen Namen?

»Du bist doch Elin Bergmann, oder?«

»Äh, ja.«

»Und du hast heute deinen ersten Tag?«

Während er sprach, schaute ich wie gebannt auf seine wohlgeformten schmalen Lippen.

»J-ja«, stotterte ich.

Er grinste.

Lachte er mich etwa aus? Ich spürte, wie ich rot wurde.

»Komm, ich werde dir die Zutrittskarte ausstellen.« Er ging voraus, und ich folgte ihm mit etwas Abstand.

Er verschwand hinter der Theke der Anmeldung, wobei er von der Empfangsdame angelächelt wurde.

»Entschuldigen Sie, Frau Voss«, lächelte er zurück.

»Nur zu.« Frau Voss' Wangen röteten sich, als sie ein Stück zur Seite rückte. Es beruhigte mich, dass ich offensichtlich nicht die Einzige war, die er aus dem Konzept brachte.

Er holte eine Plastikkarte hervor und begann, etwas in den PC einzutippen. Danach zog er die Karte durch einen Leser.

»Esra?«

Er drehte sich zu seinem Kollegen um und breitete die Arme zur Seite aus. »Lesharo! Kannst du auch mal zwei Minuten ohne mich auskommen?«

Esra, so hieß er also. Ein ungewöhnlicher Name, der aber zu ihm passte.

Sein Kollege grinste. »Ja, ja. Ich warte so lange, bis du wieder Zeit für deine Arbeit hast.«

Als Esra sich wieder umdrehte, streifte mich sein durchdringender Blick. Schnell schaute ich weg.

Er schob die Karte in eine Plastikhülle. »So, das hätten wir«, sagte er und überreichte sie mir.

»Danke«, murmelte ich.

»Muss ich jemanden für dich anrufen?«

»Nein. Leva … ähm, Herr Leva kommt mich abholen.«

»Gut.« Schmunzelnd umrundete Esra die Theke. »Dort drüben ist der Wartebereich«, sagte er und berührte meinen Oberarm, um mich zu leiten.

Ich zuckte zurück. Sofort ließ er die Hand sinken, wich aber nicht von meiner Seite.

Der Duft nach frischem Sommerregen hüllte mich ein. War er das etwa? Ich beschleunigte meine Schritte. Die Nähe zu ihm machte mich total irre.

»Danke für deine Hilfe«, sagte ich, als wir die Sitzgruppe erreicht hatten und ich mich zu ihm umwandte. Mein Blick fiel auf sein Namensschild. »Delano. Ist das Italienisch?« Am liebsten hätte ich mir die Hand vor den Mund geschlagen. Was redete ich da für einen Unsinn!

Esras Mund lächelte, seine Augen nicht. »Nein. Es kommt aus dem Französischen von ›de la nuit‹ und bedeutet so viel wie ›durch die Nacht‹.« Eine Augenbraue zuckte nach oben, ansonsten blieb sein Gesicht reglos.

Ein Schauer fegte durch meinen Körper. Wie er das sagte! Es klang wie eine Warnung. »O-okay«, stotterte ich. »Bergmann ist ja irgendwie selbsterklärend«, plapperte ich weiter, um die merkwürdige Stimmung zu vertreiben.

Er lachte auf. »Du bist witzig«, merkte er an. Dann drehte er sich weg.

Ich beobachtete, wie er zurück zu dem Personen- und Warenscanner neben der Anmeldung ging. Sein Blick stahl sich nochmals in meine Richtung. Schnell ließ ich mich hinter einer der Topfpflanzen auf das Ledersofa fallen. Ich hatte noch immer eine Gänsehaut. Was für ein ungewöhnlicher Mann.

»Frau Bergmann.« Levas scharfe Stimme ließ mich hochfahren. Er hielt mir seine Hand hin.

»Guten Morgen, Herr Leva«, begrüßte ich ihn.

»Timon.«

Oh, damit hatte ich nicht gerechnet.

»Selbstverständlich können wir auch beim Sie …«

»Nein, das ist mir recht. Elin«, lächelte ich etwas krampfhaft.

Er nickte, wandte sich ab und ging auf die Anmeldung zu. Ich wusste nicht, was ich von ihm halten sollte. Da war diese Kälte, die wie eine Maske an ihm haftete und durch seine eisblauen Augen strahlte. Der schwarze Anzug unterstrich die abgehobene Art, mit der er auf alle Personen herabschaute, die uns entgegenkamen. Aber dann gab es Momente, in denen etwas anderes aufblitzte, etwas, das er krampfhaft zu verstecken versuchte.

»Frau Bergmanns Ausweis!«

Frau Voss schrak hoch und rückte ihre Brille zurecht. »Den hat ihr doch Herr Delano schon ausgestellt.«

»Äh ja, ich hab schon einen Ausweis«, räusperte ich mich und hielt die Plastikhülle hoch.

Timons Gesichtszüge erstarrten. »Ach. Tatsächlich?« Er holte Luft, sagte dann aber nichts. Stattdessen drehte er sich um und ging schnellen Schrittes zu den Aufzügen.

Als ich ihm folgte, war mir, als würde ein intensiver Blick meinen Rücken durchbohren.

»Ich zeige dir erst mal das Labor und deinen Arbeitsplatz«, erklärte mir Timon im Aufzug. »Danach erledigen wir alles Administrative. Du musst noch bei Lucinda wegen des Vertrags vorbei.«

»Okay, klingt gut.« Vehement schüttelte ich die Gedanken an Esra ab. Das musste jetzt warten.

Timon schob sein Sakko zurück und stemmte eine Hand in die Hüfte, während er auf die leuchtenden Nummern oberhalb der Lifttür schaute. Als der Aufzug hielt, nickte er Richtung Tür. »Bitte.«

In dem Gebäude wirkte alles neu. Dunkelgraue Steinplatten belegten den breiten Korridor, der von weißen Wänden mit grauen Türen gesäumt war. An beiden Enden öffnete sich der Gang zu einer Oase mit Pflanzen und bequem aussehenden Sitzgelegenheiten. Die bodentiefe Glasfassade spendete viel Licht. Eine Wendeltreppe verband die Stockwerke miteinander. Timon schob die nächste Tür auf.

Als wir das Labor betraten, kitzelte mich ein Geruchscocktail aus ätzenden Chemikalien und Alkohol in der Nase. Der Raum wurde von zwei langen Arbeitskonsolen geteilt. An den Wänden rechts und links waren je zwei Kapellen angebracht, also Arbeitsflächen mit Abzug und einer Glasscheibe davor.

Es war ganz anders, als ich es mir vorgestellt hatte. Ehrlich gesagt sah es ein bisschen aus wie bei Daniel Düsentrieb. Die Kapellen waren vollgestellt mit angesetzten Versuchen. Rührgeräte schüttelten Fläschchen mit verschiedenfarbigen Flüssigkeiten durch, und in komplizierten Glaskonstruktionen brodelten Lösungen vor sich hin. Auf den Arbeitsflächen standen weitere Gerätschaften, verschiedenste Glaswaren, Recks mit Reagenzgläsern, Spateln und Spachteln. Notizhefte lagen neben von der Feuchtigkeit gewellten vollgekritzelten Versuchsanleitungen.

Timon stellte mich seinen Mitarbeitern Ralph und Lolo vor, die mir gleich sympathisch waren. Hier würde ich mich wohlfühlen.

Nach dem Mittagessen gingen wir als Erstes zu Frau Deiss, um den Vertrag zu unterschreiben.

»Dein Vater war früher Chef dieser Abteilung. Ich habe etwa zwei Jahre für ihn gearbeitet«, sagte Timon auf dem Weg in die Vertragsabteilung.

»Du kanntest meinen Vater?«, stieß ich hervor.

»Mhm.«

Ich schloss ganz dicht zu ihm auf, hoffte, er würde mehr erzählen. Aber die Pause zog sich. Als wir schon vor Frau Deiss' Bürotür standen, hielt er kurz inne. »Ich habe ihn geschätzt. Sein Tod hat mich erschüttert«, sagte er kurz angebunden und verschwand durch die Tür.

Ich stand da wie angewurzelt. Hatte mein Vater ihm etwas bedeutet? Erst das Klicken des Schlosses schreckte mich auf, und ich eilte ihm hinterher.

»… Vertrag zu unterschreiben«, hörte ich ihn noch sagen. Als er sich umdrehte und mich gerade erst das Büro betreten sah, verzog er genervt den Mund.

»Entschuldigen Sie, ich …«

»Ah, Frau Bergmann. Herzlich willkommen bei Panazea«, lächelte Frau Deiss und reichte mir die Hand.

»Vielen Dank.«

»Hat Herr Leva Ihnen schon alles gezeigt?«

»Nein. Wir sind noch nicht fertig«, fuhr Timon dazwischen.

»Oh, dann wollen wir uns mal beeilen, damit ich nicht Ihre kostbare Zeit stehle.«

Timon reckte sein Kinn vor und schaute sie von oben herab an.

Frau Deiss reichte mir den Vertrag. »Sie können das gerne mitnehmen und in Ruhe durchlesen.« Das Wort »Ruhe« betonte sie und schaute gleichzeitig zu Timon hoch. »Herr Leva wird Ihnen bestimmt ein freies Zimmer zur Verfügung stellen.«

Er schnaufte genervt. Vermutlich hatte er gehofft, einfach nur kurz herzukommen, um mich unterschreiben zu lassen. Zwei Sekunden und fertig. Aber ich brauchte die Zeit. Meine Unterschrift unter diesem Vertrag machte die Entscheidung endgültig und unumkehrbar. Ich wäre froh gewesen, hätte ich Sinas Okay gehabt, das hätte vieles erleichtert, aber die Stimmung zu Hause war nach wie vor schlecht.

Ich griff nach dem Dokument und nahm den Stift, den Frau Deiss mir dazugelegt hatte.

»Wenn Sie Fragen haben, stehe ich Ihnen gern zur Verfügung.«

»Vielen Dank.«

Timon drängte mich zum Gehen. »Ruf an, wenn ihr fertig seid, Lucinda.«

Frau Deiss' Lächeln bekam Schlagseite unter seinem Befehlston. »Aber gern, Timon.«

Diese fordernde Art begann langsam, mich zu nerven. Vermutlich bekam er damit immer, was er wollte. Aber ich ließ mich nicht herumschubsen, da konnte er noch zehn Mal mein Chef sein.

Energisch zog ich die Schulter nach vorne, um mich seiner Berührung zu entziehen. Er schien zu kapieren und ließ die Hand sinken.

Einige Zimmer weiter öffnete er eine Tür. »Ist das okay?« Seine Finger trommelten gegen den Türrahmen.

Ich trat über die Schwelle und stand in einem Sitzungszimmer, in dem locker zwanzig Personen Platz hatten. »Ja, danke.«

»Also, bis später dann.«

Nachdem er die Tür hinter mir geschlossen hatte, ließ ich mich erst mal auf einen der Stühle sinken. In dem großen Raum kam ich mir total verloren vor. Die Stille erdrückte mich fast. Meine Hände waren mittlerweile so kalt, dass ich kaum noch den Stift halten konnte. Ich legte den Vertrag auf den Tisch und betrachtete ihn. Ich hatte nicht die Nerven, all diese Seiten und Paragrafen durchzulesen, denn das, was ich wissen wollte – die einzige Sache, die ich wissen musste –, stand da sowieso nicht drin: Hatte Panazea etwas mit dem Tod meiner Eltern zu tun, oder nicht?

Den Kopf in die Hände gestützt, schaute ich auf die schwarzen Buchstaben, die geduldig auf dem Papier lagen. Ich wollte diesen Job. Unbedingt! Aber ich wollte auf keinen Fall für die Mörder meiner Eltern arbeiten.

Wenn ich nur wüsste, was richtig war. Sina hatte keine Beweise und dennoch …

Aber ein Unfall passierte. So war das im Leben.

Ich schluckte den schmerzenden Kloß im Hals hinunter, nahm den Stift in die Hand und blätterte zu der Seite mit den Unterschriften vor. Blaue Kugelschreibertinte formte sich unter der Bewegung zu meinem Namen. Ich beobachtete die Aktion wie ein unbeteiligter Zuschauer. Dann schlug ich die Blätter übereinander und verließ den Raum.

Kapitel 5

Als ich am frühen Abend nach Hause kam, klopfte ich bei Nico. Es war verdächtig still in seinem Zimmer, also öffnete ich die Tür einen Spaltbreit. »Hey, darf ich?«

Mein Bruder lag auf dem Bett und starrte an die Decke. Als ich eintrat, richtete er sich auf und zog die Beine an.

»Und, wie war's?«

»Ganz okay. Hab einiges verpasst.«

»Trotz des Unterrichts in der Klinik?« Ich setzte mich zu ihm und schaute ihn an. Sein Kapuzenpulli schlabberte immer noch ganz schön an ihm herunter, obwohl er bereits etwas zugenommen hatte.

»Im Unterricht bin ich gut mitgekommen. Aber …« Er stieß den Atem aus und zupfte an seiner Socke herum. »Es ist anders.«

»Das regelt sich bestimmt bald.«

»Hmm«, brummte Nico, und plötzlich grinste er. »Es gibt ein neues Mädchen in der Klasse. Lennja. Sie ist echt nett.«

»Aha.« Meine Augenbrauen zuckten nach oben.

»Nichts aha«, äffte er mich nach. »Was soll die schon von mir wollen. Schau mich mal an!«

»Hey!« Ich nahm sein Kinn und drehte seinen Kopf zu mir, sodass er mich anschauen musste.

Er schlug meine Hand weg. »Ist halt so. Und Finn ist auch immer noch das gleiche Arschloch. Er hat mich den ganzen Tag genervt.«

»Lass ihn einfach links liegen, Nico.«

»Er hat mich Glatzkopf genannt und mich die ganze Zeit mit Papierkügelchen beworfen.«

»Wenn du ihn nicht beachtest, trifft ihn das vermutlich mehr, als wenn du ihm deine Wut zeigst.«

»Er macht mich vor allen fertig, Elin! Verstehst du das nicht?«

»Doch. Ich …«

»Ich bin mir total doof vorgekommen, und … und Lennja denkt jetzt sicher, ich bin ein Feigling, weil ich mich nicht gewehrt habe.«

»Quatsch!«

Er rollte mit den Augen.

»Mädchen denken nicht so.«

»Nein?«

»Nein«, schüttelte ich den Kopf.

»Und woher willst du das wissen?«

»Lass mich mal überlegen«, sagte ich und strich mir übers Kinn. »Ach ja, ich bin rein zufällig ein Mädchen.«

Nico stieß mich weg, sodass ich fast vom Bett gefallen wäre. Aber er konnte sein Grinsen nicht verbergen.

»Elin. Ich würde dich gern sprechen.« Sina stand plötzlich in der Tür. Mein Herz machte einen Satz. Ich hatte den Arbeitsvertrag unterschrieben. Es gab kein Zurück mehr. Und sie war selbst schuld! Sie hätte nur damit herausrücken müssen, was sie über den Tod meiner Eltern wusste.

»Ja, klar.« Ich folgte ihr. Als ich zurückschaute, traf mich Nicos Dackelblick. Er drückte mir kräftig beide Daumen.

Ich zwinkerte ihm zu, auch wenn mir nicht danach war, und schloss die Tür hinter mir.

Als ich Sina in der Küche gegenübersaß, traute ich mich kaum, vom Tisch hochzusehen.

»Ich habe nachgedacht«, sagte sie schließlich. »Es stimmt, ich habe dir nie erklärt, warum ich Panazea die Schuld am Tod deiner Eltern gebe.«

Jetzt ist es zu spät, dachte ich.

»Schon einige Wochen vor dieser schrecklichen Nacht hat sich Michael immer mehr zurückgezogen. Von einem Tag auf den anderen hat er nichts mehr von der Firma und seinem Projekt erzählt. Dem Projekt, das ihn so stolz machte. Ich wusste nicht, was los war, aber ich wusste, dass es mit Panazea zu tun hatte.« Sie schüttelte den Kopf. »Und dann kam dieser Unfall. Klar, ich habe keine Beweise dafür, dass er fingiert wurde. Es ist nur ein Gefühl. Ich frage mich einfach immerzu: Was macht ein Lastwagen so spät noch auf der Straße? Und warum ist seine Fracht nicht richtig gesichert?« Sie schaute mich an. »Aber du hast recht, es gibt keine Beweise.«

Ich nickte. »Danke, dass du mir das erzählt hast.«

»Ich kann dir nicht verbieten, dort zu arbeiten. Und ich will es auch nicht. Nutze deine Chance.«

»Wirklich?« Ich musterte sie.

»Wirklich«, nickte Sina mit einem Lächeln. »Aber versprich mir eines: Pass immer gut auf dich auf.«

»Danke, Sina!« Ich sprang von der Bank hoch und umarmte sie. »Das bedeutet mir wahnsinnig viel.«

Sie tätschelte meinen Rücken. »Ich mach jetzt Abendbrot. Hilfst du mir?«

»Klar.«

Der Abend zog sich hin. Nico und Sina wollten einfach nicht ins Bett gehen. Folglich traute ich mich auch nicht, das Buch hervorzuholen, das, nachdem sich die Aufregung um meinen ersten Tag gelegt hatte, langsam wieder meine gesamte Gedankenwelt beherrschte.

Die untergehende Sonne tauchte mein Zimmer in ein warmes Licht, und die dunkelgrauen Wolkenbänke, die ich vom Bett aus durchs Fenster sehen konnte, hoben sich von dem in Gold und Türkis strahlenden Himmel dahinter ab.

Als es ganz dunkel war, machte ich die Vorhänge zu, schwang meine Beine über die Bettkante und trippelte vorsichtig zur Tür. Kein Laut war zu hören. Endlich! Auf Zehenspitzen schlich ich zum Kleiderschrank. Die Tür quietschte leise, als ich sie aufzog. Einen Moment verharrte ich und lauschte, dann schob ich den Kleiderberg zur Seite und hob die Schachtel heraus.

Ich legte das Buch neben die Kiste auf den Schreibtisch und richtete den Lichtkegel der Tischlampe in den fast leeren Karton. Da lag das Amulett und spiegelte die Strahlen zu mir zurück. In meinem Bauch begann es zu kribbeln. Ich griff nach der Kette, wickelte sie um den Zeigefinger und ließ mich auf den Stuhl fallen. Der bauchige runde Anhänger schmiegte sich in meine Handfläche, und sobald er meine Haut berührte, begann er schwach zu glimmen. Wie beim letzten Mal spürte ich die Wärme in mir aufkeimen.

Ich drehte das Medaillon nach allen Seiten und betrachtete die geschwungenen goldenen Linien genauer. Ohne Zweifel waren das die gleichen Zeichen wie in dem Buch. Aber für eine Übersetzung hätte es irgendwelche Vergleiche geben müssen mit Symbolen oder Zeichen, die ich kannte. Genauso wenig gab es einen Verschluss, an dem man das Ding hätte aufklappen können. Sooft ich das Amulett auch durch die Finger gleiten ließ, darüberstrich, anhauchte, darauf drückte – nichts geschah. Die warme Glut prickelte in meiner Hand, das war aber auch schon alles.

Also legte ich die Kette zurück auf den Tisch, schob die Kiste zur Seite und zog das Buch zu mir heran. Irgendwie musste das doch zu entziffern sein! Vielleicht konnte man den Anhänger ja irgendwo auflegen? Ich klappte den Deckel auf und blätterte vor und zurück. Ich wusste nicht genau, was ich suchte, hielt aber Ausschau nach etwas, das mich von der Form her an das Amulett erinnerte. Ich untersuchte die in Leder gebundene Hülle. Wenn man den Anhänger irgendwo einsetzen musste, dann wohl am ehesten hier, in dem etwa fingerdicken Deckel. Aber da war nichts außer den Prägeformen, die sowohl die Außen- wie die Innenseite verzierten. Stöhnend ließ ich mich zurücksinken, griff nach der Kette und drehte sie gedankenverloren in der Hand herum. »Was bist du nur für ein Zauberding?«

Als mein Blick das Buch streifte, geschah etwas Merkwürdiges. Die Verzierungen auf der Buchhülle verschwammen. Ruckartig setzte ich mich auf. Ein Schwindelgefühl erfasste mich, und ich kniff die Augen zusammen. Als ich das Buch heranzog, tanzten mir die Formen entgegen und schienen sich neu zu ordnen. Ich vergaß einen Moment zu atmen und schloss die Hand fest um den Anhänger.

»Buch des Wissens« las ich auf dem Einband. Die Kette glitt mir aus der Hand, und die Buchstaben wurden wieder zu unleserlichen Schnörkeln. Mein Puls raste. Das Amulett war der Schlüssel zu den Formen, das war Magie! Es wirkte durch mich hindurch. Ich schnappte mir die Kette und schlug das Buch auf. Die Muster auf der Innenseite des Buchdeckels ordneten sich zu einem Text.

Ein Licht erlischt, ein Leben geht,
Den Stein der Weisen es belebt.
Gesundheit und Weisheit kannst du erhalten,
Die ewige Ruhe wird den Geist entfalten.

Eine Gänsehaut überzog mich. Schnell blätterte ich um. Das Rascheln des dicken alten Papiers wirkte beruhigend. Die erste Seite gab einen wunderschönen schwarzen Basilisken preis. Er hatte goldene Rückenzacken und leuchtend goldene Augen. Ich stockte einen Moment. Dieser Anblick, es war wie ein Déjà-vu. Nur woran erinnerte mich dieses Bild? An meine Figur, klar, aber da war noch etwas anderes.

Der Basilisk wand sich als Verzierung um den Titel des Buches. Ich konnte den Blick nicht abwenden. Das Bild war so lebendig, dass ich befürchtete, der Basilisk könnte sich jeden Moment bewegen. Unter dem Titel stand in winzigen Buchstaben: *Dieser Foliant beherbergt das gesammelte Wissen der Basilisken über die Natur und die Heilkunst und tut Kunde über den Mythos dieser wundervollen Kreaturen und ihre Lebensweise.*

Dieses Buch musste meinem Vater gehört haben, so viel, wie er über Basilisken gewusst hatte.

Die nächste Seite hatte die Überschrift »Historie«. Ich begann zu lesen, aber es war anstrengend. Jede Zeile schien sich einzeln umzustrukturieren, sobald ich die Augen darauf richtete.

Seit Anbeginn der Zeit beanspruchte der Lokin-Clan das Reich am Rheinknie. Als die Menschen auftauchten, waren die Basilisken gezwungen, sich in den Untergrund zurückzuziehen. Nur so konnten sie die für sie lebenswichtigen Quellen beherrschen. Aber auch die Menschen brauchten Wasser.

Ich erinnerte mich an die Geschichte, die mein Vater mir erzählt hatte, dass ein Basilisk unter dem heutigen Gerberbrunnen mitten in der Stadt gelebt hatte. Er hatte mir die Stelle gezeigt. Ein unscheinbarer trogartiger Brunnen direkt neben einem Klamottenladen. Noch heute erinnerte eine in Stein gemeißelte Inschrift an diese Legende. Während ich Zeile um Zeile las, kam mir die Geschichte zunehmend realer vor.

Es war ein ungleicher Kampf, las ich weiter, *der viele Menschenopfer forderte. In ihrer Verzweiflung richteten sich die Basler Bürger an die Alchemisten, die hohen Gelehrten, die sich nicht nur mit der Wissenschaft auskannten, sondern auch mit der Kunst der Drachentötung. Als die Entsandten aus den Höhlen zurückkehrten, berichteten sie Unglaubliches: Die Basilisken konnten ihre Gestalt wandeln und waren ihnen als Menschen begegnet. Ein Friedensvertrag wurde ausgehandelt. Im Tausch für das tiefe Wissen der Basilisken um die Geheimnisse der Natur, gestanden ihnen die Alchemisten ihren Schutz zu und die Erlaubnis, in Basel bleiben zu können. Und so kam es, dass der Basilisk zum*

Wappenhalter und Beschützer der Stadt und ihrer Bürger ernannt wurde.

Mein Kopf schmerzte und meine Augen brannten von der Anstrengung. Für heute musste ich Schluss machen. Hoffentlich würde das Lesen mit der Zeit einfacher werden. Ich legte das Buch und die Kette in die Kiste zurück und versteckte alles feinsäuberlich im Schrank. Dann schlüpfte ich in mein Schlafshirt und kuschelte mich in die Decke. Das Nächste, was ich wahrnahm, war das Mahlen und Rattern der Kaffeemaschine aus der Küche am nächsten Morgen.

Kapitel 6

Meine erste Woche war wie im Flug vergangen, und ich hatte kein einziges Mal Zeit gefunden, das Buch des Wissens hervorzuholen. Ich konnte es kaum erwarten, nach Hause zu kommen, um mich am Wochenende darin zu vertiefen.

Erschöpft von den vielen neuen Eindrücken der letzten Tage zog ich den Arbeitskittel aus, legte ihn über die Stuhllehne und verließ das Labor. Als ich im Foyer aus dem Lift stieg, hoffte ich wie jeden Tag, auf Esra zu treffen, den ich die ganze Woche nicht gesehen hatte – er war wie vom Erdboden verschluckt. Aber wieder einmal stand nur sein Kollege da. Lesharo, oder so ähnlich. Er erinnerte mich irgendwie an den Hauptdarsteller aus *Thor*. Etwas enttäuscht, dass ich Esra nicht zu Gesicht bekam, wünschte ich ihm ein schönes Wochenende. Er grinste frech und hob eine Augenbraue an, was mich so sehr irritierte, dass ich fast in der Drehtür hängen geblieben wäre.

Draußen atmete ich die frische Abendluft tief in mich ein und stieg die Treppe hinunter.

»Elin!«

Ich fuhr herum.

»Warte!« Timon rannte, zwei Stufen auf einmal nehmend, die Treppe herunter und kam knapp vor mir zum Stehen. Ich machte einen Schritt zurück, um etwas Abstand zwischen uns zu bringen.

»Elin«, keuchte er. »Gut, dass ich dich noch erwische.«

»Hab ich was vergessen?« In Gedanken ging ich alle Abläufe im Labor schnell durch.

»Nein, nein, alles super gemacht«, winkte er ab. »Ich wollte dich fragen, ob du noch auf einen Drink mit in die Stadt kommst?«

Oh nein! Schon den ganzen Tag war er um mich herumgeschlichen und hatte mir über die Schulter geschaut. Was wollte er von mir?

»Timon …« Ich schluckte, und mein Blick heftete sich auf meine Schuhe. »Ich denke, dass ist keine gute Idee.«

Er legte seine Hand auf meinen Oberarm. Ich wich zur Seite und wollte mich abwenden, aber er packte zu und hielt mich zurück. »Es ist nur ein Drink.« Seine eisblauen Augen musterten mich. Nicht fordernd, eher bittend. Aber das ging nicht. Ich wollte nicht mit ihm ausgehen. Er war mein Boss.

»Ich muss nach Hause, Timon!« Mit einem Ruck befreite ich mich von seinem Klammergriff.

»Gibt es ein Problem?« Esra tauchte wie aus dem Nichts auf und schob mich sanft zur Seite.

»Nein, kein Problem, Delano!«, sagte Timon ziemlich schroff. »Das ist eine private Unterhaltung. Verschwinde einfach, du wirst hier nicht gebraucht!« Er reckte sein Kinn nach vorne und straffte die Schultern. Eine klägliche Geste, denn gegenüber Esra sah er aus wie ein Hampelmann.

»Das sehe ich anders«, sagte Esra ruhig, aber seine Stimme hatte etwas Drohendes. »Mir scheint, dass Sie Frau Bergmann etwas zu nahe treten.«

»Und mir scheint, dass du deine Kompetenzen überschreitest, Wachmann!«

»Nein, das denke ich nicht.«

»Was ist eigentlich dein Problem? Verstehst du kein Deutsch, oder willst du es nicht verstehen?«

»Geh nach Hause, Leva!«

»Sag mal, wie redest du eigentlich mit mir? Und seit wann sind wir per Du?«

»Seit du mich eben zum wiederholten Mal geduzt hast!« Die Anspannung breitete sich aus wie ein elektrisches Feld. Ich hörte schon die Luft knistern. Irgendwie verstand ich nur noch Bahnhof. Um was ging es hier?

»Wir gehen jetzt.« Timons Finger schraubten sich um mein Handgelenk.

»Hey!«, rief ich und zog den Arm zurück.

In dem Moment packte Esra Timon am Kragen. »Ich sagte: Geh! Nach! Hause!«, zischte er in einem Ton, der mir durch Mark und Bein ging.

Timon versuchte, sich aus Esras Griff zu befreien. Mit Schrecken bemerkte ich, dass seine Füße kaum mehr Bodenkontakt hatten. Dann stieß Esra ihn von sich, sodass Timon etwa einen Meter weit nach hinten flog und auf dem Hintern landete.

Einen Moment lang hielt sogar der Wind den Atem an. Dann rappelte Timon sich hoch. »Das wird Konsequenzen haben, Delano!«

Esra stand stocksteif neben mir, die Augen zu Schlitzen verengt.

»Lass die Finger von dem, Elin!«, sagte Timon an mich gewandt. »Nimm dich in Acht.«

War das eine Warnung oder eine Drohung?

Timon drehte sich ab und verschwand in der Dunkelheit.

»Danke«, flüsterte ich, und plötzlich wollte ich auch nur noch weg.

Esras Körper entspannte sich, als er sich zu mir umdrehte. »Wenn er dich nochmals belästigt, sag mir Bescheid.«

Ich nickte.

»Komm, ich begleite dich zum Wagen.«

»Ich bin mit der Tram hier«, sagte ich, ohne ihn anzuschauen.

»Oh. Dann fahr ich dich nach Hause. Ich habe gerade Feierabend.«

Mir stockte der Atem.

»Also nur wenn du willst. Ich kann dich auch gerne zur Tramstation bringen.« Die Belustigung in seiner Stimme war nicht zu überhören.

Ich schaute hoch. Sein Lächeln war so warm und ehrlich, dass ich mir blöd vorkam. Er war Wachmann bei der Firma, bei der ich arbeitete. Er hatte überreagiert, aber Timon hatte sich auch nicht gerade zurückgehalten. Esra würde mir schon nichts tun.

»Also, wenn es kein zu großer Umweg ist …«

»Bestimmt nicht.« Er streifte meinen Oberarm, als er sich zum Gehen wandte.

Wir waren uns so nahe, dass ich seine Körperwärme

spürte. Es war nicht unangenehm, im Gegenteil, aber es verwirrte mich.

Auf dem Parkplatz steuerte er auf ein schwarzes Monstrum von einem SUV zu. Die Motorhaube des Wagens reichte mir bis zur Brust. Das Gefährt ging für meine Begriffe eher als Lastwagen durch. »Das ist … groß«, bemerkte ich.

Er lachte. »Ich mag große Autos, und der Chevy Suburban war das größte, das ich kriegen konnte.«

»Gar keine Ausrede für die Umwelt?«

»Nein, tut mir leid.« Er öffnete mir die Beifahrertür. »Bitte.«

Verlegen wich ich seinem Blick aus und kletterte in den Wagen. Ich sog den unwiderstehlichen Duft nach Regen tief in mich ein.

Esra schlug die Tür zu, umrundete den SUV und öffnete den Kofferraum. Ich rückte auf dem Sitz etwas nach vorne, um im Rückspiegel erkennen zu können, was er tat. Im Frachtraum des Wagens waren Schrankboxen eingebaut. Er hatte den Gurt mit Pistole und Schlagstock ausgezogen, kontrollierte seine Waffe und warf alles in eine der Metallkisten auf der rechten Seite. Jemand wie ich, der gerne Krimiserien schaute, hätte auf den Gedanken kommen können, dass er ein sehr gut ausgerüsteter Serienkiller war. Augenblicklich zog sich mein Magen zusammen.

Esra öffnete den mittleren Spind auf der linken Seite und zog ein schwarzes T-Shirt heraus. Dann begann er, sein Hemd aufzuknöpfen. Ich zog scharf die Luft ein, als er es sich über die Schulter streifte. Was für ein Körper. Ich konnte jede Faser seiner Muskeln sehen, die durch die

Bewegungen wie Klaviersaiten auf und nieder gingen. Um seine Handgelenke trug er je ein etwa vier Finger breites Lederarmband, was ich total sexy fand. Selbst wenn ich es mit einem Serienkiller zu tun hatte, spätestens jetzt war mir das egal. Als er hochsah, traf mich sein Blick im Rückspiegel. Ich zuckte zusammen und drückte mich tief in den Sitz. Mist! Ging es vielleicht noch auffälliger?

Ich hörte das Quietschen der sich schließenden Spindtür und den dumpfen Schlag, als er den Kofferraumdeckel zuschlug. Als er neben mir einstieg, schaute ich stur geradeaus.

Er steckte den Zündschlüssel ein und drehte sich zu mir. »Sorry«, sagte er und wies mit dem Daumen über die Schulter. »Ich hasse diese Uniform und …«

»Schon gut«, sagte ich und wurde rot. »Mich stört es nicht, wenn du dich ausziehst.« Hatte ich das gerade laut gesagt? Oh Gott, konnte ich tatsächlich alles noch schlimmer machen?

Esras Mund zuckte, dann blickte er nach vorne, legte den Kopf schief und schürzte die Lippen. »Okay.«

Er ließ den Motor an und trat zweimal im Leerlauf aufs Gas. Hatte ich Mister »Ich-bin-so-cool-und-hab-alles-im-Griff« etwa ein ganz klein wenig aus dem Konzept gebracht?

»Also, wo soll's hingehen?«

»Leonhardsberg.«

»Mitten in der Altstadt, was?«

»Ich hoffe, das ist kein großer Umweg.«

»Ich fahre gern Auto.«

Ich lächelte und schaute dann aus dem Fenster.

»Und? Wie war deine erste Woche?«

»Meine Woche? Ähm … gut. Sie war gut. Lehrreich«, sagte ich. »Und deine?«

»Besser denn je.« Er zwinkerte mir zu. Lachfältchen breiteten sich strahlenförmig um seine Augen aus.

Besser denn je? Wegen mir, oder hatte ich das jetzt falsch verstanden? Ich zumindest hatte ihn die ganze Woche nicht gesehen. Stalkte er mich etwa? Sogleich wurde mir wieder mulmig. Warum machte er mein Hirn nur so zu Pudding?

»Das freut mich«, hörte ich mich sagen.

Er grinste und wandte sich wieder der Straße zu. Das schwindende Licht des Tages zauberte einen Goldschimmer in seine rabenschwarzen Haare.

Vor dem Haus meiner Tante angekommen, stellte er den Motor ab, lehnte sich über das Lenkrad und schaute zur Frontscheibe hinaus. »Hier wohnst du also?«, sagte er. »Schönes Haus …«

»Hmm«, machte ich und öffnete schnell die Wagentür.

Seine Finger streiften über meinen Unterarm. Mein ganzer Körper reagierte darauf und zog sich wohlig zusammen. »Alles okay?«

Ich nickte. »Ja, alles gut. Danke fürs Nachhausefahren.«

»Gern geschehen«, lächelte er. »Ein schönes Wochenende, Elin.«

»Dir auch.« Schnell stieg ich aus, schlug die Tür zu und ging zum Haus. Bevor ich eintrat, drehte ich mich noch einmal um. Esras Blick berührte mich bis in die Seele. Und plötzlich wusste ich, an was mich der Basilisk in meinem Buch erinnert hatte: an unsere erste Begegnung. An den Blick in Esras Augen.

Kaum im Haus, verzog ich mich sogleich auf mein Zimmer.

Es machte mich verrückt, über Esra nachzudenken. So wohl ich mich in seiner Nähe fühlte, im nächsten Moment machte er mir Angst. Ich musste mich ablenken, also nahm ich das Buch hervor, obwohl Sina und Nico noch wach waren. Das Medaillon fest umklammert, blätterte ich ziellos vor und zurück. Die Formen verschwammen vor meinen Augen, aber ich konnte mich nicht auf das, was ich sah, konzentrieren. Mir wurde schon ganz schwindelig davon, also hielt ich inne und zwang mich, langsam zu machen, legte eine Seite um und wartete, bis sich die Buchstaben geordnet hatten.

Wasser ist das Lebenselement der Basilisken, begann ich zu lesen, *deshalb hausen sie stets in feuchten Grotten in Nähe von Gewässern und Brunnen.* Esras Körpergeruch kam mir in den Sinn, der mich an einen warmen Sommerregen erinnerte. An die Nässe, die sich mit dem Duft der warmen durstigen Erde und dem frisch benetzten Gras vermischte. Ich wusste, dass das kein Parfüm war. Das war *er*! Vehement verdrängte ich die Gedanken an ihn. Das Buch sollte mich ablenken und nicht noch an ihn erinnern. Schnell blätterte ich weiter. Eine Bildserie zeigte die Verwandlung von einem Menschen in einen Basilisken. Darunter stand: *Eine bevorstehende Verwandlung vom Menschen zum Basilisken zeigt sich zuvorderst an der Epidermis. Die Haut wird schuppig und erscheint flackernd in den Farben der Drachengestalt. Auch die Augen der Geschöpfe verändern sich. Die runden Pupillen werden zu senkrechten Sehschlitzen, was ihre Sehkraft schärft.*

Die Verwandlung selbst geht so schnell vor sich, dass sie

von keinem menschlichen Auge nachvollzogen werden kann. Die Basilisken schildern den Vorgang wie ein Glimmen, das sich von den äußeren Extremitäten bis ins Innere fortsetzt.

Ein Klopfen ließ mich zusammenfahren. »Moment!«, rief ich und packte eilig alles in die Kartonschachtel.

»Elin?«

»Ich komme gleich, Nico!«

»*Criminal Minds* fängt in zwei Minuten an.«

Mit einem Satz war ich an der Tür. »Bin schon da«, grinste ich.

Kapitel 7

Mein Handy riss mich aus dem Schlaf. Juna. War ja klar. Meine neugierige Freundin hielt nicht viel von Ausschlafen. Ich knipste die Nachttischlampe an und ging ran. »Hey.«

»Lin, wie war deine erste Woche?«

»Ziemlich anstrengend, deshalb hätte ich an diesem schönen Samstag auch ganz gern etwas länger als bis sieben Uhr morgens geschlafen.«

»Dann hättest du dein Handy ausschalten sollen«, kicherte sie.

»Ja, ja«, murmelte ich.

»Und? Was ist mit deinem Wachmann, hast du ihn wiedergesehen?«

»Rate mal, wer mich gestern Abend nach Hause gefahren hat?«

»Er hat dich nach Hause gefahren?«, trompetete es von der anderen Seite.

»Ja. Und ich glaube, er hat mit mir geflirtet. Irgendwie …«

Sie kicherte. »Und, seht ihr euch wieder?«

Ich atmete tief ein und aus. »Keine Ahnung, ob ich das wirklich will.«

»Ach, Elin«, seufzte sie.

»Nein«, verteidigte ich mich, denn ich wusste genau, was sie dachte: Elin drückt sich wieder. »Es ist nicht so … es ist nur … manchmal macht er mir Angst.«

»Angst? Wie meinst du das?«

»Na ja … gestern wollte mein Boss mit mir was trinken gehen. Ich lehnte natürlich ab. Daraufhin hat er mich bedrängt und plötzlich stand *er* zwischen uns.«

»Also das klingt eher so, als ob du dich vor deinem Vorgesetzten in Acht nehmen solltest.«

»Es geht ja noch weiter.«

»'tschuldigung«, piepste sie übertrieben reumütig, sodass ich lachen musste.

»Auf jeden Fall kam es zum Streit, und er hat meinen Chef gepackt und so heftig weggestoßen, dass der etwa einen Meter weit nach hinten geflogen ist.«

»Okay.«

»Der Typ hat Bärenkräfte, Juna, und manchmal hat er so einen Blick drauf …«

»Was für einen Blick denn?«

»Keine Ahnung. Irgendwie unheimlich.«

»Also wenn dein Bauchgefühl nicht stimmt, lass es lieber. Vielleicht ist er ein Psycho.«

»Das ist es ja gerade, das Bauchgefühl stimmt, aber der Verstand …« Ich atmete tief ein. »Er kann kein Psycho sein. Immerhin ist er Wachmann bei einer angesehenen Firma. Die machen doch bestimmt gründliche Backgroundchecks mit ihren Leuten. Die rennen da nämlich mit Waffen herum.«

»Nur weil er im normalen Leben Wachmann ist, heißt das nicht, dass er dein Freund und Helfer ist!«

»Ich weiß …« Juna brachte meine Gefühle gegenüber Esra noch mehr durcheinander, also wechselte ich abrupt das Thema und erzählte ihr von meinem Erfolg mit dem Buch. Ich hatte erwartet, dass sie mich ausfragen würde, was das nun für ein Buch sei, was drinstehe und was ich schon alles erfahren hätte, aber wie aus dem Nichts meinte sie, dass sie für einige Zeit zu ihren Eltern müsse. Sie würde sich dann melden. Vorher musste ich ihr aber versprechen, mich von Esra fernzuhalten, und weg war sie. Verwirrt legte ich auf und kuschelte mich wieder in die Decke.

Am Montagmorgen stand Esra wieder nicht an der Personenkontrolle. Mein Herz war enttäuscht, mein Kopf war froh. Ich schaute zu Lesharo hinüber, der einem jungen Kollegen etwas am Bildschirm erklärte. Neutral betrachtet war er bestimmt attraktiv, mit seinen leuchtenden grünbraunen Augen, aber gegen Esra sahen alle Männer irgendwie gewöhnlich aus.

»Guten Morgen«, sagte Lesharo und blitzte amüsiert in meine Richtung.

Ich lief augenblicklich rot an, als mir bewusst wurde, wie bescheuert ich aussehen musste, während ich einfach nur dastand und ihn anstarrte. »Morgen«, hauchte ich und eilte mit gesenktem Kopf zu den Aufzügen.

Der Lift öffnete sich mit einem Ping, und ich stand Timon gegenüber. Er drehte seinen Schlüsselbund um den Zeigefinger und fing ihn mit der Hand wieder auf. »Willst du nicht einsteigen?«, fragte er und drückte die Tür wieder auf.

»Doch«, sagte ich und quetschte mich an ihm vorbei.

»Es tut mir leid wegen Freitag«, sagte er mit einem kurzen Seitenblick, als die Tür wieder zufuhr.

»Schon okay.«

»Ich wollte dich nicht bedrängen.«

Ich nickte.

»Ich weiß, dass man das eigentlich nicht macht.« Timon schluckte. »Ich bin dein Vorgesetzter und …« Seine Augenbrauen zuckten kurz nach oben, bevor er tief einatmete. »Ähm, montags haben wir normalerweise eine kurze Infositzung. Es wäre gut, wenn du dabei bist, dann erfährst du gleich, was hier sonst noch alles läuft.«

»Ja, klar.«

»Wir beginnen um Neun. Häng dich an Lolo, die weiß, wo wir sind.«

Nach der Mittagspause gab Timon mir Zeit zum Lernen, und ich zog mich in ein leeres Sitzungszimmer zurück. Als ich am Abend wieder ins Labor kam, um meine Sachen zu packen, war es schon halb sechs. Ralph und Lolo hatten bereits Feierabend gemacht. Ich legte die Bücher auf den Papierberg neben der Tastatur und bückte mich nach meiner Tasche, als mir plötzlich der Zipfel eines Blattes ins Auge stach. Vorsichtig zog ich es unter dem Stapel hervor. Mein Kiefer klappte nach unten. Hektisch blickte ich über die Schulter, bevor ich wieder auf das Blatt starrte. Die Formen und Figuren sahen genauso aus wie die in dem alten Buch. Mit zittrigen Fingern begann ich, den Papierhaufen zu durchwühlen. Jeden Zettel drehte ich um, schüttelte sogar die Bücher aus, aber ich fand keine weiteren Notizen dieser Art.

Ohne das Amulett konnte ich nichts entziffern, aber es gab keinen Zweifel daran, dass dies die gleichen verschlüsselten Symbole waren.

Ein leises Knirschen ließ mich herumfahren. Vorsichtig linste ich um die Ecke der Arbeitskonsole zum Eingang. Da war nichts. Mein Herz schlug bis zum Hals. Schnell zog ich mich zurück, faltete das Blatt zusammen und schob es in die Tasche. Ich musste wissen, was das war, und das konnte ich nur mit dem Amulett herausfinden.

»Frau Bergmann?«

»Dr. Siller!«, stieß ich hervor. Wo zum Teufel kam der jetzt her? Hatte er sich etwa angeschlichen?

»Ich wollte Sie nicht erschrecken.«

Mein Körper fühlte sich an, als hätte er keinen einzigen Muskel mehr. »Das haben Sie aber.«

»Bitte entschuldigen Sie«, lächelte er. »Können wir uns kurz setzen?« Er deutete auf den Stuhl. »Elin. Ich darf doch Elin zu Ihnen sagen, oder?«

Langsam zog ich den Stuhl zu mir und setzte mich. »Ja. Natürlich.«

Er nahm mir gegenüber Platz und musterte mich. »Die Kopie, die ich Ihnen hingelegt habe, sagt Ihnen also etwas?«

»Die Kopie?«, fragte ich, um Zeit zu schinden. Aber an seinem amüsierten Blick merkte ich gleich, dass es wohl keinen Sinn machte, etwas zu leugnen. Offensichtlich hatte er mich die ganze Zeit beobachtet. »Ach, Sie meinen den Zettel mit den schönen Formen drauf?«

»Ja genau.«

»Nein, der sagt mir eigentlich nichts«, behauptete ich. »Die Formen haben mir einfach gefallen.«

»Und da dachten Sie, Sie stecken ihn ein, um ihn bei sich zu Hause aufzuhängen?«

»Na ja …«

»Elin«, sagte Dr. Siller sanft. »Sie dürfen mir vertrauen. Ich weiß einiges über ihre Familie, was Sie vielleicht interessieren könnte, und ich bin sicher, dass Sie das nicht einfach eingesteckt haben, weil Sie es schön fanden.« Er legte seine Hand auf meinen Arm. »Kommen Ihnen die Formen irgendwie bekannt vor?«

Ich widerstand dem Drang, mich seiner Hand zu entziehen. Was wusste er über meine Familie? Worauf wollte er hinaus?

»Es kommt mir bekannt vor, ja.«

»Und wo haben Sie das schon mal gesehen? In einem Buch vielleicht?«

Woher wusste er von dem Buch? Ein ungutes Gefühl beschlich mich. Ich wagte es nicht, Dr. Siller in die Augen zu schauen.

»Mein Vater hat manchmal solche Figuren gemalt, wenn er telefoniert hat, und es hat mich an ihn erinnert. Ich habe nicht viel von ihm, und er hat doch hier gearbeitet. Ich dachte, dass es vielleicht von ihm sein könnte …«

»Das kann ich gut verstehen«, sagte er. »Du musst wissen, dass du von ganz besonderen Menschen abstammst, und ich denke, dass du diese Besonderheit geerbt hast.«

Und schon waren wir beim Du, aber ich ging nicht darauf ein. »Besonders? Was meinen Sie damit?«

»Diese Figuren, die dein Vater gezeichnet hat, sind in Wirklichkeit eine symbolische Schrift, wie sie die Alchemisten gern verwendet haben, um ihr Wissen vor Stümpern zu schützen.«

»Alchemisten?« Ich spürte meinen Herzschlag im ganzen Körper. »Meine Vorfahren waren Alchemisten?« *Oder Magier*, schob ich in Gedanken nach, denn das Amulett war auf jeden Fall verzaubert, davon war ich mehr als überzeugt.

Dr. Siller blickte mich lange an. Dann holte er tief Luft. »Ich kann dir leider nicht mehr sagen, bis ich nicht sicher bin, dass du die Erbin dieser Gabe bist«, fuhr er schließlich fort. »Und du hast ja auch noch einen Bruder, nicht wahr?«

Ich nickte.

»Wir müssen einfach abwarten.«

»Aber …« Ich schaute hoch. Das war jetzt nicht sein Ernst? Er konnte doch nicht so etwas in den Raum werfen und dann einen Rückzieher machen!

Sein Blick ruhte auf mir. »Und du bist sicher, dass du nichts auf dem Zettel erkennen kannst? Nimm ihn doch nochmals hervor, vielleicht musst du dich erst daran gewöhnen.«

Gehorsam griff ich in die Tasche und faltete das Papier auseinander. Ich schwankte zwischen dem Verlangen, alles über meine Familie zu erfahren, und dem unguten Gefühl, einen großen Fehler zu machen, wenn ich mich zu erkennen gab. Also schüttelte ich den Kopf. »Nichts. Ich sehe nichts als gewundene Formen.«

»Kein Problem.« Dr. Siller erhob sich und legte mir väterlich die Hand auf die Schulter. »Wenn du eines Tages etwas anderes siehst als diese Formen, komm einfach bei mir im Büro vorbei.«

Ich nickte. »Es tut mir leid, dass ich nicht helfen kann.«

»Das ist nicht deine Schuld«, lächelte er. »Nimm das Blatt mit und schau ab und zu darauf, ja?«

»Mach ich.« Mein Blick folgte ihm, bis er verschwunden war. Die Tür quietschte leise, als sie hinter ihm zufiel.

Kapitel 8

Ich eilte den Leonhardsberg hoch, während ich in meiner Tasche schon nach dem Schlüssel suchte.

»Hallo«, rief ich in die Dunkelheit, nachdem ich das Haus betreten hatte. »Bin wieder da!« Ich hängte den Schlüssel ans Brett und knipste das Licht an. Niemand antwortete. Auch gut, denn einerseits hieß das, dass Nico noch mit Freunden unterwegs war, und andererseits, dass ich mich ungestört dem Zettel widmen konnte. Ich stieg die Treppe hoch in mein Zimmer, schloss die Tür hinter mir und holte die Schachtel mit dem Buch und dem Amulett hervor. Dr. Sillers Zettel legte ich auseinandergefaltet neben die Kiste, dann angelte ich nach dem Medaillon. Die kribbelnde Wärme erfüllte sogleich meine Handfläche. Die Formen auf dem Zettel verschwammen und ordneten sich neu. Das Bild eines Baumes entstand vor meinen Augen. Um die Wurzeln herum wand sich eine Art Schlange. Sie hatte Flügel und Beine und ähnelte einem Basilisken. In der Baumkrone saß ein Vogel, der aussah wie ein Geier. Und schließlich entdeckte ich noch eine Figur, ein kleines Tierchen, das sich am Stamm festhielt. Das erinnerte mich sofort an Ratatwisker. Das Eichhörnchen vom Weltenbaum, einem Symbol der kosmischen Ordnung, der Verbindung von Himmel, Erde und Unterwelt. Das hatten wir irgendwann in der Schule durchgenommen, und ich konnte mich noch sehr gut an diese Geschichte erinnern. Hauptsächlich an dieses lustige Eichhörnchen, das den ganzen Tratsch zwischen den streitenden Parteien hin- und hertrug.

Grinsend lehnte ich mich zurück und schob mich samt Stuhl von der Tischkante weg. Aber was hatte das bitte mit Alchemie zu tun oder mit meiner Familie? Und was hatte Panazea mit meiner Familie zu tun? Gut, wir arbeiteten schon seit Generationen für das Unternehmen. Vater, Großvater, Urgroßvater. Aber das ging doch bestimmt vielen Basler Familien so.

Die Türklingel riss mich aus den Gedanken. Schnell packte ich alles zusammen, versteckte es im Kleiderschrank und eilte die Treppe hinunter. Das war vermutlich Nico. Dass er immer den Schlüssel vergessen musste. Ich zog die Tür auf. »Hast du wieder mal den … Oh!« Ich erstarrte aus voller Fahrt, denn es war nicht Nico, der vor mir stand, es war Esra. In dem schummrigen Licht der Straßenlaterne schimmerte seine Haut golden, genau wie seine Haare. Er trug ein schwarzes T-Shirt zu einer schwarzen Stoffhose. Um die Handgelenke wanden sich wieder diese breiten Lederarmbänder. Er sah umwerfend aus.

»Ha-Hallo«, stotterte ich. Sogleich musste ich an mein Versprechen gegenüber Juna denken, dass ich nun wohl nicht halten konnte. Oder sollte ich ihn wegschicken?

»Hi.« Er stützte sich mit dem Unterarm an der Hausmauer ab. Dabei kam er mir so nah, dass ich seinen Atem auf meinem Gesicht spürte. Sein unwiderstehlicher Duft hüllte mich ein. Instinktiv wich ich einen Schritt zurück.

»Ähm, ja«, sagte er und stieß sich von der Mauer ab. »Also ich war heute Morgen nicht da, weil ich Nachtschicht habe. Ich wurde kurzfristig anders eingeteilt.«

»Wegen Freitag?«

»Schon möglich. Leva ist ein Idiot.«

Ich gluckste. Langsam fiel die Anspannung von mir ab. Ich fühlte mich wohl in seiner Nähe. Vermutlich war das naiv und dumm, zumindest würde das Juna so sehen, aber ich konnte nichts dagegen tun.

»Ich werde in Zukunft öfters Nachtschichten einlegen müssen.«

»Oh … das …«

»Das wollte ich dir einfach sagen. Nicht dass du denkst, ich wurde gefeuert oder so.«

»Okay, danke.«

Er schaute weg. »Tut mir leid, es war blöd herzukommen.«

»Nein!« Ich griff nach seinem Arm, den ich aber gleich wieder losließ. Nicht weil ich es wollte, denn seine Haut fühlte sich so wunderbar weich an, wie Samt, aber ich kam mir plötzlich so aufdringlich vor. »Möchtest du reinkommen?«

Er kniff kurz die Lippen zusammen. »Nein, ich sollte …« Er drehte den Kopf über die Schulter.

»Es ist niemand zu Hause.« Ich wich zur Seite, den Po und die Hände gegen die Tür gelehnt, um sie ganz aufzudrücken.

»Okay, warum nicht.«

Mitten im Flur verharrte er reglos und sog Luft durch den leicht geöffneten Mund.

Ich schob die Tür zu und ging an ihm vorbei die ersten Stufen hoch. »Mein Zimmer ist oben«, sagte ich zögerlich.

»Hast du Haustiere?«

»Haustiere?« Eine Hand am Geländer, drehte ich mich zu ihm um. Die Dunkelheit kam mir auf einmal drückend vor. Warum verhielt er sich nun wieder so eigenartig? »Mein Bruder hat eine Schlange.«

»Du hast einen Bruder?« Esras Miene fror ein. »Wie alt?«

»Vierzehn.«

Eine nicht enden wollende Zeit lang standen wir einfach da. Ich hätte auf Juna hören und ihn einfach wegschicken sollen.

»Lass uns hochgehen.« Er kam auf mich zu, und ich ging ihm voraus. Als ich gerade meine Tür öffnen wollte, sah ich, wie sich die Schlange in Nicos Zimmer im Terrarium aufrichtete und mit der Zunge die Witterung aufnahm. Merkwürdig, das hatte ich noch nie gesehen. Esra starrte die Schlange an, die sich sogleich zurückzog und zusammenrollte. Einen Augenblick lang hatte es so ausgesehen, als ob er mit ihr kommuniziert hätte.

Basilisken sind die Könige der Schlangen, schoss es mir durch den Kopf. Aber das war Blödsinn! Wir waren hier nicht in *Harry Potter*!

Esra schob mich durch die Tür und schloss sie hinter sich. »Eine nette Schlange habt ihr da.«

»Das hat Boris noch nie gemacht«, entschuldigte ich mich, erleichtert, ein Lächeln auf seinem Gesicht zu sehen.

»Die Schlange heißt Boris?« Das Grinsen wurde breiter.

»Ja, warum?«

»Das wird sie nicht mögen, Boris ist nämlich eine Sie.«

»Oh.« Jetzt musste ich auch lachen. »Und das hast du einfach so aus der Ferne gesehen?«

»Ich kenn mich mit Schlangen aus.«

Sein Blick wanderte im Zimmer umher. Schnell räumte ich das Schlafshirt und die Unterwäsche vom Bett und stopfte alles unters Kissen. Das war ja wieder mal typisch ich. Auch ohne hinzusehen wusste ich, dass er grinste. Netterweise verkniff er sich einen dummen Spruch.

»Ein schwarzer Basilisk.« Er ging auf den Nachttisch zu. »Darf ich?«

Ich nickte. »Den hat mein Vater geschnitzt.«

»Nicht schlecht.«

Ich trat zu ihm und nahm ihm die Figur ab. Dabei berührten wir uns kurz. Es kräuselte durch meine Hand wie ein feiner elektrischer Schlag. »Mein Vater hat gesagt, dass er der Anführer der Basilisken sei.«

»Aha. Und an was sieht man das?«

»Keine Ahnung. Vermutlich an den Farben.«

Esra lachte leise.

»Setz dich doch«, sagte ich und wies auf das Bett. Ich stellte die Figur zurück und ließ mich selbst auf die Matratze sinken. Er zögerte, setzte sich dann aber ziemlich weit von mir entfernt hin.

»Ich glaube auf jeden Fall nicht, dass Basilisken so komisch grün sind wie die auf den Basiliskenbrunnen. Oder was meinst du? Schlangen sind ja auch nicht alle grün. Okay, es gibt natürlich auch grüne Schlangen, aber …« Ich brach ab. Vor lauter Nervosität quasselte ich schon wie Juna.

Sein Blick ruhte auf mir, wurde immer intensiver. »Dann glaubst du, dass es diese Viecher tatsächlich gibt?«

»Das sind keine Viecher. Das sind mythische Wesen!«

»Ah ja?« Seine goldenen Augen funkelten im Licht der Lampe.

Ich zog die Beine zum Schneidersitz an und nutzte die Gelegenheit, unauffällig etwas näher zu ihm zu rücken. »Mein Vater hat uns früher viele Geschichten erzählt. Er wusste alles über die Legenden von Basel und die Basilisken. Wenn er davon berichtete, haben seine Augen den Glanz dieser Welt bis zu uns ins Wohnzimmer gebracht, und ich glaubte ihm, dass es das alles wirklich gab. Ich wollte es glauben. Verstehst du?«

Er nickte und rückte seinerseits ein Stück näher zu mir. »Ja, das verstehe ich.«

»Tust du nicht«, sprudelte es aus mir heraus.

Er hob die Hand und strich mir eine Haarsträhne hinters Ohr. »Doch, tue ich.«

Ich biss mir auf die Lippen, um nicht noch mehr Blödsinn zu schwafeln. Seine Fingerspitzen wanderten entlang meines Kiefers bis zum Kinn. Dann fuhr er mit dem Daumen über meinen Mund. Die Haut prickelte unter seiner Berührung. Ich neigte mich zu ihm, hoffte, dass er mich küssen würde. Unsere Gesichter waren sich ganz nah. Er roch nach nassen Blättern und frischer Minze. Durch das einfallende Licht machte es den Anschein, als ob seine Iris kein festes Muster hatte, eher sah sie aus wie flüssiges Gold, das um seine Pupille floss. Es hatte etwas Hypnotisches. »Deine Augen, sie sind so …« Ich streckte die Hand nach ihm aus. Aber er fing sie ab, blinzelte und schaute weg. »… ungewöhnlich«, beendete ich den Satz.

»Ich sollte jetzt gehen.« Er sprang auf und ging zur Tür.

»Nein, warte.« Die ganze kribbelnde Anspannung war verflogen. Ich entknotete meine Beine und lief ihm nach.

»Ich muss zur Arbeit.«

»Habe ich etwas Falsches gesagt?«

Er stand schon auf der Treppe, als ich seine Schulter berührte. Er fuhr herum. Die Haut auf seinen Unterarmen schillerte, wie die raue Oberfläche eines Sees.

»Ich wollte dich nicht kränken.«

»Es liegt nicht an dir.« Schnell wandte er sich ab und floh beinahe vor mir.

»Sehen wir uns morgen?«

»Mal schauen.«

Ich holte Luft, um etwas zu erwidern, aber da war er schon weg.

Ich glitt an der Wand entlang auf den Treppenabsatz, zog die Beine an und stützte mein Kinn auf die verschränkten Arme. Ich war so ein Trampel.

Bis spät in die Nacht lag ich wach. Ich hätte das mit seinen Augen nicht sagen sollen. Oder war Esra gar nicht deswegen gegangen? Was war da überhaupt mit seiner Haut passiert? War es nur ein Lichtspiel gewesen oder … Nein! Stöhnend warf ich die Decke zurück. Das war Quatsch! Anstatt mich verrückt zu machen, konnte ich genauso gut noch etwas lesen. Ich stand auf und holte das Buch des Wissens hervor, nahm das Medaillon in die Hand und schlug den Deckel auf. Die Überschrift »Alpharecht« zog meine Aufmerksamkeit auf sich. Unweigerlich streifte mein Blick über die Basiliskenfigur auf meinem Nachttisch.

Dem Text zufolge hatte jeder Clan einen Anführer, den Alphabasilisken. Das Alpharecht wurde vererbt, aber anders als in einem Königshaus ging das Erbe nicht zwangsläufig an den ältesten Sohn, sondern an den, der der Aufgabe würdig war. Der Anführer hob sich von allen anderen Clanmitgliedern durch seine Farben ab. Er war als Einziger schwarz und golden.

Ich musste lächeln. Es waren also tatsächlich die Farben, die meine Figur zum Alphabasilisken machten. Dann hatte ich Esra zumindest nicht auch noch angelogen, bevor ich ihn beleidigt hatte.

Vehement zwang ich meinen Blick zurück in das Buch.

Wenn die Führung vom Vater auf den Sohn überging, erfuhr ich weiter, färbte sich dessen Haut und Gefieder in goldglänzendes Schwarz. Gleichzeitig verblassten die Farben des Vaters, der dadurch zu einem normalen Mitglied des Clans wurde. Den Anspruch auf die Position konnte ein Basilisk nur auf eine Weise verlieren, wenn er den Clan im Stich ließ. Dabei verlor aber nicht nur er das Anrecht darauf, sondern auch alle seine direkten Nachkommen. In so einem Fall würde der nächste würdige Verwandte zum Anführer.

Langsam eroberte mich eine lähmende Müdigkeit. Ich konnte den Text vor meinen Augen kaum noch aufrechterhalten. Meine Augen fielen immer wieder zu. Also gab ich auf. Leider war Esra nach wie vor in meinem Kopf.

Esra

»Zzzzzzz.«

Esras Muskeln spannten sich an. Er brauchte sich nicht umzudrehen, um zu wissen, wer es war. »Was wollt ihr?«

»Unser Vater will dich sprechen.«

Esra senkte Meißel und Hammer, mit denen er die Felswand bearbeitete. »Und warum?«

»Tja, warum wohl?« Kieselsteinchen knirschten unter Ilaris Stiefeln, als er einen großen Schritt auf Esra zuging. »Dreimal darfst du raten, Cousin«, sagte er und stieß Esra mit den Fingerspitzen gegen die Stirn.

Esra sprang auf die Füße. Einen Moment herrschte absolute Stille, während sich die zwei gegenseitig taxierten. Esras Cousin war einiges größer und massiger als er.

»Wenn ich du wäre, würde ich mich beeilen«, durchbrach Arik das Schweigen und spuckte auf den Boden. Sein rundes Gesicht glänzte speckig im Schein der Fackel. Esra registrierte den angewiderten Blick, mit dem er das Felsbild betrachtete, das einen Basilisken zeigte, unter dessen schützendem Flügel eine weitere Figur entstand. Eine Frau.

Ilari kickte gegen die Werkzeugkiste, die scheppernd über den unebenen Boden kratzte, drehte sich um und zog seinen Bruder mit sich. »Los, hauen wir ab.«

Sie verschwanden durch den in einem S gewundenen Höhlenausgang. Ihre dumpfen Schritte hallten durch den Tunnel.

Esra folgte ihnen kurze Zeit später. Mit gesenktem Kopf ging er den im Kerzenschein flackernden Felsgang entlang, der in regelmäßigen Abständen von weiteren Eingängen zu Wohnhöhlen gesäumt war. Am Ende des Ganges stieg er eine gewundene Steintreppe hinunter, überquerte eine schmale Brücke, die über eine tiefe Kluft führte, und gelangte in den geräumigen Versorgungstunnel. Als er das Hauptgewölbe erreichte, verlor sich der Hall seiner Schritte in den Weiten der Höhle und wurde vereinzelt von einer fernen Felswand zurückgeworfen.

Draußen brach der Morgen an, und ein schwaches Licht drang von der Oberfläche in die unterirdische Stadt. Er folgte dem Gurgeln des Grundwasserstroms um den zentralen Platz herum und bog in den stickigen, mit Teppich belegten Gang ein, der zum Palast seines Onkels führte.

Er wäre beinahe mit der Wache zusammengestoßen, die kurz hinter dem Tunneleingang stand. Dann hatte sein Onkel also menschlichen Besuch?

»Entschuldigung«, sagte Esra und umrundete den Typen, damit er seinen Weg fortsetzen konnte.

Vor dem schweren Holztor angekommen, lauschte Esra einen Moment in die Stille. Tatsächlich drangen Stimmen aus dem Saal dahinter zu ihm.

»Dieses Buch in den falschen Händen gefährdet nicht nur die Abmachung, sondern vor allem dich persönlich, Aakash!«

Die schneidige Stimme war Esra wohlbekannt. Siller.

»Begreifst du das nicht? Sobald die Fähigkeit des Erben erwacht, und er das Buch lesen kann, wird er all deine Geheimnisse kennen. Alle! Und was denkst du, was dann hier los sein wird?«

Ein Knurren brachte die Luft zum Vibrieren. Esra

konnte die Wut seines Onkels riechen. Der herablassende Ton seines Gegenübers musste ihn rasend machen.

»Du kannst deinen rebellischen Neffen nicht einmal von dem Menschenmädchen fernhalten, obwohl das im Vertrag sehr deutlich verlangt wird. Wir beide können uns ausmalen, was passiert, wenn er die Wahrheit erfährt.«

»Was verlangst du von mir?«

»Besorg dir das Buch – Herrgott noch mal!«

Esra hörte Kleider rascheln. Schritte kamen näher, und er schlüpfte in eine dunkle Nische. Die Tür öffnete sich, und der gelbe Fackelschein zitterte über die flachen Stufen, die vom Verhandlungsraum in den Gang führten.

»Jetzt müssen es also meine Leute richten, weil deine dazu nicht fähig waren, solange noch Zeit dafür war!«, grollte Aakash.

Siller blieb in der Tür stehen und drehte sich noch einmal um. »Es ist in deinem eigenen Interesse«, sagte er trocken und stampfte an Esra vorbei, die Fackel stur geradeaus gerichtet. Hinter ihm schlug das Tor ins Schloss.

Esra wartete noch einige Minuten. Sillers Proteste gegen die Augenbinde klangen dumpf vom Ende des Ganges zu ihm. Dass das übliche Vorgehen auch für ihn galt, schien ihm nicht zu gefallen. Aber außer dem Erben durfte niemand die geheimen Eingänge zu ihrer Welt kennen. Das war ihre erste und vermutlich wirkungsvollste Sicherheitsbarriere. Esra schüttelte den Kopf, dann klopfte er an und trat ein.

»Du wolltest mich sprechen, Onkel?«, rief er und ging einige Schritte auf die große ovale Steintafel in der Mitte des Raumes zu. Mit der Hand strich er über die kunstvoll verzierte Lehne von einem der Stühle. Der Stein war glatt poliert und fühlte sich kühl an.

»Wage es ja nicht!«, donnerte sein Onkel, der unvermittelt aus dem Schatten trat. Esra wich einen Schritt zurück. Er war nicht auf Konfrontation aus. Nicht mehr. Aakash war mindestens zwei Meter groß. Die breiten Schultern ließ er leicht nach vorne hängen, sodass sich sein Rücken zu einem Buckel wölbte. Die schwarzen Augen waren kalt und leer wie die Weiten des Weltalls.

»Wo warst du gestern vor der Arbeit?«, zischte er.

»Warum?«

Aakash klatschte mit der flachen Hand auf den Tisch, den er lauernd umkreiste. Der Knall wurde von dem Gewölbe vielfach wiedergegeben. »Spiel keine Spielchen mit mir, du Nichtsnutz! Ich warne dich.«

»Was ich in meiner Freizeit tue, geht dich nichts an.«

Aakash kam auf Esra zu, packte ihn am Kragen und drückte ihn gegen die Felswand. »Du wirst dich von dieser Göre fernhalten, oder willst du den Vertrag gefährden?«

Esra schlug die Hände seines Onkels weg. »Sonst was? Willst du mich wieder einsperren?«

Aakash hatte die Lippen aufeinandergepresst. Sein feuchter Atem streifte Esras Gesicht. Plötzlich hob er die Hand und schlug die Faust direkt neben Esras Kopf in die Wand. Kleine Steinchen brachen aus dem Fels, der unter dem Schlag erzitterte. »Verschwinde aus meinen Augen!«

Esra wandte sich ab und ging ohne ein weiteres Wort.

Kapitel 9

Der herbe, leicht faulige Geruch nach Chemikalien umfing mich, als ich ins Labor trat. Niemand war da. Bis auf das ratternde Klingen der Magnetrührer, das sich über das leise Brummen der PC-Ventilatoren erhob, war es ruhig. Das erinnerte mich daran, dass heute dieses Meeting war, von dem mich Timon freundlicherweise befreit hatte, damit ich lernen konnte. Zumindest war das seine offizielle Begründung. Mir sollte es recht sein, so hatte ich Zeit, ein paar Nachforschungen anzustellen, was den Zettel und vor allem Dr. Sillers Andeutungen über meine Familie anging.

Ich weckte den PC und öffnete den Browser. In die Suchleiste tippte ich die Worte »Alchemie« und »Basel« und klickte den ersten Beitrag an. Demnach war Basel im 16. Jahrhundert eine richtige Hochburg der Alchemie gewesen. Jeder Alchemist, der etwas auf sich hielt, reiste nach Basel, um sich mit Gleichgesinnten auszutauschen. Die Stadt war für die Wissenschaftler ein Zufluchtsort, weil die Basler tolerant waren im Gegensatz zu anderen Gesellschaften dieser Epoche. Hier musste man keine Angst haben, wegen unkonventionellen Ansichten am

Galgen oder auf dem Scheiterhaufen zu enden, was in dieser Zeit ja doch schon mal vorkam, wenn ich mich recht erinnerte. Oder war das mit der Hexenverbrennung früher gewesen? Geschichte und Zahlen waren nicht so mein Ding. Auf jeden Fall hatte Basel auch im Buchdruck klar die Nase vorn, was ein weiterer großer Vorteil war, vor allem wenn man viel Wissen für die Nachwelt festhalten wollte.

Im nächsten Beitrag fand ich heraus, dass die Alchemisten ihr Wissen aber lieber für sich behielten, weshalb sie die ausgeklügeltsten Symboliken und Geheimschriften erfunden hatten, genau wie im Buch des Wissens. Vermutlich war das einer der Gründe, warum die Alchemie oft als Geheimwissenschaft bezeichnet wurde.

Wenn dieses Buch seit Generationen in meiner Familie weitergereicht worden war, bestätigte das Dr. Sillers Behauptung, dass ich von Alchemisten abstammte.

Alchemie, so las ich weiter, beschäftigte sich mit der Beobachtung und Beschreibung der Natur, um deren Gesetzmäßigkeiten und Wirkung zu erforschen. Es war also eine Art altertümliche, fächerübergreifende Wissenschaft, die Chemie, Physik, Philosophie und vieles mehr vereinte. Alchemisten interessierten sich vor allem für den Wandel von Dingen, sei das die spirituelle Entwicklung des Menschen, das Heilen von Krankheiten oder die Veränderung von Stoffen, die sie in der Natur vorfanden.

Immer wieder stieß ich auf den Begriff des »Stein der Weisen«, der als das ultimative Geheimnis der Alchemie bezeichnet wurde. Der heilige Gral der Wissenschaft, dem alle Alchemisten auf der Spur waren. Als ich weiterklickte, fand ich heraus, dass der Stein der Weisen verschiedene

Namen hatte. Unter anderem wurde er als Panazee des Lebens bezeichnet, was nichts anderes bedeutete als Allheilmittel.

Es konnte wohl unmöglich Zufall sein, dass Dr. Sillers Firma Panazea hieß. Ich rieb mir über die brennenden Augen. Das Internet wusste viel, aber bestimmt nichts Spezifisches über meine Familie. Auch bezweifelte ich, dass mir mein Buch diesbezüglich weiterhelfen konnte. Da ging es nur um Basilisken und uraltes Wissen, nicht um Ahnenforschung. Allein Dr. Siller wusste Bescheid, aber noch sträubte sich alles in mir, zu ihm zu gehen.

Mein Magen knurrte mich ins 21. Jahrhundert zurück. Es begann schon zu dämmern. Wo war die Zeit geblieben? Ich packte meine Tasche und räumte die Bücher weg. Dann fuhr ich den PC runter. Nach einem letzten Kontrollblick löschte ich das Licht und verließ das Labor.

Kaum auf dem Gang, wurde ich hibbelig. Vielleicht war Esra ja schon da, und ich hätte die Gelegenheit, kurz mit ihm zu sprechen? Ich wusste nicht recht, ob ich mir das wünschte oder eben gerade nicht. Aber ich wollte unbedingt wissen, warum er gestern einfach abgehauen war.

Ich betrat den Lift und drückte mehrfach den Knopf zum Erdgeschoss. Meine Muskeln verspannten sich immer mehr. Als der Aufzug abbremste, atmete ich noch einmal tief durch und benetzte die trockenen Lippen. Die Tür ging auf, und ich spähte vorsichtig zum Personenscanner. Er war nicht da.

Als ich durch die Drehtür nach draußen kam, erfasste mich ein kühler Windstoß. Ich steckte die Hände in die Jackentaschen und vergrub mein Kinn im Schal. Mein Blick schweifte über den angrenzenden Angestelltenparkplatz.

Ich sah ihn sofort, Esras schwarzen Geländewagen. Das Ungetüm war schwer zu übersehen. Dann arbeitete er also doch schon? Ging er mir etwa aus dem Weg? Hatte ich mich wirklich so dämlich angestellt, dass es ihm nicht mal wert war, mich über seine Beweggründe aufzuklären? Ich blickte kurz zurück, sah aber nur mein eigenes trauriges Spiegelbild in der Glasfassade. Lag es an mir, dass sogar die natürlichste Sache der Welt so unsäglich kompliziert war, oder ging das allen so?

Ich straffte die Schultern. Vermutlich interpretierte ich schon wieder zu viel in die Situation. Ich war nur kurz im Foyer gewesen, und er musste schließlich auch arbeiten und konnte nicht jede Sekunde nach mir Ausschau halten, nur um mich anzulächeln.

Als ich zu Hause unter der Dusche stand und das warme Wasser prickelnd meinen Rücken hinunterlief, entspannte ich mich langsam. Ich stellte den Strahl ganz fein ein, dass er kaum mehr war, als ein leichter Regen. Die sanfte Berührung der Tropfen und die schwere feuchte Luft, die ich tief einatmete, ließen mich in Tagträume abdriften. Ich spürte Esras Finger über meinen Nacken streichen, fühlte seine Lippen, die zarte Küsse auf meinen Hals hauchten. Die Augen geschlossen genoss ich den Schauer, der mich durchfuhr.

Ein Klopfen riss mich zurück in die Wirklichkeit.

»Ja?«

»Hey, kann ich reinkommen?«

»Klar.«

Ein kalter Luftzug wehte unter dem Duschvorhang zu mir durch. Ich stellte das Wasser ab und schlang schnell ein Tuch um mich. Dann öffnete ich den Vorhang. Nico stand vor mir und schaute mich an. Ich zog fragend die Augenbrauen hoch.

»Lennja ist hier und …« Er wischte sich über die Nase und schaute vor sich auf den Boden. »Also …«

Ich gluckste. »Ja?«

»Können wir einen Film gucken?«

Ich runzelte die Stirn. »Natürlich.« Seit wann fragte er, ob er einen Film gucken durfte? »Was ist denn das für ein Film?«

Er seufzte. »*Merlin und Mim*, oder so.«

»Du meinst den Zauberlehrling?« Ich bemühte mich krampfhaft, nicht laut loszulachen. Ein uralter Zeichentrickfilm. So was schaute er nie! Filme, in denen nicht mindestens ein cooles Auto oder ein außerirdisches Monster vorkam, waren für ihn, wie er es ausdrückte, »Mädchenkram«.

»Ja, wie auch immer. Auf jeden Fall wollte ich Popcorn holen«, sagte er schnell. »Im Kino.«

»Au ja.« Ich stieg aus der Duschkabine und rubbelte mir die Haare mit einem zweiten Tuch ab. »Dann hol gleich eine Jumbo-Packung, ich schau nämlich mit. Also wenn ich darf.«

»Logo«, grinste er.

»Geld ist in meiner Tasche«, rief ich ihm nach.

Ich schloss Lennja gleich in mein Herz. Sie war sehr hübsch, nur wusste sie das nicht. Ich war mir sicher, dass ihr scheues Lächeln nicht bloß meinen Bruder um den Verstand brachte. Aber sie sah nur ihn. Ihre blauen Augen waren mit langen dunklen Wimpern umrahmt, und ihre blonden schulterlangen Haare wussten nicht, ob sie gewellt sein sollten oder gerade.

Sie redete nicht viel, aber wie sie Nico anschaute, war einfach herzerwärmend. Es war, als ob sie hinter die Krankheit sah, hinter den kahlen Kopf und die klapprige Figur. Für sie war er ganz normal, so wie er war.

Der Duft nach Popcorn hatte bald den Geruch der alten Bücher verdrängt, die sich in den raumhohen, dunklen Holzregalen stapelten. Wir flätzten uns alle drei auf das durchgesessene, aber umso gemütlichere Sofa, und unser Knuspern musste von außen klingen wie ein Festbuffet bei Familie Maus.

Ich beobachtete die zwei eine Weile, während meine Hand wie automatisch immer mehr von dem salzigen, in Butter getränkten Popcorn in den Mund schob. Sie konnten ihre Finger nicht voneinander lassen, und je länger der Film andauerte, desto enger rückten sie zusammen. Ich hatte die Beine angezogen und umarmte eines der Kissen. Ich wünschte mir, Esra könnte hier sein.

Kapitel 10

Seit ich bei Panazea arbeitete, fühlte ich mich wie in einem Traum. Ob der schlecht oder gut war, konnte ich nicht sagen. Als ich am nächsten Morgen mit der Tram zur Arbeit fuhr, ging ich die Ereignisse nochmals Schritt für Schritt durch: Mein Vater hatte, nach Sinas Erzählung zu urteilen, vermutlich Probleme im Job, meine Eltern starben bei einem tödlichen Autounfall, für den meine Tante *die* Firma verantwortlich machte, bei der ich fünf Jahre später mit wehenden Fahnen durch das Jobinterview marschierte, um nun in demselben Labor zu arbeiten, in dem mein Vater schon gearbeitet hatte. Kaum angefangen, stellte Dr. Siller mich mit einem Zettel auf die Probe, um herauszufinden, ob ich diese ominöse Gabe geerbt hatte, die Zeichen zu entschlüsseln. Aber wofür? Warum brauchte er das zu wissen? Nur um mir meine Familiengeschichte zu erzählen? Wohl kaum!

Mir war klar, wenn ich wissen wollte, woher ich kam und was es mit meiner Familie auf sich hatte, musste ich mich Dr. Siller zu erkennen geben. Aber wenn ich das tat, gab es keinen Weg mehr zurück.

Ich zögerte den Besuch bei dem Geschäftsführer bis zum Abend hinaus. Aber als die Wanduhr über der Tür fünf Uhr überschritten hatte, konnte ich nicht länger warten. Ich wollte Dr. Siller auf keinen Fall verpassen. Entschlossen stand ich auf, zog das Blatt aus der Tasche und machte mich auf den Weg zu seinem Büro.

Was konnte schon groß passieren? Ich würde einfach ein paar Antworten bekommen. Mit diesen Gedanken schob ich mich durch den menschenleeren Flur. Meine Hände waren eiskalt. Vor dem Büro des obersten Chefs angekommen klopfte ich an.

»Ja bitte.«

Zögernd streckte ich den Kopf durch die Tür. Dr. Siller schaute überrascht vom Schreibtisch hoch. »Komm rein.«

Als ich mich nicht bewegte, stand er auf, nahm die Brille von der Nase und winkte mich heran. Er bedeutete mir, mich auf den Sessel ihm gegenüber zu setzen.

Mein Blick wanderte durch das Büro. Überall stapelten sich Bücher, Zeitschriften und zusammengeheftete Papiere auf dem antiken Holztisch. Die linke Seite des Raumes sowie der Platz hinter dem Schreibtisch wurden von einer überquellenden Bücherwand eingenommen, während rechts von mir eine Fensterfront den Blick auf die Stadt und die dahinterliegenden Hügel freigab.

Ich setzte mich auf den Rand des Sessels und faltete das Papier auseinander. »Es ist ein Baum«, sagte ich und legte den Zettel vor ihm auf den Tisch.

Er stieß den Atem aus und sank in den Stuhl zurück. Ein Lächeln huschte über sein Gesicht. »Das ist richtig«, sagte er mit einem Blick zur Decke. »Behalte den Zettel, es ist eine Kopie.« Er wedelte mir mit der Hand zu. Eine

Erklärung, warum ich das nun plötzlich lesen konnte, verlangte er nicht.

»Diese Zeichnung wurde vor langer Zeit von deinem Urahnen angefertigt, um uns die Suche nach den Erben zu erleichtern.«

»Dann folgt die Vererbung also keinen bestimmten Regeln?«

»Nun ja, die Gabe geht an den Erben, der ihr würdig ist.«

Das erinnerte mich sofort daran, was ich über das Erbrecht der Basilisken gelesen hatte.

»Aber lass mich von vorne beginnen«, fuhr Dr. Siller fort. »Im Jahr 1448 wurde der Basilisk zum Wappenhalter unserer Stadt erklärt. Eine merkwürdige Wahl, wenn man bedenkt, dass der Basilisk der Inbegriff des Bösen ist. Aber bestimmt kennst du die Legende vom Basilisken, der im Gerberbrunnen gehaust haben soll.«

Ich nickte.

Dr. Siller drehte die Brille am Bügel hin und her. »Das sind keine Legenden, das ist ein Stück Basler Geschichte.«

Ich wurde hibbelig. Wie es weiterging, wusste ich bereits aus dem Buch: Menschen und Basilisken stritten sich um das Wasser, die Alchemisten schlichteten, und ein Friedensvertrag wurde geschlossen. Die Basilisken verpflichteten sich, die Menschen zu beschützen, dafür durften sie in Basel bleiben. Die Alchemisten dagegen mussten zusichern, niemals eine ihrer Waffen gegen die Basilisken zu erheben, dafür erhielten sie Zugang zu deren schier unerschöpflichem Wissen. Aber was hatte das mit mir zu tun?

»Ein hoher Gelehrter und sein Lehrling begaben sich in die unterirdische Stadt der Basilisken, um ihnen den

Friedensvertrag vorzulegen«, holte Dr. Sillers Erzählung mich zurück. »Lokin, der damalige Alphabasilisk, stimmte der Schrift weitgehend zu, unter einer Bedingung: dass das Geheimnis um den Stein der Weisen niemals aus einem auserwählten inneren Kreis von Gelehrten getragen würde. Der oberste Gelehrte gab ihm sein Ehrenwort, dass die Alchemisten den Vertrag genauso einhalten würden, wie er niedergeschrieben war. Sie hatten auch ihrerseits kein Interesse, das Wissen zu verbreiten. Seither leben die Menschen und die Basilisken friedlich nebeneinander.«

Dr. Siller erhob sich, ging zum Fenster und schaute hinaus. Die letzten Sonnenstrahlen warfen lange Schatten über den Tisch und an die Wände. Mir war nicht entgangen, dass er beim letzten Satz in die Gegenwartsform gewechselt hatte.

»Man erzählt sich, dass Lokin den jungen Alchemisten, der den Auftrag hatte, das gesamte Wissen in einem Buch festzuhalten, mit einem Zauber belegt hatte. Und so kam es, dass der Lehrling sein Werk in einer Schrift niederschrieb, die kein anderes Lebewesen jemals imstande war zu entziffern. Und nur wenn ein würdiger Nachkomme geboren wurde, sprang der Zauber und damit die Aufgabe, das Geheimnis zu hüten, auf den Erben über.«

Eine Gänsehaut kribbelte über meine Arme. »Dann bin ich also einer dieser würdigen Nachkommen?«

»Ganz genau«, lächelte Dr. Siller und kam auf mich zu. Er setzte sich mir gegenüber auf den Rand des Schreibtisches. »Und auch der Innere Kreis der Gelehrten, der Rat der Alchemisten, der sich um den Hüter des Wissens gebildet hatte, besteht noch.« Er reichte mir eine Liste mit fünf Namen. Meiner stand zuunterst.

»Ich bin der Präsident dieses Rates. Richard Liemann, der ebenfalls im Vorstand von Panazea sitzt und mein Stellvertreter ist, bekleidet diese Position auch im Inneren Kreis. Dann haben wir einen Sekretär, dessen Aufgabe früher darin bestand, das vom Erben freigegebene Wissen den anderen Alchemisten weiterzugeben. Diesen heute eher theoretischen Posten hat Hans Leutenegger inne. Und schließlich haben wir noch einen strategischen Berater, Bernhard Schäfer, der im Falle eines Vertragsbruches aktiv wird.« Er versuchte, seiner Stimme etwas Beiläufiges zu verleihen. »Er hat eine Gruppe von Leuten unter sich, die er in der Jagd und Kampftechnik gegen Basilisken ausbildet. Sie sind sozusagen unsere Versicherung, dass der Vertrag gewahrt wird.«

Er umrundete den Schreibtisch und setzte sich wieder.

Ich schluckte. Das hörte sich so an, als ob die Basilisken tatsächlich existierten – hier und heute! Mein Herz schlug schneller. War alles, was ich in dem Buch gelesen hatte, real? Ich wusste nicht mehr, was ich denken sollte. Aber wenn es die Basilisken tatsächlich gab, dann … Ich schüttelte den Kopf. Esras goldene Augen, die schillernde Haut, sein Körpergeruch … Ich konnte einen Moment lang keinen klaren Gedanken fassen. Dann riss ich mich zusammen. Ich durfte diese Chance nicht ungenutzt verstreichen lassen und musste so viel wie möglich über meine Familie und meine Aufgabe in Erfahrung bringen.

»Und was ist nun dieser Stein der Weisen?«

Als ob er mich schon vergessen hätte, schreckte Dr. Siller aus den Papieren hoch, die er studierte. Der Blick, mit dem er mich musterte, ging mir durch und durch, aber ich hielt ihm stand.

»Der Stein der Weisen …«, murmelte er und rieb sich übers Kinn, »kurz gesagt ist es ein Lebenselixier.«

Ich nickte. Wartete auf weitere Ausführungen dazu, denn das konnte unmöglich alles sein. Wofür der ganze Aufwand, alles zu verschlüsseln und geheim zu halten? Aber Dr. Siller zog demonstrativ seine Taschenuhr hervor. »Es ist schon spät, wir sollten hier unterbrechen. Ich habe noch einen Termin.«

»Oh, tut mir leid«, sagte ich und erhob mich widerwillig.

»Ach, noch was«, stoppte er mich auf dem Weg zur Tür. »Auch wenn sie so aussehen wie wir, Basilisken sind keine Menschen.«

Mein Körper versteifte sich. Langsam drehte ich mich um. »Keine Sorge, bis jetzt ist mir noch keiner begegnet.«

»Sei dir da nicht zu sicher.«

Ich nickte und eilte zur Tür.

»Beziehungen zwischen den Rassen sind gefährlich für uns Menschen. Deshalb sind sie auch verboten.« Seine Worte trafen meinen Rücken wie Nadelstiche.

Verboten? Von wem? War das eine Bedingung des Vertrags zwischen den Menschen und den Basilisken? »Wie gesagt, ich kenne keine Basilisken«, sagte ich und rang mir ein Lächeln ab. Schnell schlüpfte ich durch die Tür.

Kapitel 11

Als ich die Firma verließ, war es stockdunkel. Dennoch wollte ich nicht die Tram nehmen und schlug den Weg hinunter zum Rhein ein. Entlang der Uferpromenade breiteten Kastanienbäume ihr schützendes Blätterdach über mir aus. In den Lichtkegeln der Laternen tanzten die Mücken. Es war erst Ende April, aber es roch nach Sommer.

Das Wissen, das ich hüten musste, hatte also irgendetwas mit einem »Lebenselixier« zu tun. Und wenn Dr. Siller mir nicht mehr sagen wollte, würde ich es eben aus dem Buch erfahren. Noch heute Nacht! Das war es aber nicht, was mich so sehr beschäftigte. Es war Dr. Sillers Warnung, die mich zunehmend verwirrte.

Ich musste unbedingt mit Esra sprechen. Aber ich hatte ihn schon so lange nicht mehr gesehen, dass ich mir mittlerweile sicher war, dass er sich von mir fernhielt.

Dennoch wollte ich die Hoffnung nicht aufgeben, dass sich alles aufklärte und Esra in schallendes Gelächter verfallen würde, wenn ich ihm von den Basilisken erzählte.

Aber was, wenn es nicht so war? Was, wenn der Grund, warum Esra mir aus dem Weg ging, der war, dass er tatsächlich kein Mensch war? Dass er womöglich gefährlich war?

Ein eisiger Wind streifte meinen Nacken und ließ mich erschauern. Erst jetzt fiel mir auf, dass das schummerige Licht der wenigen noch intakten Laternen kaum bis auf die Straße hinunterfand. Eine Birne flackerte in den letzten Zügen, dann erlosch sie. Ich beschleunigte meine Schritte und gleichzeitig konnte ich nicht aufhören, über die Schulter zu schauen. Was für eine bescheuerte Idee, hier langzugehen!

Und plötzlich hörte ich es: Flügelschläge. Leise, aber in regelmäßigen Abständen, als ob sie mich verfolgen würden. Ich blieb stehen und lauschte.

Stille.

Langsam setzte ich mich wieder in Bewegung.

Da! Erneut dieses Schlagen. Ein Luftzug.

Ich drehte mich um und sah gerade noch, wie ein vogelartiges Ungetüm, Klauen voran, auf mich niederstürzte. Ich riss die Arme hoch, aber anstatt der Krallen donnerten zwei Füße gegen meinen Brustkorb. Ungedämpft knallte ich auf den Asphalt. Einen Moment lang bekam ich keine Luft mehr. Mein Kopf schmerzte. Ich starrte in ein kantiges Gesicht, das mit seiner hervorstechenden Hackennase an einen Raubvogel erinnerte – oder vielmehr an einen Basilisken!

Seine kalten grauen Augen durchbohrten mich. Ich wollte schreien, aber heraus kam nur ein Krächzen.

Der Angreifer drückte mir seine eisigen Finger auf den Mund, sodass ich kaum Luft bekam. »Misch dich nicht in unsere Angelegenheiten ein und such dir Freunde in deiner Wel…«

Plötzlich wurde der Typ von mir heruntergerissen. Frische Nachtluft strömte in meine Lungen. Ich zitterte am ganzen Körper. Meine Beine waren so schwach, dass ich nicht wagte aufzustehen. Auf dem Hosenboden rutschte ich rückwärts, in der Hoffnung, irgendwo Schutz zu finden.

Nur wenige Meter vor mir, entlang der Straße, erkannte ich zwei verschlungene Gestalten zwischen den Bäumen der Allee. Vom Kampf war kaum ein Laut zu hören. Es war wie in einem Film, in dem man den Ton abgeschaltet hatte. Die Schatten verschwammen ineinander, bis einer sich aus der Dunkelheit löste und zum Himmel aufstieg. Ein gellender Schrei ließ mich zusammenfahren.

Unweit von mir sah ich jemanden auf dem Boden kauern. Sein Rücken wölbte und senkte sich vom schweren Atmen. »Elin … Bist du verletzt?«

Esra?

»Ich … ich glaube nicht«, flüsterte ich und tastete an meinen Hinterkopf. Ich war den Tränen nahe. Langsam erhob sich Esra und kam auf mich zu. Seine Bewegungen wirkten beinahe schwerelos.

»Kannst du aufstehen?«

Ich griff zitternd nach seiner Hand, die er mir hinhielt, und ließ mich von ihm hochziehen. »Was … was war das?«

»Was machst du um diese Zeit hier unten am Rhein?«, überging er meine Frage.

»Ich wollte nicht mit der Tram nach Hause fahren. Ich brauchte frische Luft.«

»Es ist gefährlich für ein Mädchen so allein …«

»Esra«, unterbrach ich ihn bestimmt. »Was war das gerade? Der Typ, wo ist der hin?« Meine Stimme färbte sich hysterisch.

»Schhhh«, machte Esra und berührte meinen Oberarm. Ich ignorierte das wohlige Kribbeln, das sich augenblicklich in mir ausbreitete, und machte einen Schritt zur Seite.

»Hör auf, mich zu schhhen. Was ist hier los?«

Esra senkte den Blick. Dann holte er tief Luft. »Elin, ich …« Er brach ab, schaute wieder hoch. »Können wir uns vielleicht hinsetzen?«

Ich nickte. Meine Knie waren sowieso noch ganz weich.

Esra legte vorsichtig eine Hand auf meinen Rücken, und ich ließ es zu, denn es tat gut, den Halt zu spüren. Er führte mich die Treppe hinunter auf eine der langen Betonstufen des Uferdammes. Ich ließ mich nieder, und er setzte sich neben mich. Die Wärme, die er ausstrahlte, hüllte mich ein. Sein Blick ruhte auf mir, also wandte ich mich ihm zu. Es kam mir vor, als ob er in mich hineinschauen würde. Eine tiefe Sehnsucht regte sich in mir, und ich wünschte mir so sehr, dass er mich in den Arm nahm und mir sagte, dass alles gut werden würde. Aber das tat er nicht. Stattdessen rückte er von mir weg.

»Elin«, begann er, »ich bin anders als du. Gefährlich.«

Er beobachtete mich. In meinem Herzen wusste ich, was er mir zu sagen hatte. Ich wusste auch, was das vorhin war, aber auf einmal war ich mir nicht mehr sicher, ob ich es wirklich hören wollte.

»Das hier«, er zeigte an sich hinunter, »ist nur ein Teil von mir. Der andere Teil …« Seine Augenbrauen zogen sich zusammen, und er schaute weg.

Ich war wie erstarrt.

»Der andere Teil …«, räusperte er sich schließlich, »… also zu einem anderen Teil … bin ich ein Basilisk.«

Mein Kinn begann zu zittern. Meine Augen füllten sich mit Tränen, die ich schnell wegwischte. Ich spürte seine Hand auf meiner.

»Es tut mir so leid, Elin. Ich wünschte, es wäre nicht so. Ich wünschte, ich könnte der sein, den du in mir gesehen hast.«

Unsere Finger verschränkten sich ineinander. Ich klammerte mich regelrecht an ihn. »Was bedeutet das jetzt?«, flüsterte ich.

Er schüttelte den Kopf, den Blick starr auf den Rhein gerichtet, der sich träge neben uns herschob. »Wenn ich die Kontrolle verliere … also wenn meine Emotionen mich überwältigen … so wie an dem Abend, als wir … also dann …« Er schaute gen Himmel.

»Was passiert dann?«

»Ich kann das nicht verantworten, Elin.«

Unsere Blicke kreuzten sich, und einen Moment lang schauten wir uns einfach an. Als Esra Luft holte, um etwas zu sagen, schnitt ich ihm gleich das Wort ab. »Ich bin die Erbin«, platzte ich heraus. Ich sagte das, um Zeit zu schinden. Um das Unausweichliche herauszuzögern, nämlich dass Esra gleich aufstehen und gehen würde. Auch wenn er ein Drache war oder eine Schlange, war er genau der, den ich mir wünschte. Das wurde mir in dem Moment bewusst.

Seine goldenen Augen durchdrangen mich. »Aber du hast einen Bruder.«

»Ja und?«

»In all den Jahren, hat es nicht eine einzige Frau gegeben, die das Buch des Wissens gehütet hat.«

»Oh«, machte ich, »dann wird es aber höchste Zeit, oder nicht?« Mein Lächeln spiegelte sich in seinen Augen wider, auch wenn er ernst blieb.

»Okay, also, damit ich das recht verstehe: Du besitzt das Buch des Wissens und kannst lesen, was da drinsteht?«

»Na ja …« Jetzt begann ich zu zweifeln. »Nur mit einem Amulett. Nicht einfach so.«

Esra lächelte. »Genau dafür ist es da. Es ist mit einem Zauber belegt, der dem wahren Erben die Macht über die Symbole gibt.« Meine Hand lag noch immer in seiner. Mit dem Daumen streichelte er über meinen Handrücken. »Trägst du das Amulett?«

Ich schüttelte den Kopf. »Es ist versteckt in meinem Zimmer.«

»Dachte ich mir.« Er legte seine Hand an meine Wange, und ich schloss für einen Moment die Augen. Dann erhob er sich. »Du musst es umlegen, denn es kann weit mehr, als nur Symbole entschlüsseln. Das Amulett wird dich vor meinen Kräften schützen.«

Ich nickte. Zu hören, dass er mir gefährlich werden konnte, bereitete mir eine Gänsehaut. Aber als ich in seine sanften Augen schaute, beruhigte sich mein Herzschlag augenblicklich.

»Lass uns zu dir nach Hause gehen. Du musst die Kette umlegen.«

Es war schon spät, als wir vor dem Haus ankamen. Kein Licht war mehr zu sehen. Als ich aufschließen wollte, schob sich die Tür schon knarrend auf.

»Esra!«, japste ich. »Die Tür war offen.«

Esras Körper spannte sich sofort an. Er schob mich hinter sich. Mein Herz raste. Alles, was ich denken konnte, war, ob es Nico und Sina gut ging.

Ohne das leiseste Geräusch zu verursachen, schlichen wir geradewegs zu Sinas Zimmer. Sie schlief friedlich. Im oberen Stock schaute ich bei Nico rein. Er atmete tief und regelmäßig.

Als ich schließlich die Tür zu meinem Zimmer aufstieß, stockte ich. Das Blut sackte in meinen Bauch. Die Schranktür war offen! Die Kleider über den Boden zerstreut. Ich stürzte auf die Kiste zu. »Das Buch ist weg«, flüsterte ich. »Einfach verschwunden!« Ich leerte die Kiste aus. Mit einem Klimpern rutschte das Amulett unter der Kartonlasche hervor und rollte auf den Boden. Ich griff danach und drückte es an mich, während ich mich auf den Boden sinken ließ.

Esra kniete sich zu mir hinunter. »Das Medaillon ist das Wichtigste.«

»Aber jemand ist hier eingebrochen, Esra! Und er hat das Buch gestohlen. Das ist doch kein Zufall. Der Typ vorhin hat mich gewarnt, dass ich mich nicht in eure Angelegenheiten mischen soll. Aber das tue ich nicht, denn das sind auch meine Angelegenheiten. Bestimmt hat *er* mein Buch geklaut.« Mein Atem ging schnell und flach. Ich versuchte, tief einzuatmen, und schaute Esra an, der mich mit zusammengepressten Lippen beobachtete. Er erhob sich und machte einige Schritte von mir weg.

»Ich habe vor ein paar Tagen ein Gespräch belauscht. Siller hat meinen Onkel, also unseren Anführer, dazu gedrängt …«

»Dein Onkel ist der Anführer der Basilisken?«

»Ja.« Esras Stimme war auf einmal hart. »Siller hat ihn

dazu gedrängt, das Buch zu suchen und es sich zu holen. Sie haben Angst, dass du etwas herausfinden könntest, was meinem Onkel schaden würde. Seit dem Gespräch habe ich dich und deine Familie nicht mehr aus den Augen gelassen.«

»Und *was* soll ich nicht herausfinden?«

»Keine Ahnung. Die haben irgendwas am Laufen, was sie dadurch gefährdet sehen.«

Ich runzelte die Stirn. »In dem Buch steht sehr viel über euch. Über die Verwandlung, über den Vertrag und warum der zustande kam, über die Vererbung des Alpharechts …«

»Ach ja?«, horchte Esra auf. »Was hast du darüber gelesen?«

»Das Alpharecht geht an denjenigen über, der der Aufgabe würdig ist. Und man kann den Anspruch nur verlieren, wenn man den Clan im Stich lässt.«

»Hmm.« Esra drehte sich abrupt ab. »Das Gute ist, wenn mein Onkel das Buch hat, bist du vorerst außer Gefahr.«

»Aber …«, ich rappelte mich hoch, »… wir müssen es zurückholen! Mein Vater hat es mir hinterlassen, und ich habe noch längst nicht alles gelesen. Zudem würde ich schon gern wissen, was da zwischen Dr. Siller und deinem Onkel vorgeht! Interessiert dich das nicht?«

Esra kam auf mich zu. Sein Blick sagte mir, dass das Thema für ihn beendet war.

»Hab ich etwas Falsches gesagt?«

Er schüttelte den Kopf. Seine Hand strich über meine, und vorsichtig nahm er mir das Medaillon ab. »Komm«, sagte er, »dreh dich um.«

Er öffnete die Kette. Seine Finger streiften meinen Hals,

als er mir das Amulett umlegte. Die Hitze des Anhängers breitete sich entlang der Kette aus und entwickelte sich allmählich zu einem leichten Brennen. Ich fasste an meine Brust, aber da war kein Anhänger. Ich tastete danach. Mein Herzschlag beschleunigte.

»Hab keine Angst«, flüsterte Esra und fuhr mit seinen kühlen Fingern die glühende Linie um meinen Nacken nach. Langsam drehte ich mich zu ihm um.

»Das Amulett ist nun ein Teil von dir. Erst wenn du stirbst, wird dein Körper es freigeben und sich den nächsten würdigen Erben suchen.«

»Deshalb habe ich es nie an meinem Vater gesehen.«

Er nickte. Sein Blick war so intensiv, dass ich das Gefühl hatte, mich in ihm aufzulösen. Alles um mich herum knisterte vor Anspannung. Er streichelte über meine Wange. Zart wie die Berührung einer Feder glitten seine Finger an meinem Hals entlang. Zögerlich beugte er sich vor. Ich schloss die Augen. Die Zeit stand still. Es gab nur noch ihn und mich. Sanft küsste er meine Augenlider. Seine Lippen fühlten sich an wie schmelzende Schneeflocken. Und ehe ich mich's versah, fand sein Mund den meinen. Es war wie Schweben und Ertrinken zugleich. Seine Zunge drängte mich, die Lippen zu öffnen. Sein Atem durchströmte meinen Körper. Der Kuss schmeckte wie frisches Quellwasser. Ich zog mich ganz nahe zu ihm, wollte ihn spüren, überall. Die Grenzen zwischen unseren Körpern verschwammen. Ich konnte nicht mehr denken. Er war die Luft, die ich atmete, das Feuer, das in mir brannte. Er drängte mich zurück, bis ich die Wand im Rücken spürte. Ich strich über seine muskulösen Arme. Die Haut war so zart und kühl. Sein Körper drückte immer heftiger gegen mich. Ich bekam kaum mehr Luft. Seine Finger bohrten sich schmerzhaft in meine Schultern. Ich riss die Augen auf und versuchte, ihn wegzustoßen, aber es fühlte sich an, als ob ein Fels gegen mich lehnte. Ein Wimmern entwich mir. Esra taumelte rückwärts, und ich musste mich an der Wand abstützen, um nicht auf den Boden zu sinken. Die Haut auf seinen Armen schillerte im Licht der Lampe an den Stellen, an denen sie sich schuppenartig verändert hatte, seine Pupillen waren zu senkrechten Schlitzen geworden.

»Es tut mir leid!«, presste er hervor, »es tut mir so leid!«

Ich rieb mir die Schultern und versuchte, meine Atmung zu beruhigen.

»Habe ich dir wehgetan? Bist du okay?«

Ich nickte. »N-nichts passiert«, stotterte ich.

»Gut. Das ist gut«, sagte er. Sein Atem ging schwer. Er ließ sich auf das Bett sinken und vergrub sein Gesicht in den Händen. Erleichtert stellte ich fest, dass er wieder ganz Mensch war. Ich ging zu ihm hinüber. Zögerlich griff ich nach seiner Hand. Er zuckte zusammen, entzog sie mir aber nicht, sondern umschloss meine Finger.

Ich setzte mich neben ihn. »Es ist alles gut. Das Amulett schützt mich doch.«

»Nicht vor meiner physischen Kraft.«

Ich stutzte. »Sondern?«

»Nur vor unseren mentalen Kräften, dem Blick, der Menschen versteinern kann, und unserem Atem, der wie Nervengift auf euch wirkt.«

»Oh«, nickte ich. »Das.«

Er schaute mir in die Augen. »Ich bekomme das in den Griff. Gib mir etwas Zeit.«

»Alle Zeit der Welt«, lächelte ich.

Dann zog er mich in seine Arme und küsste meine Haare.

Kapitel 12

Die Tür knarrte. Sofort wand ich mich aus Esras Armen. »Elin? Ich habe schlecht getr…« Nico erstarrte. Sein Blick sprang von mir zu Esra und zurück. »Wer ist das?«

Ich ging zu Nico hinüber und legte ihm den Arm um die Schulter. »Das ist Esra. Er ist … ein Freund von mir. Esra, das ist Nico, mein Bruder.«

»Ein Freund, der mitten in der Nacht mal eben vorbeikommt, oder was?«

»Nein, wir haben nur …«

»Die Zeit überbrückt, bis ich zur Arbeit muss«, sprang Esra ein und erhob sich ebenfalls. »Hi übrigens«, lächelte er und hielt ihm die Hand hin.

Mein Bruder wich zurück und verschränkte die Arme.

»Ähm, ja, ich sollte dann mal los.«

»Ich bring dich runter«, sagte ich und wandte mich zu Nico. »Bin gleich zurück, okay?«

Nicos Blick folgte uns. Unten an der Treppe gab mir Esra einen Kuss. Kurz darauf hörte ich eine Tür knallen.

Esra schaute die Treppe hoch, genau wie ich.

»Es tut mir leid«, sagte er.

»Nicht dein Fehler. Nico ist im Moment sehr empfindlich. Seine Krankheit …« Ich brach ab und schaute auf meine Füße. »Er ist ziemlich auf mich fixiert.«

»Er hat Krebs, nehme ich an.«

»Leukämie. Er ist in der Erhaltungsphase. Die dauert noch etwa achtzehn Monate. Wenn sein Blut bis dahin gesund bleibt, sieht es gut aus.«

Esra nickte.

»Jetzt muss er erst mal wieder zu Kräften kommen, du weißt schon, wegen der Chemo und so … Aber ich denke, der Alltag tut ihm gut.«

»Ja«, nickte er. »Normalität hilft, Dinge zu verarbeiten.« Er öffnete die Tür und drehte sich nochmals zu mir. »In der Öffentlichkeit und besonders in der Firma, sollten wir auf Abstand bleiben.«

»Wegen des Vertrags?«

Er nickte. »Eigentlich ist mir das alles ziemlich egal, aber wir müssen ja nichts provozieren.«

»Nein. Schon klar.«

Ich schaute ihm nach, bis er in der Dunkelheit verschwunden war, und schloss dann die Tür. Leise stieg ich die Stufen in den ersten Stock hoch. Nico reagierte nicht auf mein Klopfen, und als ich die Tür aufschob, lag er mit dem Rücken zu mir reglos im Bett, die Decke bis über die Ohren gezogen. Ich seufzte innerlich. Ich würde morgen mit ihm reden.

Als mich der Wecker aus dem unruhigen Schlaf erlöste, erwachte ich mit einem unguten Gefühl. Das Kribbeln von gestern Nacht, das alle Schatten verdrängt hatte, war in den Hintergrund gerückt. Ich war überfallen und bestohlen worden, und das saß mir mächtig in den Knochen. Das Buch war weg und Dr. Siller dadurch meine einzige Chance, Weiteres über den Stein der Weisen zu erfahren. Das Problem war, dass er die Basilisken anscheinend angestachelt hatte, mir das Buch des Wissens zu stehlen. Somit wusste er nun erstens, dass ich ihn belogen hatte, und zweitens würde er mir das, was ich wissen wollte, wohl nicht verraten.

Warum war Esra so gleichgültig, was das betraf? Ihm schien nur wichtig zu sein, dass ich außer Gefahr war, da sein Onkel ja nun hatte, was er wollte.

Ich schwang meine Füße über die Bettkante und ging ins Bad. Das warme Wasser der Dusche besänftigte meine Gedanken. Bestimmt waren die Geschäfte, die sein Onkel und Dr. Siller pflegten, harmlos. Durch all die Offenbarungen, meine Familiengeschichte und die Tatsache, dass es die Basilisken tatsächlich gab, sah ich überall nur noch Magie und Verschwörungen. Ich trocknete mich ab, schlüpfte in meine Klamotten und ging runter in die Küche.

Nico war bleich. Den Teller mit dem angebissenen Stück Brot hatte er von sich geschoben.

»Ist dir nicht gut?«

»Was interessiert dich das?«

Ich setzte mich zu ihm auf die Bank und schaute ihn an. »Hör auf damit. Du weißt genau, dass du für mich an erster Stelle stehst.«

»Ah ja? Und was ist mit … ihm?«

Ich wollte seine Hand nehmen, aber er zog sie weg und rückte von mir ab. »Mr Obercool schien dir um einiges wichtiger zu sein.«

»Das ist nicht wahr!«

»Und warum haben wir dann plötzlich Geheimnisse voreinander?«

»Wir haben doch keine Geheimnisse, wie kommst du darauf?«

»Du hast mir gar nichts von diesem Kerl erzählt, und plötzlich steht er in deinem Zimmer und … und …« Er winkte ab und schob sein Brot auf dem Teller hin und her.

»Ich wusste ja bis dahin selbst nicht, dass da was ist.«

»Ja, klar! Ich bin nicht blöd, Elin.« Er funkelte mich böse an.

»Nico, ich …«

»Der Typ ist komisch. Mit diesen gelben Augen und – ich weiß auch nicht – ich mag ihn einfach nicht.«

»Du kennst ihn doch gar nicht. Gib ihm eine Chance.« Ich wollte ihn in den Arm nehmen, aber er schlug meine Hand weg. »Warum sollte ich?«

»Für mich.« Ich schaute ihn mit hochgezogenen Brauen an und lächelte. »Du hast doch auch eine Freundin.«

»Das ist was anderes.«

»Ach ja? Nico«, entschlossen rückte ich zu ihm auf und zog ihn zu mir, hielt ihn ganz fest, »ich werde immer für dich da sein. Hörst du? Esra wird daran nichts ändern.« Ich küsste ihn auf die Stirn, und er schmiegte sich wieder an mich. »Ist mit dir alles in Ordnung?«

»Ja. Ich bin nur müde.«

Ich deutete auf das Brot. »Und warum isst du nichts? Ist dir schlecht?«

»Nicht wirklich. Ich habe in letzter Zeit einfach zu viele Pralinen gegessen.«

»Pralinen? Seit wann isst du denn Schokolade?«

Er richtete sich auf, ein Mundwinkel zu einem halbseitigen Lächeln verzogen. »Lennja hat sie mir mitgebracht. Ihre Mutter arbeitet in einer Confiserie.«

»Und du konntest ihr nicht sagen, dass du das nicht so gern magst?«

»Es war gar nicht so schlecht. Nur kommt sie jetzt alle paar Tage mit einer Tüte an.«

Sein Hundeblick brachte mich zum Lachen. »Du musst es ihr sagen.«

»Aber wie denn?«

»Am besten direkt.«

»Ja, danke, toller Ratschlag.«

»Du machst das schon«, sagte ich und strich über seinen Kopf.

Er wand sich unter meiner Hand weg. »Ich muss los.«

»Okay.« Ich zwickte ihn in die Seite.

»Hör auf!«, rief er und sprang von der Bank hoch.

»Wenn du nicht fit bist, rufst du mich an und gehst sofort nach Hause, in Ordnung?«

»Yes Mam«, sagte er mit einem Grinsen und verschwand durch die Tür.

Draußen roch es nach nassen Blättern und feuchter Erde. Auf dem Weg zur Arbeit hatte ich die ganze Zeit das Gefühl, Esra müsste gleich neben mir auftauchen. Aber nicht nur das machte mich nervös. Wie sollte ich Dr. Siller gegenübertreten? Würde er mich auf das Buch ansprechen?

Erst der vertraute ätzende Geruch im Labor holte mich etwas runter. Kaum hatte ich die Jacke ausgezogen, vibrierte mein Handy. Ich kramte es aus der Tasche und öffnete die SMS, ohne auf die Nummer zu achten.

Ich hoffe, du hast am Abend nichts vor. Ich habe eine Überraschung für dich. E

Woher hatte er meine Nummer? Ich grinste in mich hinein. Bestimmt hat ihm die sein Charme eingebracht. Welches weibliche Wesen konnte ihm schon einen Wunsch abschlagen?

»Gute Neuigkeiten?«, drang Lolos Stimme in mein Bewusstsein.

»Wie kommst du darauf?«

»Hinter diesem verträumten Lächeln muss einfach ein Junge stecken.«

»Oh.« Ich spürte, wie meine Wangen rot wurden. »Erwischt.«

Lolo lachte und wandte sich wieder ihren farbigen Flüssigkeiten zu, die sie in winzige Probenhalter pipettierte.

Klingt gut. Bin ganz dein ;-)

Gut, wir sehen uns :-)

Und wo?, tippte ich zurück.

Bei dir!

Ich ließ mich auf den Stuhl nieder und startete den PC. Als ich das E-Mail-Programm öffnete, sprang mich Dr. Sillers Nachricht regelrecht an. Er zitierte mich in sein Büro. Mein Lächeln erstarb. Das verhieß nichts Gutes. War es wegen des Buches? Oder wusste er sogar von mir und Esra? Ich vergaß einen Moment lang zu atmen.

»Ist dein Ansatz von gestern fertig?« Lolos Stimme schreckte mich auf.

»Ja, sollte durch sein«, murmelte ich.

»Es wäre gut, wenn wir das heute noch zusammen aufarbeiten könnten. Ich werde dir alles zeigen.«

Ich las die Mail noch einmal genau durch. Er schrieb: *sobald du Zeit hast*. Und offensichtlich hatte ich die nun nicht.

»Lass uns das gleich machen.«

»Das ist mir recht«, sagte Lolo. »Ich habe am Nachmittag noch einen Zahnarzttermin.« Ihr übertrieben gequälter Ausdruck brachte mich zum Lachen.

Nach dem Mittagessen klopfte ich schließlich an Dr. Sillers Bürotür. Als ich eintrat, fiel mein Blick sogleich auf die dicken schwarzen Ordner, die sich auf dem Tisch stapelten. Die Rückenbeschriftungen waren mit demselben Code verschlüsselt wie mein Buch.

Dr. Siller lächelte, als ich näher kam, und bedeutete mir, Platz zu nehmen. Eine Masche?

Eine schwarze Wolke hatte sich vor die Sonne geschoben, und das leise Klopfen der ersten Regentropfen an der Glasfront ließ mich frösteln. Ich schlug die Beine übereinander und steckte meine kalten Finger zwischen die Oberschenkel.

»Schön, dass du Zeit gefunden hast, Elin.«

»Kein Problem.«

Er legte eine Hand auf die Ordner. »Das gesammelte Werk deines Vaters.«

Ich starrte ihn an, bevor mein Blick wieder über die Ordner glitt.

»Ich will gar nicht lange um den heißen Brei herumreden. Alles Geschichtliche habe ich dir schon bei unserem letzten Treffen erzählt. Nun geht es um konkrete Projekte und den Nutzen, den wir aus unserem Wissen schöpfen können.« Er musterte mich über den Brillenrand hinweg.

Ich war nicht wegen des Buches hier? Und auch nicht wegen Esra? Wollte er mir tatsächlich einfach nur alles erzählen? Das verwirrte mich, aber langsam entspannten sich meine verkrampften Muskeln.

»Panazea nutzt das Wissen der Basilisken heute in der Krebsforschung. Der Stein der Weisen, das Elixier, das den Wandel der Dinge vom Bösen ins Gute bewirkt, hat die Kraft, kranke Zellen in gesunde zu verwandeln. Wenn unser Heilmittel auf den Markt kommt, wird Krebs in Zukunft nichts Weiteres mehr sein als ein Schnupfen, eine harmlose Sache, die mit einer Spritze abgehakt werden kann.«

»Wow!«, brach es aus mir heraus. »Das wäre – wow!«

Dr. Siller lachte. »Ganz recht.«

Nico! Er könnte für immer geheilt werden?

»Dein Vater hat viele Jahre daran geforscht, das Elixier haltbar zu machen. Jegliche herkömmlichen Methoden zerstörten die heilende Wirkung. Nur durch seine Forschung wird es möglich sein, das Medikament auf Vorrat zu produzieren und zu lagern.« Dr. Sillers Hände formten eine Pyramide. »Das Problem ist, dass dein Vater seine gesamte Arbeit in kodierter Form dokumentiert hat und wir somit wieder ganz am Anfang stehen.« Dr. Siller nahm seine Brille von der Nase und rieb sich die Nasenwurzel.

»Was ist denn das für ein Elixier? Woraus wird es gewonnen?«

Dr. Siller lächelte mild. »Das ist im Moment nicht wichtig, Elin. Wichtig ist, dass du verstehst, dass die Übersetzung dieser Ordner unsere einzige Chance ist, das Lebenswerk deines Vaters fortzusetzen und damit die Welt von Krebs zu befreien.«

Ein Donner krachte auf uns nieder. Ich zuckte zusammen. Mein Blick schoss zum Fenster. Ein wunderschöner Lichtbogen ästelte sich vom Himmel hinunter. Und wieder krachte es. Das ganze Gebäude zitterte.

Dr. Siller schaute sich um. »Ich hoffe, das ist kein schlechtes Omen«, lachte er.

Plötzlich war es eiskalt im Zimmer. Ich hatte eine Gänsehaut.

»Elin«, sagte er zu mir gewandt. »Ich nehme an, dass du verstanden hast, was für eine Verantwortung in deinen Händen liegt. Wenn wir nicht garantieren können, dass wir genügend Medikamente auf Vorrat haben, um diese Studie durchzuziehen, werden wir die Erlaubnis für die Testphase an echten Patienten nicht bekommen.« Sein Blick hielt mich gefangen. »Und ohne finale Testphase kein Medikament, das man auf dem Markt kaufen kann.«

»Ich verstehe.« Wollte er damit sagen, dass das Leben Tausender von Leuten auf meinen Schultern lastete?

»Gut.« Sein zufriedener Ausdruck stellte mir alle Härchen im Nacken auf. »Und denk daran: wegen des Vertrages mit den Basilisken darfst du mit niemandem über irgendetwas sprechen, was du in diesen Ordnern findest, außer mit mir.«

»Okay.«

»Auch nicht mit Herrn Leva.«

»Ich werde nichts sagen.«

Dr. Siller atmete tief durch, stand auf und ging zum Fenster. »Dahinten wird es schon wieder besser«, kommentierte er die Aussicht. Und tatsächlich, über den Hügeln konnte man einen Lichtstreifen ausmachen. »Ein harmloses Frühlingsgewitter. Am Abend strahlt hier wieder alles.« Er drehte sich zu mir um.

»Ich habe gehört, dass dein Bruder Leukämie hat.«

Ich nickte.

»Er wird sicherlich von unserer Forschung profitieren«, sagte er und fuhr sich über den Bart.

»Bestimmt«, bestätigte ich. Die Aussicht, Nico für immer heilen zu können, war überwältigend.

»Sehr schön.« Er kam auf mich zu, und ich erhob mich. »Dann vertraue ich dir nun diese Ordner an – und damit auch das Schicksal deines Bruders. Deine Aufgabe ist es, die Formel für die Haltbarkeit zu finden. Am besten übersetzt du alles, was damit zusammenhängt. Du wirst mir die Ordner jeden Abend wiederbringen. Und du wirst nichts kopieren oder digital versenden. Klar?« Sein Blick war mit einem Mal hart und durchdringend.

»Klar«, bestätigte ich.

Dr. Siller stemmte die Ordner vom Pult und legte sie mir in die Arme. Ich ging leicht in die Knie unter dem Gewicht und musste einen Schritt zurücksetzen, um die Balance zu halten. Ich wollte nur noch raus hier. Er folgte mir dicht auf den Fersen bis zur Tür, die er mir schließlich aufhielt. »Bis später, Elin.«

»Bis später.«

Im Labor angekommen türmte ich alle sechs Ordner vor mir auf. Seit das Medaillon mit mir verschmolzen war, konnte ich die Geheimschrift lesen wie jede andere Schrift. Mein Blick blieb an den Ordnerrücken hängen. Die Titel lauteten: Grundlagenforschung, Extraktion und Reinigung, Haltbarkeitsstudien, Tierversuche, Klinische Studien und Künstliche Herstellung. Ich griff nach dem Ordner mit den Haltbarkeitsstudien. Versuchsprotokolle reihten sich Seite an Seite. Ich betrachtete die chemischen Formeln und die grafisch dargestellten Moleküle und versuchte, mithilfe meiner Chemiebibel herauszufinden, was für ein Stoff das war. Aber auch der beschreibende Text zu den Versuchen beschränkte sich auf das Nötigste. Mit anderen Worten, es war total aussichtslos für mich, da durchzublicken. Also beschloss ich, etwas in der Grundlagenforschung zu schmökern, in der Hoffnung zu erfahren, um was es eigentlich ging. Gleich zu Beginn gab es einen längeren einleitenden Text. Der Urstoff wurde mit SB abgekürzt. Urstoff, so interpretierte ich, musste der Stein der Weisen sein. Dieser Teil der Ordner entsprach genau meinen Vorstellungen von Alchemie. Das Erforschen der Wirkung eines natürlichen Stoffes konnte sogar ich nachvollziehen. Um eine Reaktion zu beobachten, brauchte man nichts von Chemie zu verstehen. In dem beschriebenen Vorversuch wurde der Stoff SB auf Tumorzellen gegeben und auf Körpertemperatur gehalten. Nach einer Dreiviertelstunde hatten sich die ersten Tumorzellen in gesunde Zellen gewandelt. Nach einem Tag befanden sich nur noch gesunde Zellen in der Kultur.

Ich lehnte mich im Stuhl zurück. Wofür stand SB? B könnte für Basilisk stehen, aber was war S? Stoff der Basilisken? Ich zuckte die Achseln. Nicht gerade fantasievoll, aber das war wohl hier auch nicht gefragt.

Ich blätterte weiter und fand heraus, dass die Wirkung des Urstoffes nach einem Tag Lagerung nicht mehr dauerhaft anhielt und nach zwei Tagen ganz ausblieb. Erst eine komplett frische Lieferung des Urstoffes zeigte wieder anhaltende Heilwirkung.

Die Tür knarrte. Ich wirbelte herum. Dr. Siller erschien in meinem Blickfeld, und ich hatte nichts vorzuweisen. Mist! War es schon so spät? Dieses milde Lächeln ging mir langsam tierisch auf den Keks. Am Anfang fand ich es noch sympathisch, aber je länger ich ihn kannte, desto deplatzierter wirkte es in seinem Gesicht.

»Hallo Elin.«

»Dr. Siller«, holte ich aus. »Ich habe mir die Ordner angeschaut.«

»Bist du gut vorangekommen?«

Ich betrachtete meine Schuhspitzen. »Nein, irgendwie nicht.«

»Aber du kannst die Notizen lesen, nicht wahr?« Als er näher kam, sah ich, dass er einen kleinen Wagen hinter sich herzog.

»Ja, natürlich. Aber ich verstehe das alles nicht.«

»Du musst das auch nicht verstehen«, sagte er, und ich hatte schon Angst, er würde mir über den Kopf streicheln. »Du musst es nur abschreiben, mein Kind. Unsere Chemiker kümmern sich um den Rest.«

»Aber ich wollte eigentlich etwas dabei lernen.« – *Oder wollen Sie genau das verhindern?* Den letzten Teil dachte ich natürlich nur.

»Je früher uns die Übersetzung vorliegt, desto schneller können wir deinem Bruder helfen.« Er zog sich einen Stuhl herbei und setzte sich. »Wie heißt er noch mal?«

»Nico.« Ich kniff die Lippen zusammen. Diese Erpressungsversuche konnte er sich sparen. Ich hatte auch so schon ein schlechtes Gewissen.

»Ich weiß, das ist eine außergewöhnliche Situation, und im Normalfall würde ich wollen, dass du dabei etwas lernst, aber die Zeit drängt, verstehst du?«

Ich nickte, den Blick abgewandt.

»Es tut mir leid, dass ich das von dir verlangen muss, aber die Umstände erfordern es.«

Wieder blieb mir nur zu nicken übrig. Natürlich hatte er recht. Und ich wünschte mir nichts sehnlicher als einen gesunden Bruder.

»Ich musste mich erst orientieren, aber morgen setze ich mich gleich dahinter.«

»Sehr gut«, sagte er, klopfte sich auf die Schenkel und stand auf. »Du kannst jetzt Schluss machen.«

»Okay.« Ich hielt den Kopf gesenkt, um seinem Blick nicht zu begegnen, während ich half, die Ordner auf den Rollwagen zu laden. Den hätte ich vorher gut gebrauchen können.

»Komm doch morgen gleich als Erstes zu mir.«

»Ja, gut.«

Als Dr. Siller verschwunden war, packte ich meine Tasche zusammen. Ich fühlte mich schlecht. Meine Familie brauchte mich, Nico brauchte mich, aber ich hatte auch eine Pflicht als Hüterin des Wissens, und Dr. Sillers Getue machte mich misstrauisch. Die Geschichte meines Vaters drängte sich mir auf. Was hatte er entdeckt, das ihn vor dem Unfall so verändert hatte?

Kapitel 13

Esra wartete schon auf mich. Mit überkreuzten Beinen lehnte er gegen die Hausmauer und spielte an einem seiner Lederarmbänder herum. Bis auf die silberne Gürtelschnalle und den weißen Strich an den Sohlen seiner Cats war er komplett in Schwarz gekleidet. Über dem hautengen T-Shirt trug er ein offenes Leinenhemd, dessen Ärmel er hochgekrempelt hatte. Er lächelte, als er mich sah, und stieß sich von der Mauer ab. Ich beschleunigte die Schritte. Ihn zu sehen, hellte meine Stimmung auf.

»Alles in Ordnung mit dir?«

»Ja, bestens«, log ich.

Er kniff die Augen zusammen und musterte mich einen Moment lang. »Na gut«, sagte er dann, »bereit für die Überraschung?«

»Und wie.« Ich wollte mich schon bei ihm unterhaken, zog die Hand aber schnell wieder zurück. Das ging ja nicht.

Auf dem Barfüsserplatz herrschte reges Feierabendtreiben. Wir schlängelten uns durch die Leute, mal auf dem Gehsteig, mal auf der Straße. Volle Trams klingelten sich den

Weg frei. Wir überquerten die Gleise und bogen in die Fußgängerzone der Steinenvorstadt ein, wo die Cafés weit auf die Straße hinauswuchsen. Stimmengewirr, durchzogen von leiser Musik und dem Klingen von Kaffeegeschirr, drang an meine Ohren. Irgendwie schienen heute alle Händchen zu halten, während der Abstand zwischen Esra und mir immer größer wurde. Entschieden verdrängte ich den aufkeimenden Neid aus dem Kopf und schloss zu Esra auf. Er ging zügig in Richtung Parkgarage, also würden wir vermutlich mit dem Auto irgendwohin fahren.

Im Treppenhaus stank es nach einem vor sich hin glimmenden Aschenbecher, und der Boden war übersät mit Kaugummi und Speichelflecken. Auf der untersten Ebene hielt er vor einer schmalen Metalltür. Als ich das Warnschild sah, stockte ich. Unter dem gezackten Pfeil stand groß »Hochspannung Lebensgefahr«. Unbeirrt holte Esra einen Schlüssel aus der Hosentasche und steckte ihn ins Schloss.

»Was machst du da?«, zischte ich. »Hast du das Schild nicht gesehen?«

Esra lachte leise. »Keine Angst.«

»Ich will nicht gegrillt werden.«

»Vertrau mir.« Er streifte meinen Unterarm, während er sich nach allen Seiten umsah. Außer uns war niemand hier. Rasch schloss er auf, zog mich hinein und gab der Tür von innen einen Stoß, sodass sie hinter uns wieder zufiel.

Wir standen in einem engen Gang, der fast gänzlich von Rohren und Kabelkanälen ausgefüllt war. Vergitterte Lampen verbreiteten ein dämmeriges Licht. Wir zwängten uns neben den Rohren entlang bis zum Ende des Schachtes, wo eine lange Wendeltreppe hinunter ins Nichts führte. Die

Luft wurde feuchter und roch modrig und abgestanden. Das Gurgeln eines Flusses kam immer näher.

»Wo sind wir hier?«, flüsterte ich.

»In der Kanalisation.«

»Okay.« Ich griff nach seinem Arm, damit er anhalten musste. »Was machen wir hier unten?«

»Das ist nur eine Zwischenstation«, grinste er. »Einer der Wege in unsere Welt.«

»*Eure* Welt?«

Er nickte. »Die ist aber noch weiter unten.«

Die Treppe führte uns in ein hohes Gewölbe, dessen Wände teilweise mit Moos bewachsen waren. Der Boden war glitschig von den Algen, die ihn eingenommen hatten. Neben uns floss eine trübe Brühe, die sich einige Meter den Gang hoch wie ein Vorhang aus einer langen horizontalen Öffnung in das unterirdische Flussbett ergoss. Esra führte mich bis zum Wasserfall und begann, an einem großen Handrad zu drehen. Allmählich wurde das Tosen zu einem Rauschen und schließlich zu einem Plätschern, bis nur noch einzelne Tropfen in die Pfütze platschten, die bis vor wenigen Sekunden ein Fluss gewesen war. Hinter der versiegten Wasserwand kam eine Tür zum Vorschein. Esra stieg die Leiter hinunter in den nun leeren Kanal. Ich musste mich überwinden, ihm zu folgen.

Esra grinste breit. »Das ist kein Abwasser, falls du das denkst, nur ein Nebenzweig aus der Birsig.«

»Oh, gut.« Ich lächelte und kletterte ihm schnell nach.

Esra öffnete die Metalltür. Dahinter schraubte sich eine weitere Wendeltreppe in den Untergrund. Er stieg die erste Stufe nach unten, bevor er sich nochmals zu mir umdrehte. »Bereit?«

Ich nickte.

Alle paar Stufen gab es eine kleine schmiedeeiserne Laterne, in der ein Windlicht leuchtete. Aber selbst wenn es brannte, was nicht alle taten, reichte das matte Licht kaum bis auf den Boden. »Lass mich da unten nicht allein, hörst du?«

»Bestimmt nicht.«

Ich hatte gerade den ersten Schritt gemacht, als die Tür hinter mir zuschlug. Gleichzeitig setzte ein donnerndes Tosen ein. Das Schließen der Tür musste das Ventil wieder geöffnet haben, um den Eingang zu verbergen. Ich tastete mich an beiden Seiten den Fels entlang. »Esra?«, flüsterte ich.

»Ich bin hier«, gluckste er, und ich spürte kurz seine Hand über meine streichen.

»Würdest du mich bitte nicht auslachen? Ich weiß ja nicht, wie du das machst, aber ich sehe hier so gut wie nichts.«

Abrupt blieb er stehen, sodass ich fast in ihn hineingerannt wäre. »Sorry, das hab ich vergessen.« Er griff nach meiner Hand und ließ mich nicht mehr los.

»Brauchst du denn kein Licht?«

»Nein. Wir haben so eine Art Echolot, um uns zurechtzufinden – wie Fledermäuse.«

»Aber unten gibt es schon Licht, oder?«

»Ja, keine Sorge.«

Die Geräusche der Oberwelt verstummten allmählich. Der Abstieg schien endlos, und plötzlich tastete meine Hand ins Leere. Esras Schritte hallten nun klar von allen Seiten wider. Ich blieb am Treppenabsatz stehen, um den sicheren Halt der Felswand nicht zu verlieren. Zu meiner

Erleichterung hörte ich gleich darauf das Ratschen eines Streichholzes, dann ein Knistern, und gleich darauf züngelte eine Fackel ins Leben. Augenblicklich begann das Gewölbe um uns herum, in einem bläulichen Licht zu scheinen. Das Glimmen breitete sich wie ein Lauffeuer in alle Richtungen aus, und der gesamte Tunnel war in wenigen Sekunden von einem Geflecht aus geschwungenen Linien überzogen. Die leuchtenden Muster erinnerten mich an Äste eines Baumes. Als ich näher herantrat, erkannte ich, dass an jedem Ende eines Astes ein Name stand, von dem aus wiederum Zweige wegführten. »Das ist ein Stammbaum!«

»Der Stammbaum unseres Clans«, nickte Esra. »Sein Ursprung ist im Hauptgewölbe. Noch vor der Römerzeit haben fünf Familien diese Siedlung begründet. Die verschiedenen Stämme wurden in die Haupttunnel auf dem Grundlevel gezogen. Das hier ist einer davon. Seither wachsen sie immer tiefer in das Höhlensystem hinein.«

Ich strich mit dem Finger einen Zweig entlang, der nicht nur leuchtete, sondern tatsächlich wie ein Relief aus der Wand gearbeitet war. Shayra und Nuro Delwas stand eingraviert am Ende, und von ihnen gingen wiederum Verzweigungen ab. »Ist das phosphoreszierende Farbe?«

Esra nickte. »Wir hatten Kenntnis von diesem Phänomen, lange bevor es die Alchemisten im 17. Jahrhundert vermeintlich entdeckt hatten.« Er zwinkerte mir zu.

»Es sieht aus, als ob der Tunnel mit Leuchtpflanzen bewachsen wäre.«

Esra grinste. »Komm«, sagte er und wandte sich zum Gehen.

Ein anhaltender Luftzug streichelte meine Wangen und brachte einen frischen Duft nach Lehm mit sich. Schmale

Gänge zweigten hier und da von unserem ab. Die Neugierde verlangsamte mich, bis ich bei einer Verzweigung stehen blieb. Zögernd machte ich ein paar Schritte in den Seitenarm hinein. Er war zu beiden Seiten mit Höhleneingängen gesäumt. Vor jedem Eingang war eine schmiedeeiserne Laterne angebracht. In einigen davon brannten kleine Kerzen, die den Tunnel mit warmem Licht füllten. Gewundene Treppenauf- und -abgänge verbanden die verschiedenen Stockwerke miteinander.

»Das sind die Wohnquartiere«, sagte Esra, der hinter mich getreten war. »Der große Tunnel draußen ist so was wie eine Verbindungsstraße, um schnell von A nach B zu kommen.«

»Hier sieht es aus wie in einer kleinen Stadt aus vergangenen Zeiten.«

Esra strich mir über den Rücken. »Überall, wo ein Windlicht brennt, ist jemand zu Hause.«

Die Eingänge waren mit kunstvollen Ornamenten verziert, die sich wie Kletterpflanzen darum herumwanden und zu den Seiten hin auswuchsen. Gern hätte ich mehr davon gesehen, aber Esra drängte weiter. Wir kehrten zurück in den Verbindungstunnel und drangen immer tiefer in das Erdreich hinein. Am Ende des Ganges erkannte ich plötzlich einen weißen Lichtschein, der sich deutlich von der blauen Phosphoreszenz abhob. »Ist das Tageslicht?«

»Ja«, sagte Esra und steckte die Fackel in die nächste Halterung.

Der Tunnel mündete in eine überdeckte Säulengalerie, die sich um einen runden Platz schmiegte. Die Struktur der mindestens fünf Meter hohen Säulen erinnerte an Baumrinde, und die Abschlüsse deuteten Astgabeln an. Es sah aus, als ob versteinerte Bäume den Fels über uns trugen. Direkt vor uns führte eine schlanke, nach oben gewölbte Steinbrücke auf den offenen Platz, der sich wie eine künstliche Insel aus dem unterirdischen Fluss erhob. Das Wasser leckte gurgelnd an seinen Rändern und verschwand unter uns in den Fels.

»Grundwasser«, kommentierte Esra meinen staunenden Blick. Mit zwei Schritten erreichte ich die Brücke, wobei ich den Schutz der Galerie verließ und nach oben schaute. Ich stieß einen erstickten Schrei aus und taumelte rückwärts, spürte aber sogleich Esras Körper in meinem Rücken. Er legte mir von hinten einen Arm um die Schultern. »Du brauchst keine Angst zu haben«, flüsterte er in mein Ohr. »Die werden uns gar nicht beachten.«

Ich atmete zittrig aus. »Sicher?«

»Ganz sicher.« Esra zog den Arm zurück und schob mich wieder nach vorne. Ich riskierte einen zweiten Blick. Basilisken kreuzten in geschickten Flugmanövern durch das gigantische, von Klüften durchfurchte Gewölbe. Die Felswände öffneten sich in Stufen nach oben hin, und jede Etage schloss mit einer Säulengalerie zum zentralen Platz hin ab. Durch die hier und da aufgebrochenen Felsspalten sah die Höhle aus wie ein verfallenes Amphitheater. Man konnte nicht weit in die schattigen Klüfte hineinsehen, aber ich erkannte dennoch zierliche Brücken, die die Massen von Gestein auf verschiedenen Ebenen verbanden.

Erst jetzt realisierte ich Stimmen und sanfte vogelartige Laute, die sich über das Rauschen des Grundwasserstroms erhoben. Ich ließ den Kopf gegen Esras Schulter sinken und beobachtete die Basilisken. Sie starteten und landeten von terrassenartigen Vorsprüngen, die in regelmäßigen Abständen von allen Etagen abgingen. Sie sahen aus wie abgebrochene Brücken.

Das Klopfen eines Hammers klang von allen Seiten wider. Ich entdeckte einen Steinmetz, der liebevoll die heckenartig verzierten Mauern zwischen den Säulen bearbeitete. Einen Stock über ihm bemerkte ich eine Gruppe Kinder, die hinter einem hochgewachsenen Mann in schwarzer Robe hergingen. Sie kicherten und schubsten sich gegenseitig auf die Landeterrassen hinaus, gefährlich nahe zum Abgrund. Der Lehrer packte einen der größeren Jungs und schob ihn vor sich her. Danach war Ruhe.

»Unser Fluglehrer«, grinste Esra. »Nicht dass du denkst, wir wandern hier alle mit so albernen Umhängen herum.«

Ich musste kichern. Diese Welt faszinierte mich so sehr, dass ich meine Angst vergessen hatte. »Woher kriegt ihr hier unten Tageslicht?«

»Von einem Spiegelsystem.« Er zeigte auf die schimmernden Stellen überall an den Felswänden. »Das sind Reflektoren. Das Dach dieser Höhle liegt direkt unter der Oberfläche. Wir sammeln das Licht, das durch Gullis und Schächte dringt, bündeln es und schicken es hier hinunter.«

Esra drehte mich an den Schultern nach links und wies quer über den Inselplatz. »Dort drüben wohnen mein Onkel und meine zwei Cousins, Ilari und sein jüngerer Bruder Arik.«

Ich schaute gegen eine Fassade, die dem Mauerwerk einer Burg glich. »Eine richtige Festung.«

Esra seufzte. »Ja, das ist es.«

»Und wo lebst du?«

»Etwas weiter oben in einem der Wohnquartiere.« Er machte eine Kopfbewegung in die entsprechende Richtung.

Ich schaute ihn erwartungsvoll an.

»Willst du es …«

»Ja, ich will.«

Esra lachte.

»Also deine Wohnung sehen, meine ich.«

»Okay.« Er nickte, krampfhaft bemüht, ernst zu bleiben.

Wir gingen ein Stück in das Hauptgewölbe zurück, aus dem wir gekommen waren. Esra hielt vor einer Schachtöffnung, die mit Metall ausgekleidet war. Das war mir vorhin gar nicht aufgefallen. Daneben gab es eine Schaltfläche, auf der er nun einen Knopf drückte. Ein Summen schwoll an, und ein nach oben offener Metallkorb schwebte herunter, ohne den Schacht zu berühren.

»Ist das ein Aufzug?«

»So was in der Art«, nickte Esra. »Solche Transportstationen gibt es in allen großen Verbindungstunnels. Es sind doch ziemliche Distanzen, die man hier zurücklegen kann.«

»Das Ding schwebt«, stellte ich fest. »Funktioniert das mit Magneten?«

»Elektromagneten, um genau zu sein. Aber ich kenne mich da, ehrlich gesagt, nicht so aus.«

»Halb so wild, ich würde es sowieso nicht verstehen«, grinste ich.

Esra tippte eine Zahlenkombination ein, bevor wir die Kapsel betraten. »Unsere Zielkoordinaten: Stock, Schacht, Luke«, sagte er.

»Dann geht es nicht nur vertikal?«

»Nein, es gibt auch horizontale Verbindungen.«

»Wow!«

Esra nahm mich bei der Hand und half mir in den Korb. Als er ihn schloss, wurde das unterschwellige Summen lauter, und wenige Sekunden später starteten wir mit einer Geschwindigkeit nach oben, die mich kurz in die Knie zwang. Esra packte mich um die Hüfte. »Alles klar?«

»Geht schon«, lächelte ich, woraufhin er seine Hände leider wieder zurückzog.

Wir schossen an unzähligen Öffnungen vorbei, die sich mal links, mal rechts, mal vor mir auftaten. Mit einem Ruck schwenkten wir in die Horizontale, um danach wieder nach oben zu starten. Wenige Minuten später wurden wir langsamer und hielten schließlich. Der Summton ebbte ab, und Esra öffnete den Korb. Etwas wackelig auf den Beinen trat ich in den dunklen Gang hinaus.

Esra zündete eine Fackel an, und sofort nahmen die blau glimmenden Äste des jahrhundertealten Stammbaumes das Licht auf und leuchteten den Tunnel aus. Der Weg führte uns zu einer dieser Brücken, die ich zwischen den Klüften gesehen hatte. Sie schien im schwarzen Nichts zu verschwinden. Esra spürte mein Zögern und nahm meine Hand. Das Licht der Fackel wurde von der Schwärze fast komplett verschluckt. Auf der Brücke stieß etwas heftig gegen meine Beine. Ich zuckte zusammen.

»Hey!«, rief Esra.

»'tschuldigung, Sir«, hörte ich eine Kinderstimme. Die Umrisse eines Jungen und eines Mädchens zeichneten sich im Licht der Fackel ab. Ihre schuldbewussten Gesichter waren herzerwärmend.

»Entschuldigt euch bei der Lady.«

»Entschuldigung, Madam«, sagten sie wie aus einem Mund.

»Kein Problem. Ist ja nichts passiert.«

»Also gut. Haut schon ab«, sagte Esra, und die Kinder rannten weiter.

»Die sind aber gut erzogen«, bemerkte ich. »Ich fühl mich gleich in der Zeit zurückversetzt.«

»Erziehung ist wichtig. All unsere Fähigkeiten und Waffen sind von Geburt an ausgebildet. Wenn wir keinen Respekt lernen, kann das böse enden.«

Er führte mich weiter, und allmählich drang der fahle Schimmer des Wohnquartiers vom Ende der Brücke zu uns.

Die Laternen vor den Höhlen verbreiteten eine heimelige Atmosphäre. In einigen Eingängen stapelten sich zusammengelegte Kleider und Frottiertücher. Wir nahmen eine Wendeltreppe nach oben in den nächsten Gang. Ein junger Mann kam uns entgegen, der eine Holzkarre vor sich herschob. Das Rattern erfüllte das ganze Gewölbe.

»Hey, Esra. Hast du noch schmutzige Wäsche?«

»Nein. Danke, Tay.« Esra schaute sich zu mir um. »Das ist Elin.«

»Sie ist ein Mensch.«

»Die Erbin, um genau zu sein. Mein Onkel hat mich beauftragt, sie herumzuführen«, log Esra.

»Oh.« Tay verneigte sich vor mir. »Freut mich, dich kennenzulernen. Es ist lange her, seit einer von euch hier war.«

Ich lächelte. »Ich denke, das wird sich nun wieder ändern.«

»Tay!«, brüllte eine verärgerte Frauenstimme.

Er verdrehte die Augen. »Ich muss los. Hat mich gefreut, Elin.«

»Mich auch. Bis dann.« Ich schaute ihm nach. Die Frau warf zwei Säcke in den Wagen und packte ihn am Oberarm. »Du sollst nicht mit ihm reden!«, hörte ich sie flüstern. »Was sollen die Leute denken.«

Esra atmete tief ein, wandte sich ab und zündete das Licht in seiner Laterne an.

Ich stand da wie angewurzelt und starrte den beiden hinterher. Was hatte das zu bedeuten?

»Komm.« Esra berührte mich an der Schulter. Ich wandte mich ihm zu und folgte ihm.

Kapitel 14

Der Eingang war ein kurzer S-förmiger Tunnel, der so gebaut war, dass man von außen nicht hineinsehen konnte. Dennoch hatte Esra auf der Innenseite zusätzlich einen dicken samtenen Vorhang angebracht, den wir nun passierten. Der frische Geruch eines warmen Sommerregens umhüllte mich augenblicklich. Ja, das war ohne Zweifel Esras Reich. An diesem Duft hätte ich seine Höhle zwischen allen anderen herausgekannt.

Er steckte die Fackel in die Halterung neben dem Eingang und lehnte sich gegen die Wand. »So, hier wohne ich.«

Neugierig blickte ich mich um. Es gab keine Möbel, so wie ich es kannte. Alles war aus dem und in den Stein gehauen. Gegenüber dem Eingang verengte sich die Höhle zu einem Erker mit einem Schlafplatz. Es sah aus wie ein Himmelbett, mit den aus dem Fels gearbeiteten Pfosten und dem Steindach. Am Fußende befand sich eine Bank, auf der ein paar Klamotten lagen.

»Ich hab auch nicht aufgeräumt«, sagte Esra.

Ich kicherte. »Nur dass du keine Unterwäsche herumliegen hast.« Ich drehte mich zu ihm um. »Aber danke für den Versuch.«

Am Kopfende neben dem Schlaferker ragte ein Steinbord aus der Wand, auf dem eine antike Pendeluhr stand. Darunter stapelten sich Bücher.

»Rilke«, sagte ich und griff nach dem Büchlein mit den vielen Eselsohren. »Den mag ich auch.«

Gern hätte ich gewusst, welche Verse er markiert hatte, aber ich legte den Band zurück auf den Stapel und ließ meinen Blick über die Wände schweifen, die mit wunderschönen Reliefbildern verziert waren.

In der Ecke entdeckte ich eine Werkzeugkiste. »Hast du diese Bilder selbst gemacht?«

Der Basilisk, unter dessen schützendem Flügel eine Frau saß, die mir verdammt ähnlich sah, war so detailliert und naturgetreu, dass man das Gefühl hatte, er müsste sich jeden Moment aus der Wand schälen.

»Ist so ein Hobby von mir.«

Ich ließ die Finger über den Basilisken streichen. »Wo hast du das gelernt?«

»In der Schule. In *unserer* Schule«, präzisierte er. »Es gibt extra ein Fach dafür.« Er gluckste. »Unsere Felsbilder sind legendär, musst du wissen.«

»Das glaube ich dir sofort.« Ich schaute wieder zur Wand. »Sie wirken so lebendig.«

»Steinmetze gehören bei uns zu den angesehensten Leuten. Das Gestein hier ist nicht sehr beständig, also sind Restaurationen an der Tagesordnung.«

»Dann arbeiten also nicht alle von euch draußen?«

»Oh nein. Es gibt so viel zu tun, um dieses riesige Höhlensystem instand zu halten. Denk nur an den ganzen Aquifer, oder die Aufzüge, neue Wohnräume müssen geschaffen werden und so weiter.« Seine Hände glitten durch die Luft, als er fortfuhr. »Und dann ist da auch noch unsere Schule, die Bibliothek, der Krankentrakt, die Vorratskammer, die Wäscherei ...« Er brach ab und zog die Stirn kraus. »Ich würde sagen, die meisten von uns arbeiten hier drin.«

»Und warum arbeitest du draußen?«

»Ich halte es nicht aus, immer hier unten zu sein.« Mit der Schuhspitze scharrte er über den sandigen Untergrund. »Zudem ist es unsere Aufgabe, die Menschen zu beschützen. Einige von uns arbeiten zum Beispiel bei der Polizei oder bei der Feuerwehr oder bei privaten Sicherheitsfirmen.«

Ich musterte ihn. »Aber du arbeitest bei Panazea, warum?«

Er wich meinem Blick aus. »Ich hatte keine Wahl. Das war das Einzige, was mein Onkel mir erlaubt hat. Und seit mein Vater verschwunden ... abgehauen ist«, korrigierte er sich, »ist er der Alphabasilisk.«

»Dann war dein Vater ...« Ich brach ab. Als Anführer den Clan im Stich zu lassen, wurde unter den Basilisken als schlimmste Sünde angesehen. Das wusste ich aus dem Buch des Wissens. Ich wollte nicht in einer alten Wunde bohren, denn durch das Verschwinden seines Vaters wurde Esra um seine Zukunft betrogen.

Esra nickte und lächelte, aber ich spürte, dass unter der Fassade eine Menge Frust und Wut saß.

»Und was ist mit deiner Mutter, hat sie nichts zu sagen?«

»Sie hat sich das Leben genommen, als ich sechzehn war.«

»O Gott. Entschuldige. Ich bin so ein Trampel.« Ich ging auf ihn zu und nahm seine Hand.

»Ist nun schon acht Jahre her.« Sein Daumen strich über meine Finger. »Tja, sieht so aus, als ob wir beide Waisenkinder sind.«

»Ja, sieht so aus.«

Esra stieß sich von der Wand ab. »Möchtest du was trinken?« Ohne auf meine Antwort zu warten, nahm er die Fackel und verschwand durch den Torbogen rechts vom Eingang. Neugierig folgte ich ihm. Der Raum war etwas größer als das Schlafzimmer. Den Mittelpunkt bestimmte ein runder Tisch, um den sich zu drei Vierteln eine durchgehende Bank wand, die mit farbigen Kissen belegt war. Auch diese Möbel waren fest mit dem Boden und einem Teil der Wand verwachsen.

»Setz dich doch«, sagte er mit einer Handbewegung zum Tisch. Er stand vor einer Nische, die ein rundes Marmorbecken enthielt. Wasser sprudelte in dessen Mitte aus einem oben aufgestülpten Zylinder. In einem dünnen Vorhang traf es wieder auf den Stein, um in der Mitte abzufließen. Neben dem Brunnen waren Regale aus dem Fels geschlagen, auf denen sich in den oberen Reihen Tonschalen stapelten. Unten gab es Körbe mit Handtüchern.

Ich setzte mich an den Tisch. Vor Schreck wäre ich beinahe wieder aufgesprungen. Der Stein war weich und warm. »Was ist das denn?« Ich fuhr mit den Fingern über das feine Lederpolster, das fast unsichtbar in die Steinbank eingelassen war.

Esra schaute mich über die Schulter hinweg an, den Mund zu einem schrägen Lächeln verzogen. »Die Bänke werden kontinuierlich mit warmem Wasser durchspült.

Wir sind Kaltblüter und daher auf externe Wärmequellen angewiesen.«

»Aber wie …«

»Geothermie.« Er drehte sich zu mir um. »In etwa fünf Kilometern Tiefe wird das Gestein in dieser Gegend bis zu zweihundert Grad heiß. Damit heizen wir alles, was wir wollen.«

»Ihr benützt Geothermie?« Ich erinnerte mich noch gut an den Wirbel um das Projekt in Basel, das wegen künstlich ausgelösten Erdbeben bald eingestellt worden war. »Das ist ziemlich fortschrittlich.«

»Ja, nicht wahr?«

Sowohl die Sitzfläche als auch das Rückenpolster waren warm und passten sich meinem Körper perfekt an, sobald ich mich dagegenlehnte. Ich schlüpfte aus den Ballerinas, zog ein Bein hoch und schob den Fuß unter den Oberschenkel.

Esra kam mit zwei Tongefäßen voll Wasser zu mir herüber. »Ich habe leider keine Gläser«, entschuldigte er sich und setzte sich neben mich. »Ist das okay so?«

»Ja klar.« Ich nahm die Schale in beide Hände und trank einen Schluck. Der Ton fühlte sich rau an auf meinen Lippen, aber ich mochte das Gefühl. Das Wasser war kühl, und der leichte Lehmgeschmack gab ihm eine angenehme Frische.

»Darf ich dich etwas fragen?«

»Alles, was du willst«, grinste er.

»Wie siehst du aus? Als Basilisk, meine ich … Was für Farben hast du?«

»Ich bin schwarz«, sagte er knapp, wobei er mich nicht anschaute.

Ich vergaß für einen Moment zu atmen und starrte ihn an. »Etwa so wie meine Figur?«

Er nickte.

Ich entwirrte meine Beine und packte seine Hand. »Aber dann bist du der Anführer und nicht …«

»Nein«, unterbrach er mich. »Mein Vater hat den Clan im Stich gelassen und ist einfach verschwunden. Damit sind alle Rechte meiner Linie erloschen. Wir sind des Amtes nicht würdig. Das weißt du! Es steht in deinem Buch.«

»Ja, und weiter heißt es darin, dass der Alphabasilisk der Einzige ist, der schwarz ist. Wenn du diese Farben hast, bist du der rechtmäßige Anführer.«

»Nein, Elin! Du irrst dich! Dass ich schwarz bin, hat eine andere Bedeutung.«

»Überleg mal, Esra. Dr. Siller hat deinen Onkel aufgefordert, das Buch zu suchen, damit ich *gewisse Geheimnisse* nicht erfahre.« Ich zeichnete Anführungsstriche in die Luft. »Wenn er gelogen hat, was deinen Vater betrifft, und sich unrechtmäßig zum Alpha erklärt hat, obwohl du der Anführer bist, wäre ihm das bestimmt den Aufwand wert, mir das Buch zu klauen, oder meinst du nicht? Und wenn die da irgendeinen Deal haben, der vielleicht sogar den ursprünglichen Vertrag verletzt, verstehe ich auch Dr. Sillers Interesse daran, dass dieses Geheimnis nicht herauskommt.«

Esras Körper versteifte sich. Seine Haut begann zu schillern, und als ich in seine Augen schaute, hatten sich die Pupillen zu Schlitzen gewandelt. Ich erstarrte, rückte ein Stück zurück. Er schluckte. Versuchte, ruhig zu atmen, aber es gelang ihm nicht.

Er machte mir Angst. Seine Wut hing wie ein Schatten über ihm. Sogar die Fackel dimmte ihr Licht, als ob sie in einem starken Luftzug stünde. Mein ganzer Körper war mit einer Gänsehaut überzogen.

Plötzlich sprang er auf. Ein unnatürliches Zucken lief über seinen Rücken. Den Blick stets auf mich gerichtet, stolperte er rückwärts zum Brunnen. Dann drehte er sich um und spritzte sich mit beiden Händen Wasser ins Gesicht. Allmählich ließ das Zucken nach. Auf das Becken gestützt, atmete er heftig ein und aus. »Ja«, sagte er durch zusammengebissene Zähne, »kann sein.«

Als er sich umdrehte, stellte ich erleichtert fest, dass seine Augen wieder menschlich waren, aber aus seinem Gesicht war jegliche Farbe gewichen. Ich erhob mich und ging zögernd ein paar Schritte auf ihn zu. Er streckte seine Hand nach mir aus. Unsere Finger verhakten sich ineinander, und er zog mich zu sich. Ich schaute in seine Augen, während er mir eine Haarsträhne hinters Ohr strich. Dann küsste er mich plötzlich. Seine kühlen Lippen berührten meine. Zärtlich wie ein Wimpernschlag. Und bald spürte ich nur noch seine Hände, die mir über den Rücken fuhren, seinen Herzschlag, der meinem den Rhythmus vorgab, und den sanften Druck seiner Lippen. Der Kuss war zurückhaltend und doch intensiv. Er zog mich in seine Arme und legte das Kinn auf meinen Kopf. Es war schön, von ihm gehalten zu werden, und ich wünschte mir, dass dieser Moment nie enden würde.

»Möchtest du hier schlafen, oder soll ich dich nach Hause bringen?«, flüsterte er in meine Haare.

»Ich würde sehr gern bleiben.«

Er löste sich von mir und nahm mich an der Hand. In seiner Schlafkammer, an der Wand gegenüber dem Durchgang, schob er einen Vorhang zur Seite, der eine Art

Kleiderschrank verborgen hielt. »Falls du was zum Schlafen brauchst«, sagte er und deutete auf die Regale mit den T-Shirts. »Alles dein.«

Das Bett war angenehm weich und ebenfalls temperiert. Ich kuschelte mich mit dem Rücken an Esras Bauch, der schon bald die Temperatur der Bettunterlage angenommen hatte. Er zog die Decke über uns und legte den Arm auf meine Taille. Sein warmer Atem verfing sich in meinen Haaren, und der Duft von Regen umhüllte mich.

»Schlaf gut«, flüsterte er in mein Ohr.

»Du auch.«

Mit dem plätschernden Geräusch des Brunnens in den Ohren, glitt ich in einen tiefen, entspannten Schlaf.

Am nächsten Morgen weckte mich der dezente Geruch nach Teer. Als ich die Augen öffnete, flackerte der ganze Raum im gelben Schein der Fackel. Der Platz neben mir war leer. Ich richtete mich auf und blickte gähnend durch das Zimmer. Mit aufgerissenem Mund verharrte ich. Esra stand mit dem Rücken zu mir vor dem Schrank. Er strich sich durch die nassen Haare, und die vom Feuerschein glühenden Wasserperlen tropften über seinen vollkommen nackten Körper. Die breiten Schultern gingen V-förmig in eine schlanke Taille über. Meine Augen folgten der Wirbelsäule und blieben schließlich an seinem Po hängen. Was für ein Anblick. Ich schloss den Mund und musste erst mal schlucken. »Morgen«, flüsterte ich.

Er drehte den Kopf, ein schräges Lächeln auf den Lippen. »Hey. Gut geschlafen?«

»So gut wie schon lange nicht mehr.«

»Das freut mich.« Stoff fuhr leise kratzend über die Haut. Schade eigentlich. Ich schwang meine Beine über die Bettkante und streckte die Glieder. Als ich mich umwandte, war Esra schon fertig angezogen. Die feuchten Haare hatte er glatt zurückgestrichen, was seine Stirnpartie betonte und die goldenen Augen umso mehr zum Leuchten brachte.

»Toilette ist etwas weiter«, sagte er und griff nach dem Kulturbeutel.

»Okay.« Ich stand auf und blickte mich um. Wo hatte ich gestern meine Anziehsachen hingelegt? Ich spürte seinen Blick auf mir, und als mir bewusst wurde, dass ich nur eines seiner T-Shirts trug, fühlte ich mich plötzlich unwohl. Ich hoffte, er würde bald wegschauen, wie es jeder anständige Kerl gemacht hätte, aber er tat nichts dergleichen. Im Gegenteil, sein Blick wurde immer intensiver, und ich war wie gelähmt. Jeder Makel meines Körpers schien sich hervorzudrängen. Am liebsten wäre ich zurück unter die Decke gehüpft.

»Elin?«

Ich zuckte zusammen. »Ja?«

»Suchst du etwas?«

»Meine Klamotten«, rief ich.

»Hier.« Esra stellte den Beutel auf die Bank am Fußende des Bettes und packte den Kleiderstapel, der darauflag. »Stimmt etwas nicht?«

»Doch!« Ich entriss ihm die Kleider und nestelte sie mit zittrigen Händen auseinander. Was war nur mit dieser verflixten Hose los? War da ein Knoten drin?

Esra hob mein Kinn an, sodass ich innehalten und ihn anschauen musste. »Du schämst dich doch nicht vor mir, oder?«

Ich atmete geräuschvoll aus. Meine Arme sanken nach unten, und ich ließ alles fallen. »Du bist so perfekt, Esra. Wie soll ich mich da nicht schämen?«

Seine Brauen zogen sich zusammen. Er stand ganz still, starrte mich an. »Sag so was nie wieder, okay?«

»Aber es stimmt.«

»Nein, tut es nicht. Bitte schäm dich nicht vor mir und schon gar nicht *wegen* mir!« Seine Stimme war ganz heiser. Er nahm mich in den Arm und drückte mich so fest an sich, dass ich kaum noch Luft bekam. »Es tut mir weh, wenn du so was sagst.

»Okay.« Ich löste mich von ihm. »Ich versuche es.«

»Du weißt gar nicht, wie schön du bist«, flüsterte er und wich von mir zurück, ohne mich aus den Augen zu lassen. Ich schluckte, schaute ihn einen Moment prüfend an, bückte mich dann aber schnell nach der Hose und verdeckte meine Unvollkommenheiten.

Schweigsam machten wir uns auf den Weg zum Bad. Am Ende des Ganges bogen wir in einen Verbindungstunnel ein. Die Felswände begannen unter dem Licht der Fackel, ihren blauen Schein zu verbreiten. Ich grübelte über Esras Worte von eben nach. Er musste doch wissen, dass normale Leute Hemmungen hatten angesichts seiner Perfektion. Aber seiner Reaktion nach zu urteilen, hatte er dergleichen wohl noch nie in Erwägung gezogen. Im Gegenteil.

»So, da sind wir«, riss mich Esra aus den Gedanken und ließ mir durch den S-förmigen Eingang den Vortritt. Wir betraten ein offenes Gewölbe, das nach hinten hin in Stufen anstieg. Nischen und Erker schirmten dampfende Pools voneinander ab, die über künstliche Wasserfälle gespeist wurden. Das überschüssige Wasser der einzelnen Pools sammelte sich in einem zentralen Kanal, der quer durch den Raum verlief. Kleine Treppen verbanden die gewundenen Wege durch die Badeanlage. Die aus dem Naturfels geschlagenen Wannen waren auf den Innenseiten mit phosphoreszierender Farbe bemalt, sodass die gesamte Höhle blau erstrahlte. Das Licht spiegelte sich glitzernd in den rauen Wasseroberflächen. Die Luft war schwer und warm, und es roch nach feuchtem Sand.

Gleich links vom Eingang war eine hölzerne Schwingtür, die in einen schlauchartigen Raum führte, der mit Fackeln ausgeleuchtet war. Der Kanal, der aus der Badeoase kam, floss an der Seite weiter. Brusthohe Steinwände trennten den Raum in kleine Abteile, die einen Hauch von Privatsphäre gaben. Gegenüber war ein langer Spiegel an der Wand angebracht, unter dem es einen ebenso langen Trog mit acht springbrunnenartigen Quellen gab. Das Plätschern des Wassers wurde von den Wänden wiedergegeben, sodass Esra die Stimme etwas erheben musste. »Das ist die Toilette«, klärte er mich auf.

Eine Frau und ein Mann in mittlerem Alter verließen fluchtartig den Raum, als sie uns bemerkten. Esra schaute auf den Boden, bis sie an ihm vorbei waren.

»Sind die wegen mir gegangen?«

Er schüttelte den Kopf. »Ein Vorteil, keine Freunde zu haben: Man hat wenigstens seine Ruhe.« Vermutlich sollte es sarkastisch klingen, aber er konnte nicht über den Schmerz hinwegtäuschen. Hatte das etwas mit seinem Vater zu tun?

»Ist dieses Bad für den ganzen Clan?«, versuchte ich, ihn abzulenken.

»Nein. Jedes Quartier hat seine eigene Nasszone.«

»Und ist das für Männer und Frauen?«

»Ähm – ja.« Er schaute mich an, seine Brauen berührten sich fast über der Nasenwurzel. »Das ist wohl ziemlich befremdlich für dich.«

»Na ja, es ist anders. Wir Menschen sind da …«

»Kein Problem«, unterbrach er meine kläglichen Erklärungsversuche. »Wir wachsen damit auf, uns nackt zu sehen. Für uns ist das nichts Besonderes. Aber ich verstehe es, wenn du dich dabei unwohl fühlst. Ich werde Wache stehen, bis du fertig bist.«

»Danke.« Ich wollte ihm wirklich keine Umstände machen, aber ich war extrem dankbar für das Angebot. Auf der anderen Seite fühlte ich mich schlecht. Mich so zimperlich anzustellen, war eigentlich nicht meine Art.

»Und anschließend zeig ich dir den Rest.« Er drehte sich um und ging zur Tür.

Das Bad danach war der Wahnsinn. Der Boden des Beckens war mit Moos bewachsen, das ebenfalls leuchtete. Es fühlte sich an, als ob ich auf einer Wolke stehen würde. Das Wasser war angenehm warm und reichte mir bis zu den Knien. Ich stellte mich unter die Wasserwand, die aus dem Fels über mir herabfiel, schloss die Augen und lauschte dem beruhigenden Plätschern und Rauschen um mich herum. Seife konnte ich keine finden. Stattdessen gab es auf dem Rand der Becken Tontöpfe, die mit Lehm gefüllt waren. Ich verteilte ihn auf meinem Körper. Es war wie eine Maske und ein Peeling zugleich. Die feinen Körnchen prickelten angenehm auf der Haut und machten sie ganz weich. Nachdem ich mich unter dem Wasserfall abgewaschen hatte, streckte ich mich für einige Minuten im Becken aus und ließ die Finger über die weiche Unterlage streichen. Ich wäre am liebsten für immer hier drin geblieben, aber Esra wartete. Also erhob ich mich und wickelte mich in das Tuch, das er mir mitgegeben hatte. Ich hatte mich selten so erfrischt gefühlt wie nach diesem Bad.

Esra stand rasiert und frisiert draußen neben dem Eingang gegen die Wand gelehnt. »Und?«, fragte er. »Wie war's?«

»Göttlich«, seufzte ich. »Kann ich etwas von dem Lehm mitnehmen?« Ich hielt ihm den Arm hin. »Fühl mal, wie zart das ist.«

Anstatt darüberzustreichen, beugte er sich hinunter und küsste meinen Arm von der Beuge bis zur Schulter. Ich biss mir auf die Unterlippe.

»Ja, wirklich sehr zart«, sagte er mit einem Zwinkern. »Und ohne den Seifengeruch riechst du noch unwiderstehlicher.« Er blickte hoch, lächelte und nahm dann meine Hand.

Kapitel 15

Esra führte uns durch den Tunnel, die Wendeltreppe hoch, und hinter der nächsten Tür standen wir plötzlich wieder im Treppenhaus der Parkgarage. Sofort stach mir der widerliche Gestank abgestandenen Zigarettenrauches in die Nase, und der Morgenstress schlug wie eine Woge über mir zusammen. Ein breitschultriger Typ im Anzug rempelte mich auf der engen Treppe an. Abgas verpestete die Luft, Reifen quietschten auf dem glatt geschliffenen Betonboden der Tiefgarage, Autotüren knallten, und ich war einfach nur froh, als ich im Wagen saß.

Esra wirkte nachdenklich. Es war mir vorhin schon aufgefallen, aber seit wir seine Welt verlassen hatten, fühlte ich mich völlig von ihm abgeschnitten. Ich hätte ihn gestern nicht so bedrängen dürfen wegen seiner Farben und seines Vaters.

Plötzlich klingelte mein Telefon. Ich starrte auf das Display. »Das ist Nicos Schule.« Mit zittrigen Fingern hob ich ab. Die Stimme am anderen Ende erklärte mir, dass Nico in eine Schlägerei verwickelt gewesen war und nun mit Nasenbluten im Krankenzimmer lag. »Ich komme sofort«, sagte ich und legte auf. »Können wir kurz da vorbeifahren?«

»Sicher.«

Viel zu schnell bog Esra vom Heuwaage-Viadukt in die enge Gasse, die zur Schule führte. Ich hörte schon das Kreischen von aneinanderschleifendem Metall oder das Krachen abbrechender Außenspiegel. Ich zog den Kopf ein, aber Esra genügten die zwei Zentimeter, die er zu den geparkten Autos hatte, längst, um keinen Schaden anzurichten.

Nico auf dem Bett im Krankenzimmer liegen zu sehen, bleich und mit einem blutigen Taschentuch vor dem Gesicht, gab mir einen Stich in die Brust. Ich eilte zu ihm und setzte mich auf die Bettkante. Seine Finger waren ganz kalt, und ich rieb sie vorsichtig zwischen meinen Händen. »Was machst du denn?«

Nico stöhnte nur und verdrehte die Augen.

»Finn?«

»Wer sonst.«

»Wie lange liegst du schon hier?« Ich streichelte über seinen kahlen Kopf und gab ihm einen Kuss auf die Stirn.

»Viertelstunde.«

»Eher eine halbe Stunde«, vernahm ich Lennjas zarte Stimme. Sie hatte die Arme um sich geschlungen. »Hi Elin«, sagte sie.

»Hey Lennja.« Ich lächelte. »Alles klar bei dir?«

Sie nickte. »Warum blutet das so doll?«

»Wegen der Chemo. Nicos Blut gerinnt nicht mehr so gut durch die vielen Medikamente.«

»Ist schon viel besser«, nuschelte Nico hinter dem Taschentuch hervor.

»Ich werde dich für heute entschuldigen.«

»Nein!«, rief er. »Ich bleib hier!«

»Aber du hast eine Menge Blut verloren und …«

»Es geht mir gut! Ich lass mich von diesem Arsch nicht vertreiben!« Nico wollte sich aufsetzen, aber ich drückte ihn wieder hinunter.

»Du solltest dich ausruhen.«

»Ich bin aber nicht müde, und ich bleib hier!« Er schaute demonstrativ zur Decke.

»Wenn er fit ist, spricht doch nichts dagegen«, sagte Esra sanft und legte mir eine Hand auf die Schulter. Dass er mir jetzt in den Rücken fallen musste.

Ich biss die Zähne zusammen. »Aber wenn du dich schwach fühlst …«

»Tu ich aber nicht!«, unterbrach mich Nico und hielt das Taschentuch weg. »Siehst du, blutet schon gar nicht mehr.«

Ich betrachtete ihn eindringlich. Sein Blick huschte zu Esra, und ich glaubte, den Anflug eines Lächelns darin zu erkennen. »Also gut. Aber bei der Nachuntersuchung erzählst du das alles. Okay?«

»Ja«, sagte er gedehnt.

»Und auch, dass dir manchmal schlecht ist«, doppelte ich nach.

»Muss ich denn heute mit Sina gehen?«

Ich nickte. »So war es abgemacht. Aber ich kann auch freinehmen, wenn es dir lieber ist.«

Er schüttelte den Kopf und schwang die Beine über die Bettkante. »Schon gut.«

Ich nahm ihn in den Arm und drückte ihn an mich. Er stieß mich sanft weg. »Der Unterricht geht bald los«, sagte er zu Lennja gewandt. »Lass uns gehen.« Sein liebevolles Lächeln, als sich ihre Blicke trafen, wärmte mein Herz. Mein Bruder war verliebt bis über beide Ohren. Ich grinste in mich hinein.

Kaum hatten wir das Zimmer verlassen, hallte eine heisere Quietschstimme, unterbrochen von tiefem Bass, durch den Gang. »Hey, sieh an, Glatzkopf wird von Mama abgeholt.« Ein groß gewachsener Junge mit drei Freunden im Schlepptau tauchte in meinem Augenwinkel auf, drehte sich im Gehen zu uns um und ließ die Finger geräuschvoll über die Lippen zirpen.

»Das ist meine Schwester, du Idiot.«

»Och, dein Schwesterlein. Hat dich deine Mama auch schon satt, kleine Heulsuse?«

»Halt die Klappe, Finn!«, rief Nico verärgert.

»Ist es in deinem Kopf auch so kahl wie draußen?« Finn jaulte vor Vergnügen.

»Es reicht jetzt!«, sagte ich, aber er beachtete mich gar nicht. Angetrieben von dem anerkennenden Gelächter seiner Kumpels schnippte er mit den Fingern gegen Nicos Kopf.

»Lass das!«, rief der und schlug die Hand weg, woraufhin Finn ihn gegen die Wand schubste.

Nico wollte sich gerade wehren, als Esra dazwischenging. Er hielt meinem Bruder die Hand gegen die Brust und packte Finn mit der anderen am Kragen. »Du hast Elin gehört: Es reicht jetzt! Verschwinde und lass die Leute in Ruhe.« Er ließ ihn los und stieß ihn dabei ein Stück von sich weg.

Finn lachte schallend. »Wer bist du denn? Der neue Schulpolizist? Mach dich doch selbst vom Acker, du Aso.«

»Okay.« Esra griff sich Finn und presste ihn gegen die Wand, den Unterarm gegen seine Kehle gedrückt. »Jetzt hör mir mal gut zu, Kleiner«, sagte er mit einem bedrohlichen Unterton in seiner tiefen Stimme, »ab sofort wirst du dich gegenüber Nico anständig benehmen. Hast du mich verstanden?«

Da Esra uns den Rücken zukehrte, konnte ich nur das farblos gewordene Gesicht des Jungen sehen, dessen aufgerissene Augen mehr Weiß zeigten als Braun.

»Ob du das kapiert hast, habe ich gefragt?« Esras Gesicht war so dicht vor dem Jungen, dass der begann zu schielen.

»J-j-ja«, stotterte er.

»Gut.« Esra trat einen Schritt zurück. »Und jetzt entschuldige dich bei Nico und seiner Schwester.«

Finn war immer noch an die Wand gedrückt. Die Angst stand ihm ins Gesicht geschrieben. Die Arme hingen schlaff an ihm herunter. »E-e-es tu-tut mir leid«, würgte er hervor.

»Na also, geht doch.«

Ich musste mir ein Lachen verkneifen. Immer mehr Schüler scharten sich um uns. Nico schaute kurz zu mir. Sein Grinsen ging beinahe von Ohr zu Ohr. »Mr Obercool ist ja doch ganz in Ordnung«, flüsterte er.

Ich drückte seine Hand.

Esra wandte sich zu uns. »Nico«, sagte er und hielt ihm die Hand hin. Mein Bruder schlug ein, ihre Handflächen rieben aneinander vorbei, bis sich ihre Finger verhakten. Esra klopfte ihm auf den Rücken. »Wir müssen los.«

»Okay«, sagte Nico und flüsterte dann: »Danke, Mann!«

Esra lächelte und nickte ihm zu, bevor er sich nochmals Finn zuwandte. Der zog sogleich den Kopf ein und starrte ihn an wie ein verschrecktes Reh.

»Und du: Benimm dich in Zukunft, sonst bekommen wir ein echtes Problem miteinander.«

Mittlerweile hatte sich fast die ganze Klasse um uns versammelt. Die meisten kicherten hinter vorgehaltener Hand, während sie das Schauspiel beobachteten. So verängstigt hatten sie Finn wohl noch nie gesehen.

»Zeit zu verschwinden«, raunte mir Esra zu.

Ich drückte Nico einen Kuss auf die Wange und beeilte mich, mit Esra Schritt zu halten.

»Hey! Hallo! Sie da?« Ein Lehrer kämpfte sich gegen den Strom zu uns durch und packte Esra am Arm. »Was soll das?«, fragte er und wies hinter sich in Richtung Finn.

»Erziehungsmaßnahmen«, sagte Esra, entwand sich dem Griff und klopfte dem Lehrer auf die Schulter. »Das verstehen Sie doch sicher?« Ein mildes Lächeln huschte über sein Gesicht, und ohne uns abzusprechen, eilten wir gleichzeitig los. Ich kämpfte gegen einen drohenden Lachanfall an.

»Ich, ähm … Nein! Hey!«

Wir beachteten ihn nicht mehr. Geschickt bahnte uns Esra einen Weg durch die Schüler.

»Das war so cool«, flüsterte ich. Am liebsten hätte ich mich bei ihm untergehakt. »Der hat total Schiss gehabt vor dir.«

Esra grinste. »Manchmal reicht ein harmloser Blick«, sagte er mit einem Zwinkern.

Wieder im Wagen hatte ich mich schon angeschnallt, als ich bemerkte, dass Esra reglos dasaß und aus dem Fenster starrte. »Was ist los?«

Er schloss kurz die Augen und atmete tief ein. »Was du gestern über mich gesagt hast …« Er räusperte sich. »Wie sicher bist du dir da?«

»Hundert Prozent. Und dass die das Buch gestohlen haben, ist der Beweis. Sie wollen nicht, dass du herausfindest, dass du der wahre Anführer bist.«

»Hmm.«

Esra nickte. »Aakash, mein Onkel, hat mir eingeredet, dass ich schwarz bin, weil ich ein Verräter bin, genau wie mein Vater, der ja auch schwarz war. Dass er den Clan verlassen hat, zog Aakash als Beweis dafür heran.«

Meine Augen weiteten sich. Seine Reaktion auf mein Schamgefühl am Morgen: Er kannte es. Wusste, wie es war, sich für sein Aussehen zu schämen.

»Aber mein Vater hat den Clan nicht im Stich gelassen, nicht wahr?«

Ich schüttelte den Kopf. »Nicht wenn du schwarz und golden bist.«

»Als Aakash bemerkt hat, dass ich die Farben meines Vaters angenommen habe, hat er mir verboten, mich zu verwandeln. Zu meinem eigenen Schutz.« Er lachte freudlos. »Er meinte, die anderen würden mich jagen und umbringen, wenn sie meine schwarze Seele sähen. Aber eigentlich war es nur zu seinem eigenen Schutz, damit niemand die Wahrheit erfährt.« Er schlug mit der flachen Hand gegen das Lenkrad, bevor er es zwischen den Fingern fast zu Brei drückte. »Und ich habe ihm all den Unsinn auch noch geglaubt.«

»Es ist nicht deine Schuld«, versuchte ich, ihn zu besänftigen.

»Warum fühlt es sich dann so an? Ich habe meinen Vater verraten und meine Mutter.«

»Nein! Dein Onkel hat dich betrogen und alle manipuliert. Er ist der Verräter, nicht du.« Ich streichelte über seinen Unterarm.

»Meine Mutter hat nie an die Geschichte meines Onkels geglaubt. Sie hat von Anfang an um das Andenken meines Vaters gekämpft, aber dann hat mein Onkel sie für verrückt erklärt und weggesperrt. Ich durfte sie nicht mal besuchen, niemand durfte zu ihr. Sie war da ganz allein. Über Jahre.« Eine Träne rann seine Wange hinunter. Er schluckte und atmete zittrig ein. »Tut mir leid«, sagte er und wischte sich über die Augen.

»Das muss dir nicht leidtun.«

»Sie hat wohl ihre Medikamente aufgespart, bis sie genug zusammenhatte, um sich umzubringen. Als ich von ihrem Tod erfahren habe, ist bei mir eine Sicherung durchgebrannt. Ich habe meinen Onkel zur Rede gestellt, hab mich gegen ihn aufgelehnt … Vermutlich wird es Zeit, da weiterzumachen, wo ich damals unterbrochen wurde.«

»Wie meinst du das, du wurdest unterbrochen?«

»Lange Geschichte.«

Ich nickte und bohrte nicht weiter nach, denn ich spürte, dass er im Moment nicht darüber reden wollte.

Er räusperte sich. »Wir können nicht zusammen in der Firma auftauchen«, sagte er, nahm meine Hand und küsste die Knöchel. »Ist es in Ordnung, wenn ich dich bei der Tramstation ablade?«

»Ja natürlich.«

Esra

Esra schlug den Türklopfer zweimal gegen die Eisenplatte. Der metallische Klang wurde spitz von den Felswänden wiedergegeben. Ohne auf ein Zeichen zu warten, trat er ein. »Wir müssen reden, Aakash!«

Sein Onkel saß mit gebeugtem Rücken in seinem Thron hinter der großen Tafel. Die kalten Augen taxierten ihn. »Reden? Worüber denn?«

»Mein Vater hat den Clan nicht im Stich gelassen. Was ist mit ihm passiert?«

»Willst du wieder damit anfangen? Hast du noch nicht genug von den Verliesen?«

Esra überging die Anspielung. »Du hast vielleicht das Buch gestohlen, aber du konntest nicht verhindern, dass ich die Wahrheit erfahre: Du bist nicht der rechtmäßige Anführer, ich bin das. Die Farben des Alphabasilisken sind Schwarz und Gold.«

Stille breitete sich im Raum aus, wie ein undurchdringlicher Nebel. »Schwarz und Gold, Onkel. So wie ich. Und wie du weißt, hätte mein Alpharecht erlöschen sollen, wenn deine Geschichte stimmen würde.« Esras Ton hatte sich verschärft.

»Und was willst du jetzt von mir?«

»Gerechtigkeit für meinen Vater.«

»Gerechtigkeit?« Aakash erhob sich, umrundete die Tafel und spie vor Esra auf den Boden. »Dein Vater war ein Nichtsnutz. Er hätte uns früher oder später in den Ruin getrieben mit seiner Moral.«

»Was willst du damit sagen?«

»Dass ihr keine Anführer seid! Schwarze Federn hin oder her.«

»Wasch das Andenken an meine Eltern rein. Das ist alles, was ich von dir verlange.«

»Ich werde einen Scheißdreck tun, Esra! Einen gottverdammten Scheißdreck!«

»Ich bin der wahre Anführer, Aakash. Ich nehme an, du weißt, was das heißt.«

Sein Onkel lachte schallend auf. »Drohst du mir?«

»Nein«, sagte Esra, »ich warne dich.« Damit drehte er sich ab und verließ den Raum.

Kapitel 16

»Ich habe mir das nochmals durch den Kopf gehen lassen«, sagte Dr. Siller, als ich ihm gegenüber Platz genommen hatte. »Ich denke, es ist einfacher, wenn ich dir nur *einen* Ordner mitgebe. So wirst du nicht abgelenkt.«

So ein Mist!

Warum hatte ich mich gestern so treiben lassen? Ich hätte mir von Anfang an einen Plan machen sollen, als ich es noch in der Hand hatte. Nun würde ich nur einen Bruchteil der Informationen zur Verfügung haben. Ich war so ein doofes Huhn!

Dr. Siller forderte mich auf, ihm die Titel der Ordner zu übersetzen, und gab mir dann den über die Haltbarkeitsstudien mit. Ich nahm den Wälzer in beide Arme und stand auf.

»Übrigens bekommst du ein eigenes Büro, damit du dich ganz und gar auf deine Arbeit konzentrieren kannst.«

»Wie? Aber …« Ich verstummte. Dr. Sillers unechtes Lächeln, das mir weismachen sollte, was für ein unglaubliches Privileg mir gerade zuteilgeworden war, machte meine Frage überflüssig. Ich würde keinen Fuß mehr in ein Labor setzen, bis ich das nicht übersetzt hatte, so viel war sicher.

»Herr Leva wird dir das Büro zeigen. Er ist über deine neue Aufgabe unterrichtet.« Dr. Siller betätigte die Gegensprechanlage. »Linda, schick mir jetzt Timon herein.«

Timons Blick ließ mich frösteln. Was hatte ich ihm denn getan?

Er eilte mir so schnell voraus, dass ich fast rennen musste, um mit ihm Schritt zu halten. Beim Aufzug hielt er an, und ich befürchtete schon, dass er den Knopf samt Fassung in die Wand schlagen würde, so sehr hämmerte er darauf herum. Ich verkniff mir ein sarkastisches Lachen. Im Lift stierte ich auf Timons Rücken. Ab und zu stieß er verächtlich schnaubend den Atem aus. Mir blieb nur, den Kopf zu schütteln. Ich hatte nicht um diese neue Aufgabe gebeten.

Im zehnten Stock stürmte er aus der Kabine und marschierte im Stechschritt den Gang entlang. Ich erwischte die Ecke nicht richtig, polterte mit der Schulter gegen die sich schließende Lifttür und hätte beinahe alles fallen lassen. Das scheppernde Geräusch der malträtierten Schiebetür hallte durch den Gang. Timon stoppte abrupt, warf den Kopf in den Nacken und drehte sich um. Er sagte nichts, aber dieser Blick hätte sogar eine Kakerlake gekränkt. Ich starrte zurück, solange ich es aushielt, und das war Gott sei Dank länger als er. Offenbar hatte er es eilig, mich loszuwerden. Ich rollte mit den Augen und ging langsam hinter ihm her. Auch mir war wohler, je größer der Abstand zwischen uns wurde.

Kurz vor seinem eigenen Büro drückte er eine Tür auf, die ungebremst an die Innenwand knallte und wieder zurückgeflogen kam. Timon konnte sie gerade noch mit der Hand abfangen, bevor sie ihm die Nase zertrümmerte. *Schade*, schoss es mir durch den Kopf, und ich musste innerlich grinsen, als ich mir vorstellte, was für Schmerzen er gehabt hätte.

»Hast du's bald? Ich hab nicht den ganzen Tag Zeit, dich hier herumzuführen.«

»Kannst du mir vielleicht mal sagen, was ich dir getan habe?«, giftete ich zurück.

»Du denkst vielleicht, du bist etwas Besonderes, aber ich muss dich enttäuschen. Du bist nicht mehr als ein notwendiges Übel.«

Ja, so war das wohl. Der Erbe war das einzige Mitglied, das der Rat nicht frei wählen konnte. Kurz vor Timon blieb ich stehen. »Im Gegensatz zu dir denke ich niemals, dass ich etwas Besonderes bin!«, fuhr ich ihn an. »Glaubst du etwa, ich finde das toll, hier zu sitzen und Ordner zu übersetzen, von denen ich kein Wort verstehe?« Ich blitzte ihn an, und als er etwas erwidern wollte, donnerte ich gleich weiter. »Ich wollte im Labor arbeiten und Chemie studieren, und was mach ich nun?«

Timon hob die Hand. Vermutlich wollte er, dass ich die Stimme senkte, aber das konnte er vergessen. »Ich übersetze, Timon! Verstehst du das?«

»Ich habe fünf verdammte Jahre gebraucht, um mein eigenes Büro zu bekommen! Und ich habe verdammt noch mal zwei Doktortitel.« Seine Lippen waren zu einer dünnen Linie gepresst. Die Nasenflügel blähten sich bei jedem Atemzug. »Und dann kommst du daher, ein Niemand, ohne die geringste Ahnung von Chemie, und stehst auf der gleichen Stufe wie ich.«

»Zwei Doktortitel, denen ein Studium vorausgegangen ist!«, schrie ich ihn an. »*Das* ist ein verdammtes Privileg, nicht dieses dämliche Büro! Was, bitte, kann ich mir davon kaufen? Rein gar nichts!«

»Es geht um den Status in der Firma, Elin, um den ich mein Leben lang gekämpft habe, nur um nun von dir verdrängt zu werden!«

Ich lachte auf. »Ein Leben lang? Wirklich? Du hast doch überhaupt keine Ahnung, wovon du sprichst!« Mein Vater hatte ein Leben lang gewartet. Was waren da fünf Jahre? Am liebsten hätte ich ihm den dicken Ordner auf den Zeh fallen lassen. »Zudem pfeife ich auf Status, ganz ehrlich. Hast nicht du vor wenigen Minuten gesagt, dass ich nur ein notwendiges Übel bin? Also, was soll das für ein Status sein?«

Timon senkte den Blick, sein Mundwinkel zuckte, während er die Stirn runzelte.

»Ja, dazu fällt dir nichts mehr ein«, sagte ich und schob mich an ihm vorbei in mein neues Büro. Von innen gab ich der Tür einen Stoß mit dem Fuß, sodass sie vor seiner Nase zuknallte. Sollte er doch bleiben, wo der Pfeffer wächst. Mir eine Eifersuchtsszene zu machen, das war ja wohl das Letzte. Wie alt war er denn? Zwölf? Er hatte zwei verdammte Doktortitel. Zwei! Und was hatte ich? Ein dämliches Büro in einer dämlichen Firma, die mich nur eingestellt hatte, weil ich ihre dämliche Dokumentation übersetzen konnte. Und ich war auch noch dämlich genug, das zu tun, weil dummerweise mein Bruder ganz schön davon profitieren konnte.

Dieser Gedanke holte mich langsam wieder auf den Teppich. Ich machte das alles für ihn. Und dafür machte ich es sogar gern. Timons Schritte entfernten sich, und ich atmete langsam aus.

Nachdem ich mich etwas beruhigt hatte, schaute ich mich im Büro um. Es war ganz okay. Ich legte den Ordner und meine Tasche auf ein Regal links neben der Tür, das allerlei Schreibmaterial beherbergte. Das Zimmer war zwar nicht groß, aber hell und mit einer tollen Aussicht. Ein grauer Schreibtisch stand vor der Fensterfront, die wie in allen Räumen vom Boden bis zur Decke reichte. Ein großer Ficus stand rechts in der Ecke. Ich ging um den Tisch herum und setzte mich. Der Stuhl war bequem. Alles nur vom Feinsten und nagelneu. Sogar der synthetische Fabrikgeruch lag noch in der Luft. Ich rollte mich zur Tischkante vor und startete den PC. Die Mailbox enthielt eine Nachricht von Juna: *Bin heute Abend zurück. Treffen wir uns?*

Klar, schrieb ich zurück, *du kannst bei uns zu Hause warten. Weiß nicht genau, wann ich hier Schluss machen kann.*

Ich freute mich riesig, dass sie endlich zurück war, und konnte es kaum erwarten, sie zu sehen.

Ich stieß mich vom Tisch ab und stand auf. Nun war aber erst mal Übersetzen angesagt. Mit dem Ordner, einem Ringbuch und einem Stift ausgestattet, kehrte ich zurück an den Schreibtisch.

Das Abschreiben ging schleppend. Nicht nur, weil ich überhaupt nichts verstand und im übertragenen Sinne jedes Wort abzeichnen musste, ich dachte auch dauernd darüber nach, was dieser Urstoff sein könnte. Zwar hatte mir Dr. Siller strengstens verboten, mit irgendjemandem darüber zu reden, aber vielleicht wusste Esra ja, was SB war.

Zu Hause saß Juna bereits mit Sina in der Küche. Wie immer unterhielten sie sich über Pflanzen und ihre medizinische Wirkung. Junas Mutter war Naturärztin genau wie Sina. Zumindest war Sina das gewesen, bevor wir in ihr Leben gestolpert sind und sie einen Job hatte annehmen müssen, bei dem man Geld verdiente.

»Juna Vidar!«, rief ich und grinste breit. »Sie sind zurück aus der Einöde?«

Juna sprang auf und umarmte mich stürmisch. »Ich hab dich so vermisst.« Sie drückte mir einen Kuss auf die Wange.

»*Ich* bin ja nicht weggelaufen«, zog ich sie auf.

»Es tut mir leid.« Sie drückte mich noch fester, bis ich fast keine Luft mehr bekam. »Geht es dir gut?« Sie schob mich von sich und musterte mich.

Ich drückte ihre Hände. »Ja, alles bestens. Ich bin auch froh, dass du wieder da bist.«

Ich schaute an ihr vorbei zu meiner Tante. »Hallo Sina. Was hat der Arzt gesagt?«

Sie wich meinem Blick aus und stand auf. »Alles soweit okay. Im Kühlschrank steht Bohneneintopf, und es gibt noch Hühnchen von gestern.«

Ich machte einen Schritt auf sie zu, wobei ich Juna zur Seite schob. »Sina!«

Sie atmete tief ein und aus und schaute mich schließlich an. »Die Leukozyten sind leicht erhöht, und Nico fühlt sich seit einigen Tagen etwas schlapp, wie du ja weißt.«

Meine Unterlippe fing an zu zittern. Ich brachte keinen Ton heraus, da ich damit beschäftigt war, die Tränen zurückzukämpfen. Seine Leukozyten waren erhöht, was hieß das jetzt?

»Dr. Brenner meinte, das kann von den Tabletten kommen oder von einer leichten Erkältung.« Sina strich mir über die Wange. »Wir sollen nicht das Schlimmste befürchten. Tiefe Blutwerte sind viel beunruhigender als hohe.« Sie klang, als wolle sie sich selbst überzeugen. »Er muss sich einfach ausruhen, und nächste Woche sehen wir weiter.«

»Ist er oben?«

Meine Tante schüttelte den Kopf. »Er hat heute bei Lennja gegessen.«

Ich holte schon Luft, um etwas zu sagen, aber sie kam mir zuvor.

»Ich habe ihm gesagt, er soll es nicht übertreiben. Aber ich kann ihn nicht einsperren. Lennja tut ihm gut.«

»Ich weiß.« Schnell wischte ich mir über die feuchten Augen.

Sina schob den Stuhl unter den Tisch und nahm mich in den Arm. »Es ist bestimmt nichts«, flüsterte sie und strich über meine Haare. Ich konnte die Umarmung nicht erwidern, und sobald Sina mich losließ, sank ich wie Teig auf die Holzbank.

Juna setzte sich neben mich und legte ihre Hand auf meinen gekrümmten Rücken. »Sina hat recht, das heißt noch gar nichts.«

Ich nickte, und als ich hochblickte, sah ich in zwei besorgte Augenpaare, die mich wie Bewegungsmelder verfolgten. »Okay, schaut mich bitte nicht so an. Es ist alles gut.«

Sina atmete auf. »Ich bin dann bei Erika. Wenn das in Ordnung ist.«

»Ja klar.« Ich scheuchte sie mit einer Handbewegung weg. »Geh.«

Jetzt lachte sie. »Also, bis später dann.« In der Tür drehte sie sich noch einmal um. »Tschüss, ihr zwei.«

»Und, wie war es bei deinen Eltern?«, wechselte ich das Thema.

»Ich musste einfach zurückkommen«, sagte Juna und drückte mich an sich. Dann setzte sie sich mir gegenüber. »Du kennst mich, lange halte ich das nicht aus. Das Landleben und Kräuterkochen wird auf Dauer ganz schön langweilig.«

»Das kann ich mir denken«, grinste ich. Juna war genau aus diesem Grund in die Stadt gezogen, weil sie die Einsamkeit nicht ausgehalten hatte. Ihre Eltern lebten sehr abgeschieden, und da sie Selbstversorger waren, bekamen sie oft monatelang keine Menschenseele zu Gesicht.

»Dennoch ist es sicher auch mal entspannend, oder?«

»Ja, ja«, winkte Juna ab, »nur dass ich nicht so auf Entspannung stehe. Aber ich hatte einiges mit ihnen zu besprechen.« Sie atmete tief ein und blickte mich dann ernst an.

Ich zog die Augenbrauen hoch. Kam jetzt die Erklärung für ihre Flucht? Ich wartete, aber sie sagte nichts mehr.

Ich verschränkte die Arme auf dem Tisch und schaute sie herausfordernd an, bis sie aufsah. »Was denn zum Beispiel?«, fragte ich.

»Na ja …«

Ich packte ihre Hand. »Na los, raus damit.«

»Okay«, stöhnte sie. »Aber ich weiß gar nicht, wo ich anfangen soll.«

»Wie wäre es mit dem Anfang?«, grinste ich.

»Ich habe herausgefunden, was es mit dem Buch, das du gefunden hast, auf sich hat.«

»Was?« Überrascht riss ich die Augen auf. »Du meinst das Buch des Wissens?« Ich hätte mit jeder Erklärung für Junas Abreise gerechnet, aber nicht mit der, dass sie etwas mit dem Buch zu tun hatte. Mit offenem Mund sah ich sie an.

Aber bevor sie etwas erwidern konnte, stand plötzlich mein Bruder in der Tür.

»Hey Nico«, rief ich.

»Hi! Oh, hey Juna, du bist zurück?«, sagte er an sie gewandt. Er sah erschöpft aus.

»Ja. Endlich.« Sie drückte ihm einen Kuss auf die Wange, und er setzte sich neben mich. Ich strich kurz über seinen Rücken. »Und, wie war der Rest des Tages?«

Er grinste. »Finn ist mir aus dem Weg gegangen.«

»Perfekt! Hoffen wir, es bleibt so.«

»Ja, das war echt cool. Und das Beste ist, die anderen haben immer gekichert, wenn er an ihnen vorbeigegangen ist. Das hat dazu geführt, dass er praktisch den ganzen Tag einen hochroten Kopf hatte.«

Ich lachte. »Das geschieht ihm recht.«

Nico gluckste und erhob sich. »Ich geh mal nach oben.«

»Wie war es bei Lennja?«

In der Tür drehte er sich nochmals um. »Gut.«

»Hast du was gegessen?«

»Ja klar.«

Ich nickte. »Und sonst? Wie fühlst du dich?«

»Du musst dir nicht immer solche Sorgen machen. Es ist alles gut. Es ist auf jeden Fall nicht so wie beim ersten Mal.«

»Okay, ich … Tut mir leid«, sagte ich und lächelte.

Er zuckte mit den Schultern. »Easy.«

Das gefiel mir alles nicht. Er war eindeutig bleicher als noch vor ein paar Tagen, oder bildete ich mir das alles ein?

Kapitel 17

Das Schrillen der Türglocke durchkreuzte meine Gedanken.

»Vermutlich eine von Sinas Freundinnen«, sagte ich und erhob mich. »Bin gleich zurück.«

»Okay.«

Als ich die Haustür öffnete, stockte ich. Dann verzog sich mein Mund zu einem Lächeln. Ohne ein Wort zur Begrüßung schob Esra mich in den Flur und drängte mich gegen die Wand. Der dünne Stoff seines Sweatshirts war wie eine zweite Haut, und ich fühlte jeden Bauchmuskel unter meinen Fingerkuppen.

Der stürmische Kuss schoss wie ein Lauffeuer durch meine Knochen. Es war nur kurz, aber ich schmeckte die Frische seiner kühlen Lippen noch lange danach.

»Meine Freundin Juna ist hier«, flüsterte ich, als ich wieder Luft hatte, um zu sprechen. »Sie weiß nichts von uns, und sie wird nicht begeistert sein.«

»Ach?«

Ich atmete tief durch. »Sie denkt immer, sie muss mich beschützen. Und, ja, also … ich habe ihr dummerweise erzählt, dass du manchmal etwas unheimlich bist, als wir uns noch nicht so gut gekannt haben.«

Esra grinste. »Soso.«

»Tut mir leid. Aber ich stelle euch einander vor. Okay?«

Eine Diele knarrte. Augenblicklich spannten sich Esras Muskeln an. Sein Blick war starr zur Küche gerichtet. »Ist *das* deine Freundin?«, zischte er in einem Ton, der mir einen kalten Schauer den Rücken hinunterjagte.

»J-ja«, stotterte ich und drehte mich um. Juna stand ebenfalls wie erstarrt in der Tür, die Tasche hielt sie vor der Brust umklammert.

»Das ist Juna – Juna, das ist Esra.«

»Esra. So heißt er also, dein Wachmann«, sagte Juna, ohne ihren stechenden Blick von ihm abzuwenden. Ihre blauen Augen schienen so dunkel und tief wie das Meer.

Esra schwieg, wich aber keinen Millimeter von meiner Seite.

»Ähm … kennt ihr euch?«

»Nein«, sagte Juna schnell. »Hast du mir nicht etwas versprochen?«

»Juna, es … ja.« Ich ließ die Schultern fallen. »Es ist viel passiert, während du weg warst.«

»Hmm«, machte sie. »Wir reden ein anderes Mal weiter. Ich muss jetzt gehen.«

»Okay, aber …« Ich brach ab. Was ging hier eigentlich vor sich?

Beim Hinausgehen blieb sie kurz vor Esra stehen. »Wenn du ihr auch nur ein Haar krümmst, werde ich dich finden.«

»Gleichfalls«, knurrte Esra kaum hörbar, sodass ich mir

nicht sicher war, ob er es wirklich gesagt hatte. Dann fiel die Tür ins Schloss.

»Kannst du mir mal erklären, was hier los ist?«, sagte ich.

Esra schluckte. Seine Finger strichen über meinen Rücken. »Du sagtest doch, dass sie vermutlich nicht besonders gut auf mich zu sprechen ist. Was hast du ihr denn über mich erzählt?«

»Ich … Nichts! Also nichts so verrückt Schlimmes.« Ich schüttelte den Kopf. »Aber du warst ja auch nicht gerade …«

Esra schaute mich an. Die Brauen leicht hochgezogen. »Was?«

»Vergiss es. Keine Ahnung, warum Juna so überreagiert hat. Es tut mir leid.«

»Sie kriegt sich schon wieder ein. Vielleicht fühlte sie sich auch einfach überrumpelt.«

»Ja, kann sein.«

Er schob mich sanft Richtung Treppe. »Ich bring dich nach oben, und dann schläfst du erst mal aus.«

»Und du?«

Sein Hundeblick vertrieb meinen Ärger ein wenig. »Möchtest du hierbleiben?«

Er lächelte nur.

»Heißt das, Ja?«

»Was sonst.«

Es war noch dunkel, als ich erwachte. Ich tastete neben mich, aber da war nichts. Kalte Luft kroch unter die Bettdecke und überzog mich mit einer Gänsehaut. Ich richtete mich ruckartig auf. Esra saß auf dem Stuhl. Die Füße auf dem Tisch überkreuzt schaute er durch das Dachfenster zu den Sternen. Seine Arme lagen entspannt auf den Seitenlehnen. Seine Brust hob und senkte sich unter dem regelmäßigen Atem.

»Alles okay?«

»Manchmal frage ich mich, was stärker ist«, sagte er, ohne mich anzusehen, »die Sehnsucht, endlich frei zu sein, oder die Angst davor.«

Ich schwang die Beine unter der Decke hervor. Der alte Parkettboden prägte sein Muster in meine Fußsohlen, als ich aufstand und zu ihm hinüberging. Ich hockte mich vor ihm nieder und ließ die Fingerspitzen über seinen Arm tanzen. Sein Blick streifte mich, bevor er wieder in die Weiten des Universums gezogen wurde.

»Mein Onkel hat viel Macht. Er ist nicht stark, aber er manipuliert die Leute. Er ist der absolute Meister darin.« Er stellte die Füße auf den Boden und drehte sich zu mir. »Nach dem Tod meiner Mutter musste ich einfach etwas tun, auch wenn es schon zu spät war. Ich habe meinen Onkel öffentlich infrage gestellt und ihn einen Lügner genannt. Dabei hätte ich beinahe einen Aufstand angezettelt, denn mein Vater hatte noch immer viele Anhänger.« Er senkte den Blick und rieb sich mit Daumen und Zeigefinger über die Augen. »Ich dachte damals, ich hätte nichts zu verlieren, aber das war falsch. Jetzt weiß ich, dass ich mit dem Leben meiner Freunde gespielt habe. Ich hatte nur meine Rache im Kopf, und ich habe meinen Onkel unterschätzt, das war ein großer Fehler.«

Ich legte die Hand auf seinen Oberschenkel, und er griff danach.

»Um den Aufstand zu stoppen, hat Aakash mich ins Verlies gesperrt genau wie meine Mutter damals.«

Meine Augen weiteten sich kurz. Sein Onkel hatte ihn eingesperrt? Einen 16-jährigen Jungen?

»Er kam regelmäßig vorbei, um mich zu fragen, ob ich inzwischen seine Version der Geschichte glaubte, aber die Genugtuung konnte ich ihm nicht geben. Lieber wäre ich in dem Loch verrottet. Eines Tages habe ich ihn angegriffen und konnte fliehen, aber ich kam nicht weit – danach hat er mich angekettet. Ich war nur in der Lage zu stehen, Tag und Nacht, obwohl das da unten sowieso keine Rolle spielte. Die Zelle war klein, dunkel und eiskalt. So kalt, dass ich kaum noch Kraft hatte, mich aufrecht zu halten. Als Kaltblüter brauchen wir eine gewisse Körpertemperatur, um unsere Kräfte zu mobilisieren«, erklärte er. »Irgendwann habe ich das Gefühl für die Zeit verloren. Meine Beine trugen mich nicht mehr, und die Handschellen haben sich immer tiefer in meine Handgelenke gegraben, bis mir das Blut die Arme hinunterlief.«

Ich löste meine Hand aus seiner und fuhr über eines der Lederarmbänder. Vorsichtig öffnete ich den Verschluss. Er zuckte zusammen, aber er ließ mich machen. Breite, wulstige Narben umrundeten sein Handgelenk. Ich sog scharf die Luft ein. Sanft strich ich über die Stellen, beugte mich hinunter und küsste sie.

»Er wurde nicht müde, immer wieder vorbeizukommen und seine blöde Frage zu stellen. Hab ich Nein gesagt, ist er wieder verschwunden. Nach einer Weile hat er mir das Wasser verweigert, bis ich fast verdurstet bin. Irgendwann habe ich aufgegeben.« Er runzelte die Stirn. »Ich habe mich aufgegeben und meine Eltern. Ich habe Aakash gesagt, dass ich ihm glaube. Mehr noch, ich habe es ihm geschworen, bei allem, was mir wichtig war. Aber mein Eingeständnis hat ihm nicht gereicht. Ich musste ihm meine Treue erst beweisen, was eine weitere Ewigkeit in Gefangenschaft bedeutete.«

Ich versuchte, mir einzureden, dass Basilisken vermutlich anders mit so etwas umgingen als wir Menschen, aber es funktionierte nicht. Was Esra erlebt hatte, wäre für jedes Lebewesen eine Qual, es war unmenschlich und grausam.

»Jetzt bist du bestimmt enttäuscht von mir«, flüsterte er.

»Was?« Ich packte seine Hand.

»Ich hätte stärker sein müssen …«

»Nein.« Das Wort schoss durch die Stille und ließ Esra zusammenzucken. »Manchmal muss man jemandem das geben, was er will«, sagte ich. »Das heißt aber noch lange nicht, dass man sich aufgegeben hat. Es heißt lediglich, dass man klug genug war zu erkennen, dass es keinen Sinn macht, die Wahrheit vor jemandem zu verteidigen, der sie unbedingt leugnen will.« Ich legte die Hand auf seine Brust. »Solange du da drin weißt, was richtig ist, hast du auch nichts aufgegeben!«

Er drückte meine Hand fest an sich. »Das Schlimme ist, irgendwann habe ich es ihm tatsächlich geglaubt. Und die Leute, die damals auf meiner Seite waren, sind alle verschwunden. Ich weiß nicht, was mit ihnen passiert ist. Ich weiß nur, dass das, was ihnen angetan wurde, wegen mir geschehen ist.«

»Es war nicht deine Schuld.« Der Ausdruck in seinen Augen schmerzte mich. »Hör auf, dich mit Dingen zu quälen, die deinen Onkel quälen müssten.«

»Seit ich wieder aus diesem Gefängnis gekommen bin,

gehen mir alle aus dem Weg, sie schauen mich schräg an und reden hinter vorgehaltener Hand. Du hast es ja selbst erlebt.« Er erhob sich und begann im Zimmer, auf und ab zu gehen. »Versteh mich nicht falsch, es geht mir nicht um die Zuneigung anderer. Es geht darum, dass ich immer daran erinnert werde, versagt zu haben.« Er stoppte den Tigergang. »Ich war egoistisch und voller jugendlichem Leichtsinn. Dadurch habe ich das Leben anderer gefährdet. Und jetzt … jetzt habe ich Angst, wieder den gleichen Fehler zu machen. Wieder allen Unglück zu bringen.«

Ich rappelte mich vom Boden hoch. In meinen Kniekehlen kribbelte es, und meine Waden waren eingeschlafen.

Er kam auf mich zu und griff mir unter den Arm. »Hey, alte Frau.« Sein halbseitiges Grinsen vertrieb ein Stück der Schwere, die sich in dem dunklen Raum breitgemacht hatte.

Ich nahm seine Hände. »Du bist der rechtmäßige Anführer, Esra. Du bist stärker als er, und ich bin sicher, er weiß das, sonst hätte er nicht alles versucht, dich so klein zu halten.« Ich drückte seine Finger. »Wir werden einen Weg finden, deinen Onkel zu stoppen.«

»Vergiss es, Elin«, sagte er. »Ich war gestern bei ihm. Und habe ihn aufgefordert, das Andenken an meine Eltern reinzuwaschen. Aber er hat mir deutlich zu verstehen gegeben, dass ihm nicht danach ist.«

»Was soll das heißen?«

Esra zog sein Shirt hoch. Die rechte Seite war tief blau bis violett.

»Ach du Scheiße! War er das?«

»Nein, seine Söhne Ilari und Arik … aber halb so wild.«

»Die haben dir bestimmt ein paar Rippen gebrochen!«

»Kann sein, aber bei uns heilt das recht schnell.«

»Oh Mann.«

Er zog mich in seine Arme. Vorsichtig legte ich meine Wange an seine Brust und strich mit den Fingern über seinen Rücken.

»Ich habe da so eine Hütte im Elsass … und es ist Wochenende. Ich dachte, wir könnten vielleicht …«

»Ich schreibe Sina und Nico nur schnell einen Zettel«, unterbrach ich ihn.

»Okay«, grinste er.

Kapitel 18

Das letzte Haus hatten wir vor mindestens einer Viertelstunde passiert. Seitdem wehte mir der würzige Duft trockenen Waldbodens durch das offene Fenster entgegen. Die Straße war hier nicht mehr asphaltiert. Es rüttelte uns ordentlich durch, was Esra scheinbar nicht so gut bekam. Ab und zu hielt er die Luft an, um sie danach geräuschvoll wieder auszustoßen. Der Wald lichtete sich und wich einer saftigen Wiese. Wildblumen sprengten das Grün mit bunten Tupfern. Etwas weiter vorne am Waldrand tauchte eine kleine Hütte auf.

Esra stellte den Wagen an die Seite des Hauses. Als er den Motor ausschaltete, hörte ich nur noch das leise Summen der Insekten. Irgendwo in der Ferne rauschte ein Bach, und der Wind strich wispernd durch die Baumwipfel. Ich stieg aus und breitete die Arme aus. »Herrlich!«

»Ja, nicht wahr?« Esra nickte Richtung Haus. »Komm, lass uns erst mal reingehen.«

Er ließ mir den Vortritt. Drinnen roch es wunderbar nach geöltem Holz. Auf der rechten Seite befand sich eine Kochnische, die durch eine Bar vom Rest getrennt war. Das

Himmelbett mit den dunkelroten Vorhängen, die an die Pfosten gebunden waren, erinnerte mich sofort an Esras Höhle. Ich zog die Schuhe aus und ging ein paar Schritte über den knarrenden Holzboden. Vor dem Kamin stand ein Sofa, daneben eine hässliche Lampe, deren dunkelrote Glühbirne den ganzen Schirm ausfüllte. Das Ding passte überhaupt nicht hierher.

»Infrarotlampe«, kommentierte Esra meinen hängen gebliebenen Blick.

»Ach so«, grinste ich, »das gab es wohl nicht in schön.«

Esra lachte leise. »Leider nein.«

Er ging an mir vorbei und zündete die Kerzen an, die in dem sechsarmigen Kerzenleuchter auf dem Kaminsims standen. Augenblicklich verbreitete sich der süßliche Duft nach Bienenwachs. »Gefällt es dir? – Also bis auf die Lampe, meine ich.«

»Es ist toll!«

Auf dem Clubtisch lag eine rohe Holzplatte. Ich hob sie hoch, aber es war nicht viel darauf zu erkennen. »Was wird das, wenn's fertig ist?«

»Ein Relief.«

»Echt?«, gluckste ich. »Und was wird darauf zu sehen sein?«

Esra spitzte die Lippen, und ich hob herausfordernd die Augenbrauen.

»Du.«

»Ich?« Ich schaute die Platte genauer an. »Warum?«

»Wie, warum?«

»Na ja …« Ich wurde rot.

Esra nahm mir das Holz aus der Hand und legte es auf den Tisch zurück. »Weil du ein schönes Motiv bist, weil du mich beschäftigst und ich mich gern an alle Einzelheiten deines Gesichts erinnern will, auch wenn du nicht da bist.«

»Gleich so viele Gründe.«

Esra beugte sich zu mir hinunter. Sein Atem strich wie eine Feder über meinen Hals, als er an meinem Ohrläppchen knabberte. »Ja«, hauchte er. »So viele Gründe.«

Ein warmer Schauer durchlief mich. Ich streichelte über seinen Hinterkopf und küsste ihn zärtlich auf den Hals. Eine Gänsehaut überzog seine Arme. Gierig sog ich den Duft seiner Haut ein. Meine Hände wanderten über seinen Rücken, während ich meinen Bauch gegen seinen drückte.

Unvermittelt verkrampfte er sich.

»Entschuldige!« Ich ließ von ihm ab. »Alles okay?«

Er stieß die Luft durch den Mund aus und nickte. »Alles gut.« Das halbseitige Lächeln raubte mir den Verstand. Unsere Lippen fanden sich, umschlossen sich. Ich legte die Hände um sein Gesicht, während seine Finger unter mein Sweatshirt fuhren. Er zog es mir über den Kopf, fasste mich sanft um die Taille und drängte mich zurück, bis ich das Sofa in den Kniekehlen spürte. Ich ließ mich fallen, versank in den Kissen. Sein Knie kam zwischen meinen Beinen zum Liegen. Kurz hielt er inne, schaute mir in die Augen, und in der nächsten Sekunde hatte er das T-Shirt ausgezogen. Über mich gebeugt presste er seine Lippen auf meine. Ein sanfter elektrischer Schlag durchfuhr mich, als er meine Brust streichelte. Ich unterdrückte einen Seufzer. Alles in mir prickelte und ich spürte den Puls im ganzen Körper, als er seine Hüfte gegen meine drückte. Ungestüm schlang ich die Beine um seine Taille.

Ein unterdrückter Schrei entwich ihm. Sein Gesicht war schmerzverzerrt. Eine Hand neben meinem Kopf abgestützt, atmete er gepresst durch die zusammengebissenen Zähne.

»Oh Mist!«, rief ich und zog meine Beine zurück. Er richtete sich auf und sank nach hinten.

»Es tut mir so leid!«

»Nein, mir tut es leid.« Er fuhr sich mit den Händen übers Gesicht.

Ich setzte mich neben ihn. »Ich kann warten«, grinste ich und stupste mit meiner Nase gegen seine. »Werde erst mal wieder gesund.«

Er lächelte gequält und zog mich zu sich. Ich sträubte mich, denn ich wollte ihm nicht schon wieder wehtun.

»Es ist die andere Seite«, sagte er. »Hier ist es sicher.« Er klopfte mit der flachen Hand auf seine linke Körperhälfte. Nach einem letzten skeptischen Blick kuschelte ich mich an ihn.

Er tastete nach einem kleinen Kästchen auf dem Clubtisch. Die Infrarotlampe sprang an, und er dimmte die Intensität. Ein schwacher rötlicher Schein breitete sich über unsere Körper aus wie eine warme Decke. Wenn ich die Augen schloss, fühlte es sich an, als ob ich in der Sonne läge. Es war herrlich, und ich verzieh der Lampe sofort ihre Hässlichkeit.

Mein Ohr lehnte gegen Esras nackter Brust, die sich rhythmisch hob und senkte. Das regelmäßige Schlagen seines Herzens hatte etwas Hypnotisches. Langsam kam ich zur Ruhe und begann wegzudämmern. Die tiefen Atemzüge ließen mich vermuten, dass auch er schon beinahe eingeschlafen war. Seine Hand hing entspannt über meiner Taille.

Ich wusste nicht, wie lange ich weg gewesen war, aber als ich aufwachte, stand die Sonne schon tief. Ich blieb an Esra gekuschelt liegen und genoss die Wärme, die mich umgab. Durch den ganzen Rummel hatte ich völlig vergessen, Esra nach dem Urstoff »SB« zu fragen. Überhaupt wollte ich seine Meinung zu dem Projekt von Panazea hören. Es gefiel mir nicht, etwas hinter seinem Rücken zu machen.

»Esra?«, flüsterte ich.

»Hmm?« Er reckte sich. Seine Hand wanderte über meine Haare, und er zwirbelte sich eine Strähne um den Finger.

»Ich muss dich was fragen. Es geht um Panazea.«

»Was hecken diese Alchemisten denn aus?« Er klang schläfrig.

»Es kann aber auch warten, wenn du dich noch ausruhen willst. Ich will es nur einfach nicht vergessen.«

»Nein, nein. Bin schon wach.« Gähnend streckte er die Arme nach hinten.

Ich richtete mich auf und fischte nach meinem Oberteil. Dann betrachtete ich ihn. Der Bluterguss über dem Rippenbogen sah immer noch ziemlich dunkel aus, aber an den Rändern färbte er sich schon ins Gelbe.

»Wie fühlst du dich?«

Er richtete sich auf und drehte den Kopf in alle Richtungen. Die Wirbel knackten laut. »Ganz gut.« Aber als er tief einatmete, stoppte er mittendrin. Sein Gesicht verzog sich. »Die Rippen brauchen noch ein bisschen«, grinste er und stieß die Luft langsam wieder aus. Er griff nach seinem T-Shirt und schaltete die Wärmelampe aus. »Schieß los.«

»Vor einigen Tagen hat Dr. Siller mich mit ein paar Ordnern konfrontiert, die die gesamte Forschungsarbeit meines Vaters beinhalten. Es ist ein supergeheimes Projekt und er hat mir verboten, irgendjemandem davon zu erzählen. Aber du bist ein Basilisk. Es dir zu erzählen, ist ja kein Vertragsbruch.«

»Und wenn schon.« Er zwinkerte mir zu. »Es bleibt alles unter uns.«

Ich stützte die Ellbogen auf die Knie und legte mein Kinn in die Hände. »Die haben ein Krebsmedikament entwickelt auf Basis des Geheimwissens aus dem Vertrag. Als mein Vater starb, standen sie wieder ganz am Anfang, denn er hat die ganzen Forschungsergebnisse kodiert dokumentiert. Genau wie der Text in dem Buch des Wissens. Und da komme ich ins Spiel. Ich habe den Auftrag, die Arbeit meines Vaters zu entschlüsseln, damit die Chemiker wieder produzieren können. Ohne die Haltbarkeitsformel meines Vaters ist der Rohstoff für das Medikament nämlich nach kurzer Zeit wirkungslos.«

Esras Finger begannen, Formen auf meinem Rücken zu zeichnen. Es war angenehm, aber ich durfte mich jetzt nicht ablenken lassen.

»Dr. Siller hat versucht, mich mit Nicos Leben zu erpressen, damit ich mich beeile. Das ist irgendwie eigenartig. Und dann die Geschichte mit dem Buch des Wissens. Ich werde das Gefühl nicht los, etwas Wichtiges zu übersehen. Verstehst du?« Ich schaute hoch. »Hast du eine Idee, was dieser Rohstoff ist, den mein Vater mit ›SB‹ gekennzeichnet hat?«

»SB«, sagte Esra, »steht wohl für sanguis basiliscus. Der Stein der Weisen ist unser Blut.«

»Euer Blut?« Ich starrte ihn an. Deshalb dieser Aufwand, um das Geheimnis zu schützen! Deshalb der strikte

Vertrag! Wenn sich das Geheimnis der Basilisken verbreitete, wären sie bestimmt zur Jagd freigegeben. Der Geheimhaltungsvertrag garantierte ihren Schutz. Was für ein hirnrissiges Risiko sie eingegangen waren, ich konnte es nicht fassen. Und das alles, um in Basel bleiben zu können?

»Der Stein der Weisen steht für den Wandel der Dinge«, sagte Esra. »Die Transformation von einer Form in die andere, das Streben nach Höherem. Unser Blut ist der Grund, warum wir unsere Gestalt wandeln können.«

»Aber was heißt das nun? Was Panazea da macht, ist doch nicht wirklich konform mit dem Vertrag, oder?«

»Na ja, solange das Geheimnis gewahrt bleibt, können wir nichts dagegen haben. Besonders, wenn man damit Leben retten kann. Nico für immer zu heilen, klingt doch mehr als gut.«

»Ja, natürlich! Das ist alles, was ich mir nur wünschen kann. Aber wenn das alles so toll und super ist, wovor hat Dr. Siller Angst? Auch wenn du der Anführer wärst, könnte er doch damit weitermachen. Also was übersehen wir?«

»Hmm«, machte Esra.

»Dr. Siller hat mir gestern nur noch den Ordner mitgegeben, der das Verfahren zur Haltbarmachung aufzeigt. Aber es gibt auch einen Ordner der ›Künstliche Herstellung‹ heißt. Möglicherweise ist das Verfahren zu aufwendig oder zu teuer, und Dr. Siller will einfach eine schnelle Lösung, um möglichst bald die Lorbeeren einzustreichen. Und dann stelle ich mir natürlich die Frage, wie viel Blut braucht man für eine Dosis?«

Esras Finger massierten meinen Nacken. »Vielleicht kannst du das ja in Erfahrung bringen. Das könnte tatsächlich ein Problem sein. Wir könnten schließlich nur eine begrenzte Menge spenden. Und vielleicht hat Aakash wilde Versprechungen gemacht, die wir nie und nimmer einhalten können.«

»Das wäre auf jeden Fall eine Erklärung für ihre Angst. Ich werde versuchen, an den Ordner mit den Studien heranzukommen. Da müsste das ja drinstehen, und er kann die kodierte Schrift sowieso nicht lesen.«

»Aber er wird es merken, wenn du ihm die Übersetzung zurückgibst, oder?«

»Ich lass mir was einfallen«, sagte ich. Ich musste es versuchen.

»Gut. Danach schauen wir weiter. Aber bis jetzt klingt das alles harmlos.«

Eine Last fiel von mir. Zumindest hatte ich nun keine Geheimnisse mehr vor Esra und ein klares Ziel, wie ich weiter vorgehen wollte.

Esra wurde zunehmend unruhiger. Nachdem er mehrmals zu einem Satz angesetzt hatte, ohne etwas zu sagen, und ich schon Angst hatte, dass das Sofa bald durchgescheuert war, weil er so oft hin und her rutschte, hielt ich es nicht mehr aus. »Was ist mit dir?«

Er zuckte zusammen. Schaute mich an und dann wieder weg. »Ich ehm … also, es gibt Zeiten, in denen …« Er brach ab und fuhr sich mit beiden Händen übers Gesicht.

Mein Herz setzte einen Schlag aus. Ich hatte plötzlich das Gefühl, er wollte mich loswerden. »… in denen du allein sein musst?«

»Nein! Nein.« Er schüttelte den Kopf. »Nicht allein.«

»Sondern?«

»Ich muss mich verwandeln. Das gibt mir Kraft und vor allem eine andere Sicht auf die Dinge.« Er schaute mir in die Augen. »Das war das Schlimmste, als ich im Verlies war, dieses Verlangen zu unterdrücken. Und selbst als ich frei war, war ich in meinem menschlichen Körper gefangen. Deshalb habe ich diese abgelegene Hütte gekauft.«

»Darf ich mitkommen?«

»Möchtest du das denn?«

»Ja klar!«

Esra wich meinem Blick aus. »Und du ekelst dich nicht vor …«

»Das fragst du nicht im Ernst?«, fuhr ich ihn an. »Ich will dich genau so, wie du bist, Esra. Und ich will dich als Basilisk sehen, seit ich weiß, dass du einer bist.«

Er lächelte. »Okay. Gut. Dann …« Er stand auf und reichte mir die Hand. »Dann lass uns gehen.«

Draußen war es schon dunkel. Die Grillen zirpten, und ein frischer Wind trug die würzige Waldluft zu uns. Als ich unter dem Vordach der Hütte hervortrat und in den Himmel schaute, überwältigte mich der Anblick der Millionen und Abermillionen von Sternen, die wie eine Handvoll Sand über das Firmament verstreut waren. Die Milchstraße zeichnete sich so klar ab wie eine Schleierwolke am Tag. Noch nie hatte ich so viel Universum gesehen.

»Schön, nicht?«, sagte Esra. Auch er schaute in den Himmel.

»Überwältigend.«

Er legte mir kurz den Arm um die Schulter und küsste mich auf die Schläfe. »Ich muss mich ausziehen. Sonst geht alles kaputt bei der Verwandlung.«

»Kein Problem.« Ich wandte mich ab, aber er drehte mich wieder zu sich.

»So habe ich das nicht gemeint. Nur dass du dich nicht erschreckst.«

Ich grinste. »Dich nackt zu sehen, erschreckt mich nicht …« *Es macht mich höchstens nervös*, dachte ich den Satz zu Ende. Ich streckte ihm die Arme entgegen. »Soll ich dir etwas abnehmen?«

Er reichte mir das T-Shirt, dann die Hose, die Boxershorts und schließlich die Lederarmbänder. Ein Bildhauer hätte seinen Körper nicht besser hinbekommen. Der Anblick brachte die ganze Chemie in mir durcheinander.

Er entfernte sich einige Schritte und breitete die Arme zur Seite aus. Das silberne Mondlicht schimmerte auf seiner Haut und zeichnete im Spiel mit den Schatten jeden seiner Muskeln ab. Mir war, als ob ich das Glimmen wahrnahm, das über seinen Körper fegte, um die Drachengestalt zu entfesseln. Und in weniger als einer Sekunde stand er vor mir, der mächtige schwarze Basilisk. Ich trat einen Schritt zurück. Esra wandte sich zu mir um. Die leuchtenden goldenen Augen waren unverkennbar die seinen.

Hab keine Angst, blitzte es durch meinen Kopf. Meine Fantasie ließ den Gedanken wie Esras Stimme klingen. Mein Atem zitterte vor Aufregung.

Bis zu den Schultern war er zwei Meter hoch, und die Spannweite der Flügel, die er nun an seine Flanken legte, maß mindestens fünf Meter. Ein goldener Schimmer zog sich über den ganzen Körper. Die goldenen Rückenzacken setzten sich bis zum Kopf fort und erweckten den Anschein, als würde er eine Krone tragen. Ich hielt den

Atem an, als er den Kopf zu mir hinunterneigte. Langsam streckte ich eine Hand nach ihm aus, berührte ihn jedoch nicht, bis er mich mit dem Schnabel anschubste. Ich strich über seine Stirn, was ihm einen seufzenden Laut entlockte. Augenblicklich zog ich die Hand zurück, aber er kam einen Schritt auf mich zu, den Kopf immer noch tief gehalten. Ich streichelte an seinem Hals entlang bis zum Bauch. Das Federkleid, das seinen Kopf, den vorderen Halsbereich und Bauch bedeckte, war weich wie Daunen.

»Du bist wunderschön«, flüsterte ich.

Er breitete die Flügel wieder aus. Die Innenseite fühlte sich an wie zartes Leder, während die Außenseite mit feinen Schuppen gepanzert war, die bis auf den Rücken reichten. Die goldenen Krallen an den Enden der Flügelverstrebungen waren leicht gekrümmt und scharf wie Messer.

Langsam zog ich mich zurück, um ihm Platz zu lassen, damit er abheben konnte. »Bis später, kleiner König.«

Esra drehte sich um. Sein Lachen hallte in meinen Gedanken, und ich musste grinsen. Mit zwei drei Schritten und einem kräftigen Flügelschlag startete er in die Höhe. Es sah kein bisschen schwerfällig aus. Er beherrschte die Luft, ließ sich von ihr lenken. In meinem Kopf spielte sich ein Film ab. Ich sah Baumwipfel von oben, spürte den Wind auf dem Gesicht. Mein Herz begann, kräftiger zu schlagen. Aufregung und eine unbändige Sehnsucht nach Freiheit erfassten mich. Ich hätte schreien können, und in dem Moment hörte ich Esras Ruf. Meine Gedanken mischten sich mit Gefühlen, die mir fremd und doch vertraut waren. Ich schaute der immer kleiner werdenden Gestalt nach. Die Kühle der Nacht umhüllte mich, aber in mir war so viel Feuer, dass ich keine Kälte spürte.

Ich konnte nicht sagen, wie lange ich da gestanden hatte, aber noch bevor ich ihn sah, spürte ich, dass er zurück war. Fast lautlos glitt er auf mich zu und landete einige Meter von mir entfernt. Er war so würdevoll. Die Kraft, die er ausstrahlte, erfasste mich wie ein Sog. Und dann war alles vorbei. Esra kam als Mensch auf mich zu. Ich rannte ihm entgegen und fiel in seine Arme.

»Vorsicht«, mahnte er mich, hielt mich aber ganz fest. Ich genoss es. Streichelte über die zarte Haut.

»Und wie war's?«, wisperte ich.

»Das weißt du doch.«

Überrascht stemmte ich mich aus seinen Armen. »Wie meinst du das?«

Er grinste. »Es war gut«, sagte er daraufhin. »Lass mich was anziehen.«

»Wenn's denn sein muss. Du gefällst mir so ganz gut.«

Sein Mundwinkel verzog sich zu einem schiefen Lächeln, als er sah, wie ich ihn musterte. »Ich könnte mich auch überreden lassen, nackt zu bleiben … aber nur, wenn du dich auch ausziehst.«

»Mir ist kalt«, sagte ich mit Unschuldsmiene.

»Ich wärm dich schon, keine Angst.«

»Sagt der Kaltblüter.«

»Ich habe eine Wärmelampe.«

»Sie bleiben wohl nie eine Antwort schuldig, Herr Delano«, grinste ich und drückte ihm die Klamotten in die Arme.

Kapitel 19

Schon viel zu bald war Montag, und ich musste wieder zur Arbeit.

Das Wochenende mit Esra hatte mir gutgetan. In seiner Nähe konnte ich mich entspannen, aber meine Sorgen ließen sich dennoch nicht ganz verdrängen. Nicht nur die Resultate von Nicos letzter Nachuntersuchung waren allgegenwärtig. Ich fragte mich immerzu, was passierte, wenn der Bedarf mit freiwilligen Blutspenden nicht gedeckt werden konnte? Würde sich Dr. Siller mit Engpässen abfinden? Würden sich todkranke Menschen oder deren Angehörige damit abfinden? Wohl kaum!

Mit gesenktem Kopf marschierte ich zwischen den Säulen der Eingangshalle hindurch zu den Aufzügen. Als ich hochsah, stand Timon vor mir keine fünf Meter entfernt. Der hatte mir gerade noch gefehlt. Auf eine weitere Eifersuchtsszene konnte ich getrost verzichten.

Er drehte den Kopf zu mir. Seine Gestalt erschreckte mich. Er hatte dunkle Ringe unter den Augen, und sein Blick wirkte leblos. Völlig übernächtigt wäre noch ein Kompliment gewesen.

»Hallo Elin.«

»Morgen«, nickte ich. Hatte er Drogen genommen?

»Ich wollte mich noch bei dir entschuldigen … wegen … du weißt schon.«

Ich schaute zu ihm hoch.

»Ich habe mich völlig idiotisch benommen.«

»Ja, hast du. Aber ich war auch nicht gerade freundlich«, sagte ich. »Tut mir leid.«

»Du hast dich nur verteidigt. Ich weiß, dass du nichts dafür kannst. Ich war neidisch.«

Bitte? Hatte ich mich verhört? Also entweder war er wirklich noch voll drauf, oder er war auf den Kopf gefallen und hatte vergessen, dass er eigentlich ein arrogantes Arschloch war. »Entschuldigung angenommen«, sagte ich und lächelte. »Geht es dir gut, Timon?«

Er räusperte sich und schaute weg. »Ja, klar.«

Wir stiegen in den Aufzug. Timon drückte die Zehn, während ich die Vierundzwanzig wählte. Als er ausgestiegen war, schaute ich ihm hinterher. Er schlich durch den Gang wie ein geprügelter Hund. Ich zog den Kopf zurück und ließ die Tür zugleiten.

Vor Dr. Sillers Büro hielt ich inne. Aufgeregte Stimmen drangen an mein Ohr: »Was heißt das, es gibt Engpässe, Victor?«

»Was weiß ich. Er meinte halt, dass ihr seit Bergmanns Tod mit der Herumprobiererei viel von dem Zeug verschwendet habt.«

»Das geht ihn einen Scheißdreck an!« Es knallte, als ob jemand mit der flachen Hand auf den Tisch geschlagen hätte. »Wir haben einen Vertrag! Und ich habe dich nicht ausgebildet, um zu verhandeln! Sieh zu, dass die Lieferungen garantiert sind, und zwar so lange, bis ich sie nicht mehr brauche!«

»Jetzt mach hier nicht so einen Aufstand, Christoph. Ihr seid doch noch nicht mal wieder in Produktion gegangen.«

»Wie soll ich produzieren, wenn das Zeug nach zwei Tagen unbrauchbar ist!«, schrie Dr. Siller. »Aber wenn's los geht, will ich nicht ohne Rohstoff dastehen!«

»Schon gut. Ich erledige das.« Papier raschelte. »Ich sehe, du hast das Buch bekommen.«

»Sehr richtig, Victor. Und nur zu deiner Information, es war die ganze Zeit im Besitz ihrer Familie! Wir können nur hoffen, dass sie die wesentlichen Zeilen nicht zu deuten wusste, die ihren Vater für uns zum Problem hat werden lassen. Denn dass sie das Buch schon ausgiebig studiert hat, wissen wir ja.«

Ich hörte Victor schnauben, aber er sagte nichts.

»Ich würde ungern nochmals zum Herumprobieren gezwungen werden, bis wir den nächsten Erben gefunden haben. Der Schlamassel nach Michaels tragischem Ableben hat mir gereicht.« Die Ironie triefte förmlich aus seiner Stimme. »So ein Fehler darf uns nicht noch einmal passieren.«

Victor grunzte. »Ja, das war Pech. Wie soll man auch ahnen, dass dieser Hund alles verschlüsselt hat.«

»Ich will keine Überraschungen mehr. Kapiert?«

»Schon klar.«

Ich schnappte nach Luft. Hatte Dr. Siller gerade angedeutet, meine Eltern getötet zu haben und mit mir dasselbe zu tun? Die Zeit blieb einen Moment stehen. Sina hatte recht gehabt! Krampfhaft versuchte ich, die Gedanken zu verdrängen, die mir die Tränen in die Augen trieben.

Schritte kamen auf mich zu. Hektisch schaute ich mich um. Kein Versteck weit und breit. Im letzten Moment hechtete ich auf die andere Seite der Tür, die krachend gegen meine Schulter und meinen Kopf schlug. Blitzschnell packte ich die Klinke, bevor die Tür zurückschwang, und spähte dahinter hervor. Victor hatte einen kahl geschorenen Schädel und so dicke Oberarme wie ich Beine. Die Hose steckte in schweren Kampfstiefeln, und auf der schwarzen Bomberjacke prangten die Buchstaben »AdIK« in gelben Lettern. Als er sich zum Lift drehte, sah ich eine winklige Narbe auf der Wange. Kurz darauf verschwand er im Aufzug. Die Bürotür wurde zugezogen, und ich rutschte mit zittrigen Knien an der Wand entlang auf den Boden.

Mein Vater hatte in dem Buch des Wissens etwas gelesen, das Dr. Siller gar nicht gelegen kam. Und ich musste herausfinden, was das war. Jetzt mehr denn je! Ich versuchte, mich zusammenzureißen und aufzustehen, aber ich brauchte einen Moment, um mich zu beruhigen. Meine Hände zitterten so stark, dass ich kaum fähig war, mir die Haare hinter die Ohren zu streichen.

Viele tiefe Atemzüge später rappelte ich mich hoch, klopfte und trat ein. Meine Augen blieben auf Dr. Sillers Schreibtisch hängen. Da lag das Buch. Halb versteckt unter Papier und Zeitschriften.

Ich riss den Blick davon los und schaute den Geschäftsführer an. »M-Morgen, Dr. Siller«, stotterte ich und verschränkte meine immer noch zittrigen Hände ineinander.

»Guten Morgen, Elin. Hattest du ein angenehmes Wochenende?«

»Ja, danke.« Ich versuchte zu lächeln.

»Schön.« Dr. Siller stand auf und ging zum Tresor,

der schräg hinter ihm in die Wand eingelassen war. »Du kommst bestimmt wegen des Ordners.« Er drehte an dem Rad, mal nach links mal nach rechts. Wäre ich James Bond gewesen, hätte ich mir das vielleicht merken können, aber erstens sah ich nicht so weit, als dass ich die Zahlen hätte entziffern können, und zweitens brauchte ich die ganze Konzentration dafür, nicht durchzudrehen.

Dr. Siller kam mit nur einem Ordner auf mich zu. Heute gab es keine Auswahl. Natürlich nicht. Aber irgendwie war ich froh darüber, denn ich hätte mein Vorhaben im Moment sowieso nicht durchziehen können. Am oberen Rand des Ordners entdeckte ich ein Etikett, auf dem »Haltbarkeit« geschrieben stand. Das hätte ich mir eigentlich denken können. Ich nahm den Ordner entgegen und verschwand so schnell wie möglich.

Zurück in meinem Büro stürzten die Gefühle und Gedanken über mich herein. Dr. Siller hatte meine Eltern umgebracht! Er schreckte vor nichts zurück, wenn es darum ging, sein Ziel zu erreichen. Er hatte also gar nicht gewusst, dass mein Vater seine ganze Arbeit kodiert hatte. Im Wissen, den einzigen Menschen beseitigt zu haben, der das alles lesen konnte, musste er ausgeflippt sein vor Wut, als sein ganzer Vorrat den Bach runtergegangen war.

Der Zettel kam mir in den Sinn. Hatte Dr. Siller nicht gesagt, dass das Bild von diesem Baum immer dazu verwendet wurde, den Erben aufzuspüren? Wenn meinem Vater so viel daran gelegen hatte, den Fortgang des Projekts zu kontrollieren, dass er seine Aufzeichnungen hinter Dr. Sillers Rücken kodiert hatte, hatte er sich bestimmt abgesichert. Und was für ein besseres Versteck gäbe es als diesen

Zettel? Auch wenn ich das Buch nie sehen würde, diesen Baum würde ich auf jeden Fall zu Gesicht bekommen. Das hatte mein Vater gewusst.

Am Abend ging ich ohne Umwege nach Hause und schloss mich in meinem Zimmer ein. Ich zog den Zettel aus der Nachttischschublade und faltete ihn auseinander. Noch immer war es einfach ein Baum. Mit zusammengekniffenen Augen nahm ich das Blatt ganz dicht heran, bis ich beinahe schielte. Da war doch was! Versteckt in der Baumrinde! Hastig stand ich auf und durchwühlte die Schreibtischschublade nach einem Vergrößerungsglas. Wenn das keine Buchstaben waren! Meine Hand zitterte so sehr, dass ich Mühe hatte, den Text zu lesen.

Der Erbe ist die Sicherheit der Basilisken.
Seine Pflicht ist es, sie zu schützen vor der Gier
des Rates. M.B.

M.B., die Initialen meines Vaters, Michael Bergmann. Ich wusste es. Mein Vater hatte mir eine Nachricht hinterlassen. Ich suchte jedes Blatt ab, die Äste und schließlich die Wurzeln, die eine weitere Botschaft preisgaben:

Ein Licht erlischt, ein Leben geht,
Den Stein der Weisen es belebt.
Gesundheit und Weisheit kannst du erhalten,
Die ewige Ruhe wird den Geist entfalten.

Ich kannte den Spruch. Er stand vorne im Deckel vom Buch des Wissens, aber erst jetzt begriff ich seine Bedeutung. Das also war die Wahrheit, die ich nie erfahren sollte!

Diese Botschaft war der einzig wahre Grund, warum Dr. Siller das Buch des Wissens von mir fernhalten wollte. Dass Aakash sich unrechtmäßig zum Alpha erklärt hatte, kam ihm gelegen, um sich nicht selbst die Hände schmutzig zu machen.

Ich legte das Blatt zur Seite und schloss die Augen. Das Rattern und Surren von Nicos Videospiel vermischte sich mit dem Klappern der Teller aus der Küche. Der Wind rupfte an dem alten Haus, das knackte und knarrte, als ob es die Glieder streckte. Die Geräusche des Alltags fluteten mein Gehirn, aber sie vermochten die Leere nicht zu füllen, die sich in mir auftat. Im Gegenteil, all die Normalität schien darin verschluckt zu werden. Der Stein der Weisen entfaltete seine Wirkung nur, wenn das Blut von einem toten Basilisken stammte. Nur das Opfer des eigenen Lebens konnte die heilende Wirkung weitergeben. Blutspenden waren völlig nutzlos! Eine künstliche Herstellung undenkbar. Das Heilmittel von Panazea, das Nico für immer heilen würde, konnte nur durch den Tod eines Basilisken gewonnen werden. Wie um alles in der Welt sollte ich, Elin Bergmann, so eine Entscheidung treffen?

Die Dunkelheit hüllte mich langsam ein. Die Geräusche verstummten. Aber ein endloser Bandwurm an Gedanken ließ mir keine Ruhe. Was hatte mein Vater getan, als er das entdeckt hatte? War seine Entscheidung von vornherein klar gewesen, immerhin war Nico damals noch gesund gewesen. Hatte er Dr. Siller gebeten, die Forschung sofort einzustellen, und wurde daraufhin bedroht und gezwungen weiterzumachen, bis er nicht mehr konnte? Oder hatte er genauso mit dieser Entscheidung gekämpft und sich deshalb so zurückgezogen in der Zeit vor dem Unfall? Am Ende hatte er sich auf jeden Fall geweigert, sonst würde er noch leben.

Ich griff erneut nach dem Zettel, der neben mir auf dem Nachttisch lag, und knipste die kleine Lampe an. Dieser Satz über die Pflichten der Erben sagte es klar. Es war eine Erinnerung daran, wofür es uns gab. Es war nicht richtig, ein Leben für ein anderes zu opfern. Andererseits musste ich doch alles tun, was in meiner Macht stand, um meinen Bruder zu retten.

In meinem Bauch schien sich alles zu verknoten. Wie sollte ich jemals damit leben, wenn Nico an dieser Krankheit starb? Und wie sollte ich weiterleben, wenn Esra starb, um irgendjemanden zu heilen? Wie sollte ich damit leben zuzusehen, wie die Basilisken gejagt würden, nur um für die Menschheit zu sterben? Das war nicht richtig. Ich schüttelte den Kopf. Es war nicht richtig! Und dennoch war da Nico. Ich konnte ihn nicht der Willkür des Schicksals ausliefern.

Ich wünschte mir so sehr, mit irgendjemandem sprechen zu können, aber ich wusste, wie viele Meinungen ich auch darüber hören würde, es würde nichts daran ändern, dass ich die Verantwortung trug, für das, was ich tat. Eine Entscheidung traf man immer allein, genauso wie man allein die Konsequenzen zu tragen hatte.

Tränen liefen mir die Wangen herunter und tropften auf den Zettel. Warum musste ich entscheiden, wer leben durfte? Menschen oder Basilisken? Nico oder Esra? Das Amulett hatte sich die Falsche ausgesucht. Ich konnte das nicht!

Den Zettel fest in der Hand, legte ich mich wieder hin, ohne jedoch für den Rest der Nacht ein Auge zuzutun.

Kapitel 20

Wie tausend Nadeln trafen die heißen Wasserstrahlen meinen Rücken. Die Hände gegen die Wand gestützt, stand ich in der Dusche und starrte die weißen Fliesen an. Meine Haut brannte. Mein Kopf schmerzte. Alles, nur nicht denken.

»Puh!« Nicos Stimme drang durch den Nebel zu mir und ließ mich zusammenfahren.

»Sag mal, wie lange willst du noch duschen? Hier sieht's aus wie in 'nem türkischen Dampfbad.«

»Bin gleich so weit«, presste ich hervor.

Ich hatte noch nicht die Kraft, mich dem Unausweichlichen zu stellen: der Tatsache, dass ich eine Entscheidung treffen musste. In dieser Schwebe konnte ich mir noch vormachen, dass ich Nico helfen würde, dass das Projekt etwas Gutes wäre. Noch war alles offen. Und diesen Moment dehnte ich aus.

»Okay, aber beeil dich. Es ist schon sieben, und ich würde auch gern duschen.«

»Mhm«, machte ich.

»Die Schule beginnt um acht, nur so zur Orientierung.«

»Mist! Wie viel Uhr ist es?« Ich riss den Vorhang ein Stück zur Seite und streckte den Kopf hinaus. Von Nico waren nur Umrisse zu sehen.

»Sieben.«

Ich meinte, ihn grinsen zu sehen, was mir den Magen zusammenkrampfte. Die Tür klickte ins Schloss. Hatte ich tatsächlich eine Stunde hier gestanden? Meine Fingerkuppen waren ganz schrumpelig und weiß. Ich drehte das Wasser ab, stieg aus der Dusche und wickelte mich in ein Tuch. Um den Dunst zu vertreiben, öffnete ich das Dachfenster und rieb über den Spiegel. Schwarze Ränder, die selbst mit dem besten Make-up-Entferner nicht wegzubekommen waren, ließen mich wie einen Zombie aussehen. Mit Cremetiegel und Schminke in der Hand trat ich in den Flur und klopfte kurz bei Nico. »Das Bad ist frei.«

»Na endlich.« Nico stürmte an mir vorbei. Ich schaute ihm hinterher, bis die Badezimmertür mir den Blick versperrte. Hatte er schon wieder abgenommen, oder war das mein schlechtes Gewissen? Ich zögerte, klopfte dann aber an. »Nico?«

»Was?«

»Wie geht es dir?«

Er riss die Tür auf. »Es geht mir gut! Okay?«

»Ich mach mir einfach Sorgen.«

»Sorry.« Er atmete tief ein. »Es ist nur, alle fragen mich das immer. Ich trau mich kaum noch, ein ernstes Gesicht zu machen oder zu gähnen.« Seine Augenbrauen berührten sich fast über der Nase. Der Hundeblick brachte mich zum Lächeln. Ich zog ihn in meine Arme und küsste ihn auf die Stirn. »Ich werde mich bessern, versprochen.«

Im Zimmer schmierte ich mir Creme ins Gesicht, trug neue Wimperntusche auf und begann, die Haare zu trocknen. Die Wärme und das gleichmäßige Brummen des Föhns beruhigten mich etwas. Nachdem ich mich angezogen hatte, rief ich Timon an und meldete mich krank. Ich konnte unmöglich zurück. Nicht bevor ich mit Esra gesprochen hatte. Ihm schickte ich als Nächstes eine SMS und bat ihn herzukommen.

Ich funktionierte. Zumindest so lange, bis ich die Küche betrat und Nico am Frühstückstisch sitzen sah. Er war bleich, das bildete ich mir nicht ein. Langsam rutschte ich auf die Sitzfläche und schob mich zu ihm hinüber.

»Möchtest du Kaffee, Elin?«

Ich nickte Sina zu und rang mir ein Lächeln ab. »Ja, gern.«

Nico kaute lustlos auf dem Brot herum.

»Hast du keinen Hunger?«

Er schluckte hinunter. »Elin!«

»Tut mir leid.« Ich hob die Hände, schloss den Mund und fuhr mit Daumen und Zeigefinger die Lippen entlang. »Ich sag nichts mehr.«

Aber dafür sprach mir Sina aus dem Herzen. »Wenn es dir nicht gut geht, musst du uns das sagen, Nico. Am besten bleibst du mal einen Tag zu Hause.«

Den Mund zusammengepresst schaute er Sina einen Moment lang böse an. »Hört jetzt auf damit!«, platzte es aus ihm heraus. Seine Hand ballte sich zur Faust.

»Nico.« Meine Tante legte ihm eine Hand auf den Rücken. »Du bist noch nicht gesund. Akzeptiere deine Grenzen.«

Er verdrehte die Augen und duckte sich unter ihrer Hand weg. »Ich muss jetzt los.«

Er stampfte aus der Küche, und ich wollte ihm nachgehen, aber Sina hielt mich zurück. »Lass ihn.«

Geräuschvoll stieß ich den Atem aus und ließ mich auf den Stuhl fallen.

Meine Tante setzte sich mir gegenüber und schaute mich eindringlich an. »Ich kenne diesen Gesichtsausdruck, und ich mache nicht noch mal den Fehler, nichts zu sagen, Elin. Also rede mit mir.«

»Ich kann nicht.« Tränen stiegen in mir hoch. Schnell wischte ich mir über die Augen. »Dads Geschichte wird sich nicht wiederholen, versprochen, aber im Moment kann ich nicht darüber sprechen.«

»Also gut«, sagte sie und stand auf. »Aber lass mich nicht ein zweites Mal ahnungslos zurück.«

Sie begann, die Teller zu spülen. Ich folgte ihr und nahm ein Geschirrtuch.

Esra hatte nicht geklingelt. Er wartete gegen den Wagen gelehnt. Als ich ihn sah, schossen mir die Tränen erneut in die Augen, und bevor ich nur einen Schritt auf ihn zumachen konnte, sackte ich zusammen. Kleine Steinchen stachen in meine schmerzenden Knie und scheuerten meine Handflächen auf. Ich begrüßte den Schmerz. Er war ein Zeichen, dass ich noch lebte.

Esra hatte mich mit einem Satz erreicht, hob mich hoch und hielt mich fest. Ich konnte nicht aufhören zu schluchzen. Tief in mir drin war meine Entscheidung schon gefallen, als ich Esra hergebeten hatte. Aber nun hatte ich Angst. Angst vor den Konsequenzen und davor, diese nicht tragen zu können.

Seine Hand lag auf meinem Hinterkopf und drückte

mich sanft gegen seine Brust. Er murmelte irgendetwas. Ich verstand kein Wort, aber es klang schön, und es beruhigte mich.

Als die Tränen allmählich versiegten, schob er mich von sich und wischte mit den Daumen die feuchten Spuren von meinen Wangen. »Was ist passiert?«

»Blutspenden hilft nicht«, presste ich hervor.

Esra schaute mich irritiert an. »Geht es um Nico?«

»Nein … Ja … Indirekt.« Ich holte tief Luft. »Es ist hoffnungslos.«

»Was ist hoffnungslos?«

Fröstelnd zog ich die Kapuzenjacke enger um mich. »Es geht nicht nur um Nico«, begann ich und erzählte ihm von dem Gespräch, das ich mitgehört hatte, und schließlich von der versteckten Nachricht meines Vaters. »Ich hasse sie so dafür! Ich hasse sie! Und Nico hat auch keine Chance. Ich kann doch nicht zulassen, dass ihr getötet werdet, um Menschen zu heilen. Das ist krank! Aber ich kann doch auch Nico nicht im Stich lassen.«

Esra umarmte mich, und die Wärme seines Körpers taute mich langsam auf. »Danke, dass du mir das gesagt hast«, flüsterte er in mein Ohr. »Eine Krankheit ist Schicksal. Mord ist Mord. Du tust das Richtige, Elin.«

»Tue ich das?«

»Ich weiß, was das für Nico bedeutet und für deine ganze Familie. Ich wünschte mir so sehr, es wäre anders. Aber über Leben und Tod zu entscheiden, ist falsch. Wir dürfen nicht Gott spielen.«

Plötzlich schossen mir Victors Worte durch den Kopf. Ich stemmte mich aus Esras Armen und schaute ihn an. »Victor hat gesagt, es gäbe Engpässe bei der Lieferung, weil sie so viel Blut verschwendet hatten bei den Versuchen, es haltbar zu machen. Aber woher hatten die so viele … Tote?«

Esra erstarrte. Sein Blick ging ins Leere. »Das ist der verdammte Deal!« Seine Miene verfinsterte sich augenblicklich. »Mein Onkel verkauft unsere Leute an diesen Geier! Wenn das wahr ist …«

»Die Leute, die verschwunden sind?«

Er nickte, und ein kalter Schauer lief mir über den Rücken.

»Oh mein Gott«, flüsterte ich. »Oh mein Gott!«

Esras Arme begannen zu schillern. Schwarzgoldene Schuppen ersetzten in einem flackernden Wechselspiel die menschliche Haut und seine Pupillen wurden zu senkrechten Schlitzen. Ich machte einen Schritt zurück. Aber als sich unsere Blicke trafen, wusste ich, dass er sich unter Kontrolle hatte.

»Ich hatte gehofft, das niemals tun zu müssen«, stieß er zwischen zusammengebissenen Zähnen hervor. »Alles, was ich wollte, war Gerechtigkeit für meinen Vater. Aber er lässt mir keine Wahl.« Er drehte sich um und lief zum Wagen. Ich rannte ihm hinterher. »Warte, was hast du vor?«

Wenige Sekunden später jagten wir durch die viel zu engen Straßen von Basels Altstadt. Ich krallte die Finger abwechselnd in den Ledersitz, um mich dann wieder am Armaturenbrett abzustützen. Ein Fußgänger sprang gerade noch rechtzeitig zurück auf den Gehsteig und hätte beinahe seine Mitpassanten zu Boden gerissen. Mit quietschenden Reifen schossen wir in die Parkgarage. Esra kurbelte uns auf das unterste Verdeck und schlitterte in eine Parklücke.

»Versprich mir, hier zu warten«, sagte er, als wir seine Höhle erreicht hatten. »Geh mir nicht hinterher, hast du mich verstanden?«

Ich nickte, kreuzte aber zur Vorsicht die Finger hinter dem Rücken.

Er ging nach nebenan und wusch sich das Gesicht. Dann kniete er sich nieder und legte die Hände in den Schoß. Er schloss die Augen. Seine Atmung wurde langsamer.

Als ich ihn so knien sah, wurde mir bewusst, dass das hier verdammt ernst war. Er wollte seinen Onkel herausfordern. Seine Farben machten ihn zum rechtmäßigen Anführer, aber das interessierte Aakash nicht, das hatte er bereits deutlich gemacht. Esra musste kämpfen. Und in diesem Kampf konnte er alles verlieren. Denn er würde erst mit dem Tod von einem der beiden beendet sein, das war mir klar.

Als Esra die Augen aufschlug, war er hoch konzentriert. Er ruhte in sich. Der Basilisk in ihm war präsent wie nie, und er strahlte eine ernste Autorität aus, die er sonst hinter seinem frechen Humor verbarg. Er strich mir über die Wange, schaute mir tief in die Augen. Dann küsste er mich. Sanft und doch so intensiv, dass sich unsere Körper wie Magnete anzogen. Und auch als sich unsere Lippen schon getrennt hatten, hielt seine Hand mein Gesicht ganz nah bei seinem. Stirn an Stirn standen wir da, und ich wünschte mir, er würde nicht gehen. Er streichelte an meinem Arm entlang nach unten. Unsere Finger verschränkten sich für einen kurzen Moment. Dann verschwand er, ohne ein weiteres Wort.

Unruhig ging ich in der Höhle auf und ab. Ich war mir sicher, dass Esra seinem Onkel körperlich überlegen war, aber sein Stolz würde es ihm nicht erlauben, unfair zu kämpfen. Aakash hingegen würde seine Macht mit allen Mitteln verteidigen, und wenn er dafür jede Regel brechen musste.

Um mich abzulenken, griff ich nach dem Gedichtband von Rilke und setzte mich aufs Bett. Ich nahm eines der flauschigen Kissen in die Arme und schlug die Seite mit dem Buchzeichen auf. Das Gedicht hieß *Der Panther*. Schon nach den ersten Zeilen füllten sich meine Augen mit Tränen. Ich konnte kaum zu Ende lesen. Die Buchstaben begannen zu schwimmen. Fühlte Esra sich so wie diese gefangene Raubkatze? Sah auch er vor lauter Gitterstäben keine Welt mehr? Hatte die lange Gefangenschaft seinen Willen gebrochen, genau wie den des Panthers?

Aber nun war er frei! Ich legte das Buch zurück, schob das Kissen von meinem Schoß und erhob mich. Ich konnte hier nicht herumsitzen und warten.

Auf dem Weg durch den gewundenen Ausgang blieb ich stehen. Da waren Schritte. Viele laute Schritte. Darunter mischten sich aufgeregte Stimmen, Flüstern, Rufe. Ich riskierte einen kurzen Blick. Alles strömte Richtung Amphitheater, wie ich das zentrale Gewölbe insgeheim getauft hatte. Niemand beachtete mich, also trat ich in den Tunnel hinaus. Eine Laterne nach der anderen erlosch, als immer mehr Leute ihre Höhlen verließen. Das warme gelbe Licht wurde von dem blauen Leuchten des Stammbaumes verdrängt, der die Höhle nun in ein gespenstisches kaltes Licht tauchte.

Eine Hand an der Felswand, machte ich mich auf den Weg den Gang hinunter. Ein eisiger Luftzug fuhr aus der Öffnung des Treppenaufganges und ließ mich schaudern.

Heute roch es anders, ätzend, aggressiv. Der Geruch nach Angst und Blutdurst. Das Stimmengewirr schwoll immer mehr an, und einige Basiliken begannen, sich ungeduldig vorzudrängeln.

»Aakash wird sich das nicht gefallen lassen!«

»Jetzt geht es dem Menschenfreund an den Kragen!«

Jemand lachte. Es klang Furcht einflößend. Einer rempelte mich grob zur Seite. Er gab einen grollenden Laut von sich, als sich sein giftiger Blick in mich bohrte. »Menschenmädchen!«

Erschrocken drückte ich mich an die Wand, und erst als er in der Menge verschwunden war, setzte ich mich wieder in Bewegung. Immer weiter trug mich der Strom in den Berg hinein. Ich hatte das Wohnquartier verlassen und lief einen geräumigen Verbindungstunnel entlang, bis ich Tageslicht sah. Auf der Galerie angekommen, blieb ich stehen. Ellbogen bohrten sich in meine Seiten und meinen Rücken. Ich wurde in der Menge hin und her gestoßen, bis ich plötzlich ganz vorne an der Brüstung stand. Ich drückte mich an eine der hohen baumartigen Säulen, die das Steindach unserer Galerie stützten, und sah in das Amphitheater hinunter. Ich befand mich ziemlich weit oben. Aufgewirbelter Steinstaub trübte die Sicht, aber es war nicht zu übersehen, dass die Galerien bis auf den letzten Platz gefüllt waren. Hunderte von leuchtenden Augenpaaren starrten gebannt auf das Geschehen unter uns.

Erst jetzt nahm ich die hämmernde Stille wahr. Ich erhaschte einen Blick auf Esras schwarzgoldenen Panzer. Er setzte einen Fuß vor den anderen. Umkreiste seinen Onkel. Es sah aus wie ein Tanz. In dem Moment schaute Esra zu mir hoch, und ich sah mein eigenes erschrockenes Gesicht vor den Augen aufblitzen.

Aakash nützte die Ablenkung sogleich aus und hackte mit dem Schnabel zu. Ein blutender Riss verlief quer über Esras Flügelinnenseite. Ruckartig drehte er sich um, hob mit einem taumelnden Flügelschlag ab und stürzte sich, Krallen voraus, auf den silbergrauen Basilisken. Die Schwingen seines Onkels schleiften unkontrolliert über den Boden, als er versuchte, aus Esras Griff loszukommen, der ihn rücklings auf den Boden drückte. Das hohle Klacken der aufeinanderschlagenden Schnäbel wurde von allen Seiten zurückgeworfen. Jeder der beiden versuchte, die Augen des Gegners zu erwischen.

Der Angriff löste die Starre des Publikums. Um mich herum begann es zu brodeln. Esra ließ von seinem Onkel ab, der einen Schrei ausstieß und hoch in die Luft stieg. Wie ein Pfeil schoss Esra hinter Aakash her und rammte mit aller Wucht dessen Rumpf. Der graue Basilisk geriet aus dem Gleichgewicht, stürzte ab und krachte unter mir auf eine der Landerampen. Gesteinsbrocken brachen aus dem Gemäuer und fielen donnernd in die Tiefe.

Esra drehte eine Runde, ließ seinen Onkel auf die Beine kommen. Warum nahm er solche Rücksicht, verdammt noch mal! Und natürlich: Als Esra ihm den Rücken zukehrte, stürzte Aakash sich auf ihn. Krallen, so lang wie meine ganze Hand, pflügten über Esras Panzer und rissen tiefe Kerben in den weichen Schulterbereich. Ineinander verkeilt, schlugen sie oberhalb Aakashs Palast in die Felswand ein. Der Boden erzitterte vom Aufprall. Esras Kopf knallte dumpf gegen die spitzen Turmdächer und die scharfen Kanten der Burgzinnen, als er mit dem

Bauch voran an der Fassade hinunterschrammte. Ein Grollen drang aus seiner Kehle. Die Flügel ausgebreitet, versuchte er, mit deren scharfen Krallen irgendwo Halt zu finden, aber das Gewicht seines Onkels drückte ihn unaufhaltsam in die Tiefe. Auf einem der Balkone der Festung entdeckte ich zwei breitschultrige Typen mit kurz geschnittenen dunkelblonden Haaren. Vermutlich Esras Cousins Ilari und Arik. Sie grinsten breit und klatschten sich gegenseitig ab. Aakash hackte mit dem Schnabel auf Esras Hals ein, bis sein eigenes silberdurchwirktes Federkleid mit dessen Blut getränkt war. Mir wurde schlecht von dem schmatzenden Geräusch. Esra taumelte, fiel jetzt unkontrolliert, als Aakash endlich von ihm abließ. Mit einer Wucht donnerte er auf den Platz hinunter. Das Knacken brechender Knochen ließ mich zusammenfahren. Ich unterdrückte einen Aufschrei. Weit über die Brüstung gelehnt, starrte ich in die Tiefe. »Esra«, flüsterte ich. »Esra.«

Unruhe machte sich breit. Leute wurden herumgestoßen. Ein Blick in die Gesichter neben mir zeigte, wie berauscht sie waren. Vermutlich hätte ich mich fürchten sollen, aber ich konnte nur an Esra denken. Er lag auf dem Rücken, den langen geschwungenen Hals unnatürlich verdreht. »Bitte bleib bei mir!« Meine Hände krallten sich in den kalten, harten Stein. »Bitte!« Tränen liefen mir über die Wangen.

Aakash landete breitbeinig über Esra, die Flügel ausgebreitet. Prahlerisch streckte er den Kopf in die Höhe und stieß einen kehligen Laut aus. Nach einem Moment absoluter Stille begannen einige, Aakashs Namen zu rufen. Dumpf und pochend vibrierte der Sprechchor durch die

Höhle wie der Herzschlag des Clans. Aber es war keine Freude zu spüren. Nur Aggression und Angst.

Das durfte nicht das Ende sein. »Esra! Steh auf!«, schrie ich, so laut ich konnte. »Bitte, steh auf!«

Aakashs Blick kreuzte meinen. Ich fuhr zusammen, aber ich duckte mich nicht, stand aufrecht und starrte zurück in die leeren Augen. Ich spürte, wie die Leute um mich herum zurückwichen. Aakash stolzierte ein paar Schritte von Esra weg in die Mitte des Platzes, um mich besser sehen zu können. Seine Schlangenaugen verengten sich.

Esra war immer noch schwarz, und sein Onkel war immer noch grau. Das konnte nur eines heißen: »Es ist noch nicht vorbei«, flüsterte ich.

Gleichzeitig ging ein Zucken durch Esras Körper. Seine Brust hob sich, als er tief Atem holte. Er streckte die Flügel, schüttelte den Kopf und rappelte sich hoch. Sofort ebbte der Sprechchor ab und wich einer drückenden Stille.

Esras Schwanz peitschte auf den Boden. Aakash wirbelte zu ihm herum. Weißer Rauch strömte aus Esras geblähten Nüstern. Dann griff er an. Sein wütendes Grollen drang durch jede Faser meines Körpers. Die Härte des Aufpralls schleuderte seinen Onkel zu Boden. Er zuckte unter dem unerbittlichen Griff von Esras Klauen, die sich tief in seine blutverschmierte Brust bohrten. Esra hielt einen Moment inne und schaute Aakash in die Augen, bevor seine Schwanzspitze mit einem gezielten Schlag dessen Kehle durchtrennte. Ein gurgelndes Geräusch entwich Aakashs weit aufgerissenem Schnabel, und eine Blutlache breitete sich rasend schnell unter dem Körper aus. Der silbergraue Basilisk verwandelte sich zurück in einen alten Mann.

Die Basilisken um mich herum rissen die Fäuste in die

Höhe. Jubelnd fielen sie sich in die Arme. Hände klopften mir auf die Schulter, aber ich ignorierte den Tumult. Alles, was ich sah, war Esra. Er stand da in seiner prächtigen Basiliskengestalt. Das Licht der Sonne, das durch die vielen Spiegel in das Gewölbe reflektiert wurde, ließ ihn golden leuchten.

Dann verwandelte auch er sich zurück, schlüpfte in seine Hose und band sich die Armbänder um. Sein durchtrainierter Körper war von Schrammen, Schnitten und Blutergüssen übersät. Am Hals klaffte eine tiefe Wunde, aus der Blut über seine Schulter und Brust lief. Er nahm Aakashs Mantel, kniete neben ihm nieder und deckte ihn zu. Er blieb einen Moment mit gesenktem Kopf neben ihm sitzen. Nach allem, was sein Onkel ihm angetan hatte, konnte er noch Respekt für ihn aufbringen? Das hatte Aakash nicht verdient. Aber es beeindruckte mich.

Plötzlich stürzten Esras Cousins über eine der vier Brücken auf den Zentralplatz.

»Pass auf!«, schrie ich Esra zu.

Der Clan hielt kollektiv den Atem an. Esra blickte sich um. Der Jüngere der beiden, Arik, hatte ihn schon erreicht, wollte zuschlagen, als Esras Ellbogen in dessen Gesicht schoss. Blut strömte aus seiner Nase. Esra sprang auf die Füße und versetzte ihm mit der Ferse einen gewaltigen Schlag gegen den Solarplexus. Sein Cousin taumelte zurück und riss beinahe seinen älteren Bruder mit, als er, um Luft ringend, zu Boden sank. Ilari machte sich von Arik los und rannte schreiend auf Esra zu, der ganz still dastand, die Fäuste kampfbereit vor dem Körper. Wütend schlug Ilari auf ihn ein. Seine Knöchel krachten auf Esras Unterarme, die die Schläge geschickt abwehrten.

Mit einer geschmeidigen Bewegung wich Esra aus der Schusslinie. Durch den plötzlichen Verlust des Gegendrucks stolperte sein Cousin nach vorne. Er stieß einen Frustschrei aus, drehte sich blitzartig um und griff erneut an. In dem Moment sprang Esra hoch, hob den angewinkelten Arm über den Kopf und zog ihm den Ellbogen über den Schädel. Es knackte, als ob man eine Kokosnuss aufgeschlagen hätte. Ilari strauchelte, fiel auf den Rücken und wand sich, beide Hände gegen den Kopf gedrückt. Aber ich kam nicht zum Luftholen. Meine Augen wurden von Arik angezogen. Die Fäuste auf den Boden gestemmt, verharrte er in Sprungstellung. Das Funkeln in seinen Augen konnte ich bis hier oben sehen. Er sprang aus der Hocke hoch und rannte auf Esra zu. Sein Kopf bohrte sich in Esras Magen, als er ihn um die Taille packte und zu Boden warf. Esra stöhnte auf und wand seine Beine wie ein Schraubstock um die Hüften seines Angreifers. Sie rangen miteinander, rollten über den Platz, aber Esras Beine drückten so lange zu, bis sein Cousin sich nicht mehr bewegen konnte. Dann trafen Esras Handkanten seine Halsbeugen zu beiden Seiten, sodass er bewusstlos in sich zusammensackte. Esra zog sich unter dem schweren Körper hervor und sprang wieder auf die Beine. Ilari hockte mittlerweile auf dem Boden, den Kopf in den Armen vergraben. Er war keine Gefahr mehr. Esra ließ die Fäuste sinken. Die Menge jubelte erneut auf.

Esra hob die Hand, und keine Sekunde später hätte man die berühmte Stecknadel fallen hören können. »Hat sonst noch jemand Zweifel an der neuen Führung?« Sein Blick tastete die Ränge ab. Keiner bewegte sich. »Gut.« Die dunkle Stimme vibrierte durch die Stille. »Ich habe euch einiges zu sagen. Dinge, die mich gezwungen haben, meine Stellung als Alpha zurückzuerobern.«

Er stand mit dem Rücken zu Ilari. Ein Fehler. Denn plötzlich zog der ein Messer unter dem Hosenbein hervor und robbte auf ihn zu.

Ich schrie auf: »Hinter dir!«, aber es war zu spät. Sein Cousin rammte ihm das Messer mit voller Wucht in den Oberschenkel. Esra zuckte zusammen. Er drehte den Kopf zur Seite und zog die Klinge aus dem Bein. »So weit ist es also schon gekommen, Ilari.« Er warf das Messer vor ihm auf den Boden. Obwohl er nur geflüstert hatte, trug die besondere Akustik des Hauptgewölbes seine Worte zu jedem einzelnen Mitglied des Clans. Ein junger Mann, mit dunklen wild zerzausten Haaren, eilte auf Esra zu. Ich erkannte ihn, auch er war Wachmann bei Panazea.

»Schon gut, Drako«, sagte Esra und umarmte ihn kurz. An der Bewegung seiner Lippen sah ich, dass er ihm etwas zuflüsterte. Drako nickte und zog sich zurück.

»Lesh, kannst du dich um die zwei kümmern, bis sie sich beruhigt haben?«, rief Esra über den Platz und machte eine ausholende Geste zu seinen Cousins. »Und hol den Arzt.«

Lesharos Blondschopf erschien auf der Brücke. Der auch? Wie viele von denen arbeiteten denn noch für Dr. Siller? Lesharo winkte zwei junge Basilisken heran, die sich die zwei Verletzten schnappten und fortschleppten.

Kapitel 21

»Also«, Esras Blick glitt wieder nach oben, »als Erstes will ich eines klarstellen: Mein Vater hat uns nicht freiwillig verlassen.« Ein Raunen ging durch die Menge. »Seit er verschwunden ist, habe ich die Farben des Anführers, Schwarz und Gold. Einigen hier drin wird vielleicht klar sein, was das bedeutet. Mein Vater kann den Clan nicht im Stich gelassen haben, sonst wäre ich ohne jeden Anspruch auf das Erbe und hätte meine Geburtsfarben behalten. Nicht einmal im Kampf hätte ich mir das Alpharecht jemals zurückholen können. Nein, dass ich zum Anführer wurde, kann nur eines bedeuten: Er wurde ermordet.«

Das Rauschen und Gluckern des Grundwasserstromes erfüllte zaghaft die entstandene Stille. Unter Esras Fuß hervor rannen rote Rinnsale über den Platz. Er entlastete das verletzte Bein. Die Wunde musste so schnell wie möglich verbunden werden.

»Wie ihr wisst, habe ich schon einmal versucht, an Aakashs Lügengebilde zu kratzen. Leute die mich damals unterstützt haben, Freunde meines Vaters, sind seither spurlos verschwunden.« Ein Zucken lief über sein Gesicht, und er sog scharf Luft durch die Zähne. Er tastete nach der Wunde und presste die Hand dagegen.

»Was ist mit ihnen passiert?«, rief jemand. Das Echo machte es unmöglich herauszufinden, von wo die Stimme kam.

»Ich weiß es nicht«, sagte Esra. »Ich war damals selbst für lange Zeit eingesperrt.« Er schwankte leicht. Was war los mit ihm? Normalerweise sollte das doch ganz schnell heilen. Esra machte ein paar vorsichtige Schritte auf das Brückengeländer zu und stützte sich darauf ab.

»Panazea nutzt unser Blut als Medikament für die Menschen.« Er ließ den Kopf hängen. Sein Gesicht war schmerzverzerrt.

Ich trat vor und räusperte mich. Mir war bewusst, dass ich ganz auf mich gestellt war, aber ich musste ihm helfen. »Das Blut eines Basilisken hat die Kraft, kranke menschliche Zellen in gesunde zu verwandeln«, begann ich und zog damit die Aufmerksamkeit auf mich. Ich spürte die Blicke in meinem Rücken. »Panazea will es als Heilmittel gegen Krebs auf den Markt bringen. Wie ihr euch denken könnt, würde das die Firma unermesslich reich machen. Das Problem ist …« Ich schluckte. Mein Hals war plötzlich ganz ausgetrocknet. »Also, das Problem ist«, fuhr ich fort, »dass das Blut seine Wirkung nur entfaltet, wenn der Basilisk, von dem es stammt, tot ist.«

»Das ist Vertragsbruch!«, rief einer.

Die Meute rückte zu mir auf. Meine Hände waren eiskalt. Ich war umgeben von Basilisken – aufgebrachten, wütenden Basilisken.

»Ja und nein«, sagte Esra und lenkte damit die Aufmerksamkeit von mir ab. Aber die Bedrohung lag mir im

Nacken. Ich spürte die Hitze der mich umgebenden Körper. Jemand tippte mir auf die Schulter. Ich fuhr herum.

»Hey, ich bin Drako.«

Ich war so erleichtert, ihn zu sehen, dass ich ihm beinahe um den Hals gefallen wäre. »Elin«, sagte ich.

»Ich weiß. Willkommen in der Unterwelt.« Sein Grinsen steckte mich an. Die tiefblauen Augen blitzten vergnügt. »Esra hat gesagt, ich soll dich zu ihm bringen.«

»Oh. Gut.«

Ich folgte ihm durch die Menge. Wir bogen in den nächsten Verbindungstunnel ein und hielten vor der Transportstation. Der Korb stand schon bereit. Drako tippte etwas in die Konsole, und wir sausten auf geradem Weg nach unten. Geschickt bahnte er uns einen Weg zur Brücke. Ich blieb an deren Fuß stehen, denn jemand befand sich neben Esra. Sie sprachen leise miteinander. Esras Gesicht war bleich, und er wirkte erschöpft.

»Gerade eben habe ich erfahren, dass wir einige der Vermissten aus den Verliesen befreien konnten.« Er nickte mir kurz zu, aber das Lächeln glich eher einer Fratze. Seine Hände krampften sich wieder um das Brückengeländer, während der andere sich zurückzog.

»Wie mir nun bestätigt wurde, hat mein Onkel neben dem eigentlichen Vertrag einen ganz anderen Deal mit Panazea gehabt. Er wusste von den Machenschaften und hat damit eine gute Möglichkeit gefunden, die Aufständischen für immer loszuwerden.«

Einen Moment lang war es still. Esra löste eine Hand von der Brüstung und strich sich über die Augen. Das verletzte Bein belastete er gar nicht mehr, und das andere zitterte bedenklich.

»Und was sollen wir nun tun? Einfach nett darum bitten, dass sie aufhören sollen damit, oder was?«

»Shay, bitte!«

Ich folgte Esras Blick und entdeckte den jungen Mann in der Menge. Er hatte seine blonden Haare zu einem Pferdeschwanz gebunden und lehnte sich weit über die heckenartige Brüstung. »Ich mein ja nur«, fügte er hinzu und richtete sich wieder auf.

»Dann hör auf zu meinen und fang an zu denken«, sagte sein Nachbar und schlug ihm mit der flachen Hand gegen den Hinterkopf. Er war schon älter. Sein Gesicht war mit Narben durchfurcht, was ihm einen grimmigen Ausdruck verlieh.

»Hey!«, rief Shay und duckte sich weg.

Der Nachbar drängte sich nach vorne, während er den Jungen zurückschob. »Zu was sind die fähig, was für Waffen haben sie, und was wissen sie alles über uns?«

»Eine gute Frage, Lorn. Sie haben eine Kampftruppe, die AdIK, die Armee des Inneren Kreises. Sie kennen viele unserer Schwächen, wenn nicht sogar alle.«

Armee des Inneren Kreises? Das war also die Bedeutung der Aufschrift auf Victors Jacke!

»Aber ich will nicht bis zum Äußersten gehen. Es wurde schon zu viel Blut vergossen. Ich werde ein Treffen einberufen und mit dem Rat sprechen. Das ist unsere einzige Chance, das Ganze ohne Krieg zu beenden.«

Esras Knie gaben kurz nach. Ich rannte über die Brücke, gefolgt von Drako, aber Esra hielt uns mit der ausgestreckten Hand auf Abstand.

»Trotzdem müssen wir uns auf alles vorbereiten. Lesharo wird die betreffenden Leute im kleineren Rahmen über weitere Details informieren. Bitte tragt diese Informationen danach weiter zu euren Leuten.« Er stieß den Atem zwischen den zusammengebissenen Zähnen hindurch aus, während sein Kopf zwischen die aufgestützten Arme sank. »Das war's.«

Langsam leerten sich die Ränge, und das aufgeregte Geflüster löste sich allmählich auf.

Ich ging auf Esra zu. Vorsichtig strich ich über die verkrampften Finger. »Komm, ich bring dich zurück.«

Er löste die Hände von der Brüstung und stützte sich auf mich.

»Am besten, du legst dich hin.«

»Brauchst du mich noch?« Drako schaute Esra mit großen Augen an. »Einer der Gefangenen ist mein Bruder und ich …«

Esra fuhr ihm über den Kopf und zog ihn zu sich. »Was machst du denn noch hier? Geh zu ihm«, flüsterte er und küsste ihn auf die Stirn.

»Danke, Alpha«, grinste er.

Esra kniff ihm in die Wange. »Hör schon auf damit.«

Der Weg zurück war eine Tortur. Esra musste immer wieder eine Pause machen. Stützte sich am Fels ab und atmete gepresst ein und aus. In der Höhle angekommen, half ich ihm auf sein Bett. Vorsichtig hob ich das verletzte Bein hoch und legte es neben das andere. Seine Stirn glühte, und er zitterte am ganzen Körper.

»Du hast Fieber«, sagte ich. »Ist das normal?«

»Ich weiß nicht.«

»Zieh die Hose aus, ich will mir mal die Wunde ansehen.«

Esra versuchte zu grinsen. »Aber ich hab nichts drunter an.«

»Nicht die richtige Zeit für Schamgefühle, Esra«, sagte ich und zog vorsichtig an den Hosenbeinen. Esra biss fest die Zähne zusammen, als der Bund über die Wunde fuhr. Ich legte die leichte Stoffhose wie eine Decke quer über seine Hüften. »Gut so?«

Als Antwort strich er über meine Hand und schloss die Augen. Die Ränder um die Einstichstelle waren geschwollen, und ein tiefroter Hof breitete sich darum herum aus.

»Die Stelle ist entzündet«, stieß ich hervor. »Du brauchst dringend einen Arzt!«

»Der muss sich um die befreiten Gefangenen kümmern.«

»Aber da stimmt was nicht«, beharrte ich. »Es ist nicht wie bei den anderen Wunden. Dir geht es schlechter und schlechter.«

Er wand sich. »Dann hol Juna.«

»Was? Juna ist Floristin«, sagte ich. »Ich bezweifle, dass …« Ich unterbrach mich selbst. Ihr Wissen über all die Kräuter. »Willst du damit sagen, dass sie so eine Art Ärztin ist?«

Esra nickte, zog ein Kissen heran und legte es unter den Nacken.

»Dann kennt ihr euch also doch?«

»Ruf sie an und sag ihr, was passiert ist.«

Das sollte wohl ein Ja sein. War eigentlich irgendjemand in meinem Umfeld noch der, für den ich ihn gehalten hatte? Ich kramte in meiner Tasche nach dem Handy. »Rühr dich nicht vom Fleck, ich bin gleich zurück.«

»Wie auch«, flüsterte Esra.

Ein paar Meter den Gang hoch hatte ich endlich Empfang. Ich wählte Junas Nummer. Es klingelte. Nimm ab! Mach schon!

»Lin«, rief sie. »Wie geht es dir?«

»Juna, du musst sofort zum Elisabethenparking kommen. Ich hol dich dann ab und erklär dir alles. Esra braucht deine Hilfe!«

»Was ist passiert?« Sie klang ernst und überhaupt nicht überrascht.

»Sein Cousin hat ihm ein Messer ins Bein gerammt.«

»Wie sieht die Wunde aus?«

»Sie ist entzündet, und er hat hohes Fieber.«

»Okay, ich bin auf dem Weg.«

»Danke!«

»Und du musst mich nicht abholen, ich kenne den Weg.«

»Okay.«

»Hör zu, Elin: Kühl seinen Körper, schau, dass er viel trinkt, und er soll vor allem still liegen, ja?«

Ich nickte, was sie natürlich nicht sehen konnte.

»Elin?«

»Ja?«

»Alles wird gut!«

»Okay.« Ich hätte mich am liebsten dem kurz bevorstehenden Weinkrampf hingegeben, aber ich musste mich zusammenreißen. Esra brauchte mich jetzt. Also lief ich zurück, so schnell ich konnte.

Als ich Esras Höhle betrat, hatte er die Augen geschlossen. Ich setzte mich auf die Bettkante und strich mit den Fingern über seine Stirn und Wange.

»Juna wird gleich hier sein«, flüsterte ich.

Er nickte. Ihn so zu sehen, machte mir Angst. Ich ging nach nebenan. Abgesehen von Tabletten kannte ich nur eine Möglichkeit, Fieber zu bekämpfen, und das waren Essigwickel. Zwar hatte ich keinen Essig, aber Wasser musste es auch tun. Mit durchtränkten Tüchern und einer bis zum Rand gefüllten Tonschale ausgerüstet, kehrte ich schnell zu ihm zurück.

»Esra?« Ich legte die Tücher neben mich auf den Boden und schob eine Hand unter seinen Kopf. »Du musst trinken.« Ich setzte die Schale an seine Lippen, mindestens die Hälfte des Wassers lief jedoch an seinem Hals entlang nach unten. Ich stellte das Gefäß auf den Boden und wickelte ihm je ein nasses Tuch um die Waden. Ein weiteres legte ich über seine Stirn. Mittlerweile klang jeder Atemzug wie ein Stöhnen.

Als ich aufstand, um mehr Wasser zu holen, wäre ich im Halbdunkeln beinahe mit Juna zusammengestoßen. Mit einem Riesenkoffer stand sie vor mir. »Hey Süße.«

»Juna, Gott sei Dank!«

Sie drückte mich kurz, bevor sie zu Esra hinüberging. Ihr Blick blieb an den umwickelten Waden hängen. Grinsend schaute sie zu mir. »Du hättest auch einfach die Temperatur des Bettes runterstellen können.«

»Oh.« Richtig, da war doch was.

»Die Wickel helfen aber auch.«

Das sagte sie bestimmt nur, damit ich mich besser fühlte, und sie hatte damit Erfolg. Juna betätigte zwei Hähne an der Seite des Bettes, die mir bis dahin noch gar nicht aufgefallen waren, und ließ sich dann auf der Kante nieder. »Hey Esra. Wie geht es dir?«

»Ging schon besser«, presste er tonlos hervor.

Als sie die Wunde inspizierte, sog sie scharf die Luft ein. »Hast du sonst noch Schmerzen?«

»Überall.«

»Lähmungserscheinungen?«

Er zuckte kaum wahrnehmbar mit den Schultern. »Mir ist nicht nach Bewegung.«

Sie nickte und nahm seine Hand. »Darf ich?«, fragte sie und machte sich daran, das Armband zu entfernen.

»Nein!« Esra wollte die Hand zurückziehen, aber Junas Griff war zu stark.

Sie runzelte die Stirn. »Ich muss deinen Puls fühlen.«

»Mein Herz schlägt«, versicherte er ihr.

»Ich muss aber wissen, wie schnell.«

»Dann musst du eine andere Stelle suchen.«

Sie nahm die andere Hand.

»Gleiches Problem«, sagte er matt.

Juna schüttelte den Kopf, als sie am Hals nach der Schlagader tastete. Nach einer Weile nickte sie. »Dachte ich's mir.«

»Was ist?«, platzte ich heraus.

»Er wurde vergiftet. Der Entzündungshof um die Wunde, das Fieber, die Schmerzen mit den Lähmungserscheinungen und schließlich der rasende Puls sprechen eindeutig für Wieselspeichel.« Sie drehte sich um und schaute zu mir hoch.

»Ein Wiesel?«, stieß ich hervor. »Aber das ist doch ein Messerstich.«

»Die Klinge muss vergiftet gewesen sein. Eine beliebte Waffe gegen Basilisken. Der Biss eines Wiesels ist für uns wie ein Schlangenbiss für euch«, erklärte sie mir und öffnete ihren Medizinkoffer, der mich an eine riesige Schmuckschatulle erinnerte.

»Uns« und »euch«? Sie war eine von ihnen, ein Basilisk? Ich verdrehte die Augen. Wie konnte ich nur so blind gewesen sein? Aber das musste bis nachher warten, ich war viel zu nervös, um das jetzt zu analysieren.

Die Fächer in ihrer tragbaren Apotheke waren alle sauber beschriftet. Verschiedene Kräuter waren in durchsichtigen Säckchen verpackt. Daneben befanden sich Plastikflaschen mit Pulvern und Dosen, in denen ich Salben vermutete. Juna nahm eine Flasche mit einer trüben Flüssigkeit heraus. »Trink das«, sagte sie und hielt Esra die entkorkte Pulle hin, aber er konnte den Arm kaum heben, also rückte sie näher und flößte ihm den Saft ein. Danach hob sie sein Bein vorsichtig in der Kniekehle an und legte ein Tuch unter den Oberschenkel. Esras Atem zischte durch die zusammengebissenen Zähne.

»Okay, das wird etwas wehtun«, warnte sie ihn, nahm eine Plastikflasche mit einer klaren Flüssigkeit heraus und schraubte einen Spritzverschluss darauf. »Ich muss die Wunde spülen.«

Esra nickte, und Juna begann, die Flüssigkeit in die Wunde zu tropfen. Esras Finger gruben sich in die Lederunterlage seines Bettes. Juna beachtete ihn gar nicht. Sie drückte die Flasche nur noch mehr zusammen, damit der Strahl stärker wurde. Ich machte einen Schritt auf ihn zu, wollte seine Hand halten, aber er schüttelte vehement den Kopf. »Geh weg, Elin!«, presste er hervor. Juna hielt einen Moment inne.

»Es ist nicht mehr viel drin. Das schaffst du doch, oder?«

Esra verdrehte die Augen und versuchte, regelmäßig

zu atmen, während Juna die Ränder der Wunde abtupfte. »Bereit?«

Er nickte, und sie setzte ihre Tortur fort. Sein Gesicht verzog sich, und kurz bevor die Flasche leer war, packte er ihr Handgelenk.

»Aua, verdammt!«, rief Juna. »Nicht so fest. Sag doch einfach etwas.«

»Entschuldige, aber das ist die Hölle!«

»Ich weiß.« Sie grinste frech und wischte die übergelaufene Flüssigkeit weg. »Aber es hilft.« Dann quetschte sie die Flasche zusammen, die röchelnd den letzten Rest der Flüssigkeit ausspuckte. Esra unterdrückte einen Schrei und atmete heftig aus.

»So, das war's. Ihr Männer seid echt empfindlich.«

»Was?« Esra funkelte sie böse an. »Hast du das mal an dir ausprobiert?«

Juna ignorierte ihn, streute ein weißes Pulver auf die Wunde und verband das Bein. »Du solltest dich jetzt ausruhen.«

Esra knurrte ein »Danke«. Es schien ihm schon besser zu gehen, und ich spürte, wie sich meine schmerzenden Schultermuskeln entspannten.

»Männer«, flüsterte Juna mir ins Ohr, als sie aufstand. »Ich warte draußen auf dich, Lin«, sagte sie dann laut.

Ich setzte mich zu Esra und nahm seine Hand.

»Sie ist eine Nervensäge.«

»*Du* wolltest, dass ich sie hole«, grinste ich und küsste seine Knöchel.

Er beobachtete mich. »Danke, Elin.«

»Wofür?«

»Dass du hier bist.«

Ich strich über seine Haare. »Versuch zu schlafen, damit das schnell heilt.«

»Ja, das sollte ich wohl«, seufzte er.

Es dauerte nicht lange, und seine Lider fielen zu. Er sah so friedlich aus. Mit der Fingerspitze fuhr ich seine Augenbraue entlang. Langsam ließ der Druck seiner Hand nach, und sein Körper entspannte sich. Ich wartete noch einige Minuten, bevor ich mich zurückzog.

Kapitel 22

»Lin, es tut mir so leid«, flüsterte Juna, kaum war ich auf den Gang hinausgetreten. »Ich wollte es dir sagen. Schon lange. Schon als du mir gesagt hast, dass du das Buch lesen kannst, und mir klar wurde, dass du die Erbin bist. Aber dann …« Sie senkte den Blick. »Mir fehlte einfach der Mut. Ich hatte solche Angst, du würdest mich hassen. Und dann, an dem Abend, als ich zurückkam, stand plötzlich Nico in der Tür, kurz darauf Esra, und ich konnte es dir wieder nicht sagen.« Sie ließ die Schultern hängen. »Bitte sei mir nicht böse. Ich könnte es nicht ertragen, dich zu verlieren!«

Ich umarmte sie, drückte sie ganz fest an mich. »Ich bin dir nicht böse, warum sollte ich?«

»Oh Gott«, stöhnte sie und löste sich von mir. »Weil ich dich die ganze Zeit belogen habe.«

»Schon vergessen«, lächelte ich. »Ich bin einfach nur froh, dass du Esra geholfen hast. Und ich bin froh, dass ich dich habe!«

Sie fiel mir um den Hals. »Oh, Süße, wie hab ich eine Freundin wie dich nur verdient?«

Ich drückte ihr einen Kuss auf die Wange. »Lass uns

nach oben gehen, was trinken und quatschen. Ich denke, Esra wird die nächsten paar Stunden schlafen.«

»Eher die ganze Nacht«, grinste sie und wischte sich über die Augen.

Als wir an die Oberfläche kamen, wehte mir ein kühler, feuchter Wind entgegen. Dunkle Wolken waren aufgezogen. Ich schlang die Arme um den Körper. Mit hochgezogenen Schultern eilten wir über die Straße zum Irish Pub.

Der würzig herbe Duft nach Bier schlug mir entgegen, als Juna die Tür aufschob. Das gelbe Licht der kunstvoll verzierten Lämpchen kämpfte gegen das dunkle Holz der Einrichtung an. Kricket flimmerte stumm über den großen Bildschirm, der in einem barocken Goldrahmen steckte.

Mit unseren Getränken ausgerüstet, stiegen wir die Treppe zur Galerie hoch und setzten uns in eine dunkle Ecke. Erste schwere Tropfen schlugen gegen die Scheibe, und ein konstantes Grollen rollte über uns hinweg.

»Warum wohnst du nicht bei ihnen?«, flüsterte ich und füllte mein Glas.

»Als Esras Vater verschwunden ist und sein Onkel die Macht an sich gerissen hat, wurde alles anders. Bücher wurden verboten, und unsere Geschichte wurde verdreht. Ich war damals erst sieben, aber nicht gerade auf den Kopf gefallen. Mir wurde schnell klar, dass die in der Schule nur noch Unsinn erzählten.« Sie schnaubte genervt. »Etwa ein Jahr später wurde meine Mutter angewiesen, jeden Kranken beim Alpha zu melden.«

Die Eingangstür quietschte. Ein massiger Typ mit

schwarzer Lederjacke und schweren Schuhen stampfte herein. Ich zuckte zusammen, denn ich sah für den Bruchteil einer Sekunde Victor in ihm. Auch Juna hatte sich umgedreht und schaute wie gebannt auf den Mann. Dieser ging allerdings, ohne sich umzusehen, zur Bar und ließ sich auf einen der Hocker fallen.

Juna drehte sich wieder zu mir. Wetterleuchten tauchte uns kurz in flackerndes Licht. »Wo war ich?«

»Bei den Kranken.«

»Ah ja. Auf jeden Fall fiel meiner Mutter irgendwann auf, dass einige der gemeldeten Patienten unvermittelt starben.«

Ich stockte. Bestimmt hatte Aakash nachgeholfen, um Panazea Rohstoff für die Forschung zu liefern und zwar schon lange vor Esras Aufstand. Wie viel er sich wohl ein Leben hatte kosten lassen?

»Meine Mutter hat Fragen gestellt, woraufhin wir alle bedroht wurden.« Juna schluckte. »Was immer da vor sich ging, meine Mutter wollte nicht mitmachen, also mussten wir fliehen. Seitdem verstecken wir uns in der Menschenwelt.« Sie schob ihr Glas von sich und atmete tief ein. »Ich habe auf einen Schlag alles verloren. Meine Freunde, mein Zuhause, mein Leben.«

Ich drückte ihre Hand. »Das tut mir so leid.«

Sie winkte ab, doch als sie hochsah, strahlte sie wieder. »Ich habe mich daran gewöhnt. Und ihr seid ja ganz nett.« Sie zwinkerte mir zu. »Das was Aakash gemacht hat, grenzt an ethnische Säuberung.«

Mir zog es den Magen zusammen. Ein kalter Luftzug wehte durch das gekippte Fenster und streifte meinen Nacken. Ich zog den Kopf zwischen die Schultern. »Es ging nicht um ethnische Säuberung«, begann ich. »Aakash hat die Leichen an Panazea verkauft.«

Juna schaute mich fragend an. »Wie jetzt?«

»Siller hat sie zu Forschungszwecken verwendet.« Ich strich das Kondenswasser vom Glas. Die Gräueltaten des Rates auszusprechen, fiel mir schwer. »Panazea will euer Blut als Krebsmedikament nutzen. Und mein Vater hat ihnen dabei geholfen.«

Juna sog scharf die Luft ein. Ich konnte ihr nicht in die Augen schauen.

»Aber als er herausgefunden hat, dass die heilende Wirkung sich nur entwickelt, wenn der Basilisk gestorben ist, hat er sich geweigert weiterzumachen. Dafür wurde er umgebracht und meine Mutter gleich mit ihm.«

»Sinas Theorien … Sie stimmen?« Juna packte mich am Arm. »Siller hat deine Eltern auf dem Gewissen?«

»Und Esras Vater vermutlich auch. Der ist nämlich nicht abgehauen, wie alle sagen, sonst hätte Esra nicht die Farben des Anführers. Vielleicht hat sein Blut sogar den Startschuss gegeben für das Projekt? Auf jeden Fall muss mein Vater mit Blut von toten Basilisken beliefert worden sein, sonst hätte er ja keine Wirkung gesehen.«

Junas Augen quollen fast über. »Bestimmt hatte dein Vater keine Ahnung, woher es kam.«

Ich schüttelte den Kopf. »Er war euch gegenüber immer loyal.«

Ihre Finger berührten meine Wange. »Das weiß ich doch, Süße. Ihn trifft keine Schuld. Er wollte bestimmt nur helfen.«

»Es tut mir so leid. Diese Leute sind Bestien. Mir wird ganz übel, wenn ich darüber nachdenke.« Ich schaute ihr in die Augen. »Sie haben nur ein Problem: Nach wenigen Tagen verliert das Blut seine Wirkung. Daher sind Massenproduktionen zurzeit unmöglich. Es lag also tatsächlich nicht an meinen tollen Zeugnissen, dass ich beim Interview so leicht durchmarschiert bin, sondern daran, dass ich die Einzige bin, die die verschlüsselten Aufzeichnungen meines Vaters lesen kann.«

»Natürlich wirkt es nicht mehr«, sagte Juna. »Den Stein der Weisen darf man nicht aus seiner natürlichen Umgebung reißen. Es gibt nur eine Möglichkeit, die Wirkung zu erhalten, indem man es in einem Beutel aus Basiliskenhaut oder Ähnlichem aufbewahrt. Am besten eignet sich Darmgewebe.«

Ich starrte sie an. »Woher weißt du das?«

»Ich bin Ärztin, Elin«, lächelte sie. »Und meine Mutter kommt noch aus der ganz alten Schule. Vieles, was sie weiß, ist auch in unseren Kreisen längst vergessen.«

Ich nickte. Dann schaute ich Juna in die Augen. »Ich werde gegen Panazea kämpfen. Ich werde ihr Treiben stoppen, das verspreche ich dir.«

Sie zog mich in die Arme und hielt mich ganz fest.

»Weißt du«, sagte sie nach einer Weile und löste sich von mir, »meine Eltern haben mich beauftragt, ein Auge auf euch zu werfen, als sie vom plötzlichen Tod des Erben erfahren haben. Ich glaube, sie befürchteten, Aakash könnte dahinterstecken. Er hatte es schon immer gehasst, dass sein Bruder die Grenzen zu den Menschen so verwischt hatte. Dein Vater ging bei uns ein und aus, genau wie Esras Vater und seine Leute bei ihm.« Sie schüttelte den Kopf. »Aber dass die eigentliche Gefahr vom Rat ausging, den eigenen Leuten, das hätte ich nie gedacht.«

»Dann war es also kein Zufall, dass du in mein Leben getreten bist?«

»Nein. Aber dass du so eine gute Freundin geworden bist, hätte ich mir nie träumen lassen.« Sie grinste. »Der Plan war, Nico und dich im Auge zu behalten und falls nötig, vor Aakashs Männern zu beschützen.«

Mittlerweile prasselte der Regen gegen die Scheiben. Wind peitschte durch die Äste der Bäume, und die Lampen flackerten von Zeit zu Zeit. Der Kellner rannte durch das Lokal, um alle Fenster zu schließen.

Das Klingeln meines Handys riss mich aus den Gedanken. Ich kramte in meiner Tasche und zog es heraus. »Das ist Nico«, sagte ich und hob ab. »Hey, Bruder.«

»Elin«, klang es schwach durch die Leitung. Ich hörte ihn atmen. Mein Herz blieb kurz stehen.

»Was ist mit dir?«

»Kanns du nach Hause kommen?«

»Was ist denn passiert?«

»Ich mussde brechen un' schwindlig is' mir auch.«

»Nico! Hast du getrunken?«

»Was? Nein.«

»Du lallst.«

Sein Atem zitterte, als er die Luft ausstieß. Ich hörte ihn schlucken. »Das hat irgenwann nach dem Middag begonn. Ich war bei Lennja sum Essn un …«

»Ich komm sofort. Leg dich hin, ja?«

»Okay.«

Das Freizeichen schallte durch meinen Kopf. Langsam ließ ich die Hand sinken. Ich zitterte so heftig, dass mir fast das Telefon aus der Hand gefallen wäre.

»Da stimmt was nicht«, sagte ich, und als ich aufstand,

hätte ich beinahe den Tisch umgeworfen. Die Ecke bohrte sich in meinen Oberschenkel, aber ich spürte keinen Schmerz. Die Colaflasche fiel krachend um, und ihr Inhalt ergoss sich über die Bank.

»Mist!« Ich fuhr mir durch die Haare.

»Lass nur«, sagte Juna, die auch aufgesprungen war. »Ich mache das.«

»Danke.« Ich drehte mich um und steuerte den Ausgang an.

»Süße!« Juna lief mir hinterher. »Deine Jacke.« Sie legte sie mir um die Schultern. »Soll ich dich begleiten?«

Ich schüttelte den Kopf.

»Dann schaue ich nach Esra, okay?« Sie drückte mir einen Kuss auf die Wange. »Gib mir Bescheid, wenn du mich brauchst.«

Kapitel 23

Regentropfen peitschten mir ins Gesicht. Der Wind riss an meinem T-Shirt, und ich zog die Jacke enger um mich. Das Zischen der Autos auf der nassen Straße jagte mir hinterher. Der Puls pochte in meinem Magen. Ich lief, so schnell ich konnte, und doch hatte ich das Gefühl, nicht vom Fleck zu kommen.

Vollkommen durchnässt kam ich zu Hause an. Nicos Schultasche stand im Flur, und ich wäre beinahe über seine Schuhe gestolpert. Ich rannte die Treppe hoch und stürzte in sein Zimmer. Nico lag auf dem Bett. Er drehte den Kopf zu mir, als ich mich zu ihm setzte. Seine Hand war kalt und feucht, und auf der Stirn standen Schweißperlen. Ich wischte sie ihm ab. »Was ist los mit dir?«

»Ich bin müde.«

Ich schaute ihn mit gerunzelter Stirn an und streichelte über seinen Kopf. »Ich hol ein Taxi. Wir gehen jetzt ins Krankenhaus.«

Nico schloss die Augen. Mein Hals war schmerzhaft zugeschnürt. Die Störung des Sprachzentrums, der Schwindel, die Übelkeit. Alles passte zu einem Rückfall, bei dem das zentrale Nervensystem befallen war. Damit konnte ich nicht bis Freitag warten. Ich brauchte Gewissheit.

Nico atmete geräuschvoll aus. Er reichte mir die Hand, und ich zog ihn hoch. Er hievte die Beine über die Bettkante und ließ den Kopf hängen. »Puh.«

»Musst du dich übergeben?«

»Geht schon.«

»Mach langsam, ja?« Während ich ihm aufhalf, rief ich ein Taxi.

Es brauchte nicht lange. Eilig packte ich ein paar Sachen für ihn ein und begleitete ihn die Treppe hinunter. Er hatte Probleme, die Bewegungen zu koordinieren, noch ein Symptom, das passte.

»Komm, setz dich auf die Stufe«, sagte ich und zog seine Schuhe heran.

»Elin?«

»Ja?« Ich blickte kurz hoch, während ich die Schnürsenkel band.

»Meins du, ich habe einen Rückfall?«

Ich biss mir auf die Lippen. Meine Augen füllten sich augenblicklich mit Tränen. Schnell schaute ich weg. Ich musste ein paar Mal schlucken, bevor ich wieder sprechen konnte. »Es wird alles gut«, sagte ich schließlich und stand auf.

Er nickte. »Du bleibs doch bei mir, oder?«

»Natürlich.«

Im Taxi sprachen wir kein Wort, ich hielt nur seine Hand, während er den Kopf gegen meine Schulter lehnte.

Auf der Station ging alles ganz schnell. Eine Schwester kam und begleitete uns in ein Behandlungszimmer. Die Schwester nahm ihm Blut ab und bat uns zu warten.

Ich setzte mich neben ihn und hielt seine Hand. Meine

Knie zitterten, und ich kaute so lange auf der Lippe herum, bis ich Blut schmeckte. Die Chancen bei einem Rückfall standen schlecht, das wusste ich. Eine Leere erfasste mich. Das war alles so unwirklich. Ich ließ den Kopf auf die Matratze sinken und schloss kurz die Augen. Aber das machte alles noch schlimmer, also erhob ich mich und begann, auf und ab zu gehen.

Als die Tür aufging, fuhr ich herum. »Dr. Brenner.« Ich ging auf ihn zu und schüttelte ihm die Hand.

»Hallo, Frau Bergmann.«

Er wandte sich zu Nico und drückte seinen Arm. »Junger Mann?«

Mein Bruder richtete sich kurz auf. »Hallo, Dr. Brenner.«

»Ich werde dich jetzt abtasten. Das kennst du ja schon.«

Nico zog den Pulli hoch und ließ sich wieder zurückfallen. Ich stand ganz dicht hinter dem Arzt, der die Finger in Nicos Bauch drückte.

»Die Organe sind nicht geschwollen, das ist schon mal gut. Dann schauen wir noch die Hoden an. Wenn du dich bitte unten frei machen könntest, Nicolas.«

Nico öffnete die Hose und zog sie nach unten, damit der Arzt ihn abtasten konnte.

»Hmm«, machte Dr. Brenner. »Das sieht auch gut aus.« Er atmete tief ein. »Du kannst dich wieder anziehen.«

»Mir is' einfach übel un' schwindelig.«

Dr. Brenner stutzte, zog die Brauen zusammen. »Seit wann hast du Schwierigkeiten zu sprechen?«

»Seit heute Abend«, meldete ich mich. »Und dazu kommen Koordinationsstörungen und Muskelzucken.«

»Seid Middag«, korrigierte mich Nico.

Der Arzt nickte. »Das Blut war eigentlich auch in Ordnung, bis auf die Leukozyten, die immer noch leicht erhöht sind.« Er strich sich mit der Hand übers Kinn. »Wir haben gesagt, wir warten ab, aber bei diesen Symptomen ist es gut, dass Sie gekommen sind.« Er wandte sich mir zu. »Ich schlage vor, wir machen so schnell wie möglich eine Knochenmarks- und Lumbalpunktion. Ich werde die entsprechenden Schritte einleiten.«

Ich nickte. Die Knie drohten unter mir wegzuknicken, also setzte ich mich ans Fußende von Nicos Bett. »Muss er hierbleiben?«

Dr. Brenner zögerte. Dann nickte er Richtung Tür. »Kommen Sie.«

Ich erhob mich. »Bin gleich wieder da«, sagte ich zu Nico.

Der Arzt nahm mich am Arm und schob mich zur Tür hinaus. »Im Normalfall machen wir das ambulant, aber Nicolas' Zustand gefällt mir nicht. Die Symptome kamen zu schnell und zu heftig. Ich würde ihn gern hierbehalten.«

Ich biss die Lippen zusammen und nickte. Wenn ich mich nicht bald irgendwo festhalten konnte, würde ich wie ein Schluck Wasser auf den Boden platschen.

»Morgen wissen wir mehr.« Er rieb sich über die Stirn. »Ich sage der Schwester Bescheid.«

Ich nickte. »Danke.«

Wenig später brachte uns die Schwester auf ein Zimmer und organisierte etwas zu essen. Es blieb unberührt.

Nico war müde, und kaum dass er sich unter die Decke gelegt hatte, war er eingeschlafen. Ich saß neben ihm am Bett und hielt seine Hand.

Draußen war es dunkel geworden. Regen trommelte unaufhörlich gegen die Scheibe. Ich war aufgewühlt. Mein Gewissen plagte mich. War es ein Fehler gewesen, Esra einzuweihen? Und nun wusste auch Juna Bescheid. Es gab kein Zurück mehr. Ich versuchte, den Gedanken zu verdrängen, aber es war so anstrengend. Wie würde ich jemals damit leben können, wenn Nico starb? Wie konnte ich ihn leiden lassen, obwohl es doch ein Mittel gab, das ihm das alles ersparen würde? Wie konnte ich zulassen, dass er nochmals am Tropf hängen musste, dass seine Wangen wieder einfallen würden und dieses Aschgrau seine Haut eroberte? Wie konnte ich ihm den Kopf halten, wenn er sich übergab, und zuhören, wie er, vor Schmerzen wimmernd, einschlief, alles im Wissen, dass ich es hätte verhindern können? Mein Körper zog sich zusammen. Ich konnte nicht weinen, nicht denken, nicht fühlen.

Nicos Lider zuckten im Schlaf. Er lächelte, und ich hoffte, dass er etwas Schönes träumte. Seine Hand lag warm und entspannt in meinen eisigen Fingern. Ich stützte den Ellbogen aufs Bett und legte den Kopf in meine freie Hand. All die monotonen Geräusche im Zimmer, Nicos regelmäßiger Atem und dieses ewige Trommeln machten mich schläfrig. Meine Lider wurden schwer und fielen immer wieder zu. Warum konnte es nicht einfach ruhig sein? Ich hatte Angst zu schlafen, Angst vor den Schatten, die nur darauf warteten, über mich herzufallen. »Du! Bist! Schuld! Du! Bist! Schuld!«, hämmerte mir der Puls in meinem Kopf ein, wieder und wieder.

Ich musste raus hier! Vorsichtig wand ich die Finger aus Nicos Hand, stand auf und lief zur Tür. Ich riss an der Klinke und stolperte ein paar Schritte auf den Gang hinaus.

Das unbarmherzige grelle Licht blendete mich, und auch die Farben an den Wänden konnten die Schwärze in mir nicht vertreiben. Ich taumelte rückwärts, bis ich mit dem Rücken an der Wand entlang hinunterglitt, als hätte ich keinen einzigen Knochen mehr im Leib. Ich schlang die Arme um die angezogenen Knie, legte den Kopf darauf und wartete auf die erlösenden Tränen. Aber sie kamen nicht. Ich verbrannte von innen heraus.

Eilige Schritte ließen mich zusammenfahren. Ich war wohl eingeschlafen. Alles schmerzte. Außen wie innen.

»Elin!«

Das war Esras Stimme.

»Was machst du hier draußen? Du hast doch da nicht die ganze Nacht geschlafen?«

Seine Hand griff mir unter die Achsel und zog mich hoch. Alles in mir sträubte sich. Ich riss mich von ihm los und starrte ihn an. »Was machst du hier?«, blaffte ich ihn an.

Esra ließ die Hand sinken und zog die Brauen zusammen. »Ich war bei dir zu Hause, weil ich dich gesucht habe. Sina hat mir alles erzählt, also bin ich gleich mit ihr hierher gekommen. Sie holt nur noch schnell was aus dem Blumenladen.«

»Du musst wieder gehen!«

Seine Augen verengten sich zu Schlitzen. »Was ist mit Nico?«, fragte er mit belegter Stimme.

»Er hat einen Rückfall.« Ich schnappte nach Luft. »Ich steh das nicht durch. Ich kann ihm das nicht antun!« Meine Stimme versagte. Tränen stiegen in mir auf. »Bitte! Du musst gehen!«, sagte ich, ohne ihn ansehen zu können. Fahrig strich ich mir über die Stirn. »Hau ab! Verschwinde!«, rief ich und versuchte, ihn wegzustoßen, aber er stand da wie ein Fels. Meine Fäuste trommelten auf seine Brust. Er packte mich an den Handgelenken.

»Elin, beruhige dich«, flüsterte er.

»Wie denn? Wie soll das denn gehen?«, schrie ich, während ich mich aus dem Griff befreien wollte. »Lass mich! Lass mich einfach in Ruhe«, schluchzte ich.

»Nein, ich lass dich nicht in Ruhe. Und ich werde auch nicht gehen.« Er zog mich in seine Arme und hielt mich fest. Mein Widerstand wurde in der Umarmung erstickt, und schließlich blieb mir nichts anderes übrig, als mich zu ergeben. Es kam mir falsch vor, mich bei ihm wohlzufühlen, und doch war es so. Die Wärme seines Körpers tröstete mich. Aber ich wollte keinen Trost. Ich wollte Nico helfen und ich wollte, dass er gesund wurde. Esra legte den Kopf auf meinen, während seine Hand sanft über meinen Rücken streichelte. »Alles wird gut«, flüsterte er.

»Nein«, schluchzte ich. »Nico wird sterben, und das ist alles meine Schuld.« Ich wand mich aus seinen Armen und schaute ihn an. »Es wird nie mehr gut! Nie mehr!«

»Es gibt Dinge im Leben, die können wir nicht beeinflussen. Du hast es nicht in der Hand, ob Nico stirbt oder nicht, Elin.«

»Doch, hab ich, das ist es ja. Euer Blut würde ihn heilen.« Ich wich vor ihm zurück, aber er schloss die Lücke gleich wieder und griff nach meiner Hand.

»Das kannst du nicht wissen.«

»Doch!« Ruckartig befreite ich mich. »Ich weiß es.«

»Wenn unser Blut als Medikament gegen Krebs auf den Markt kommt, ist mein Volk so gut wie tot.« Er wich meinem Blick nicht aus. »Und so verlockend es sich anhört, niemand weiß, was so ein ›Medikament‹ anrichten kann.«

»Es heilt!«, sagte ich. »Das ist es, was es anrichtet. Kapierst du das nicht? Nico darf nicht sterben.« Meine Stimme brach. Ich tastete neben mir nach der Wand, um mich festzuhalten.

Esra machte einen Schritt auf mich zu und legte die Hände auf meine Oberarme. »Unschuldige Leben werden geopfert, um andere zu retten. Das ist nicht richtig, und das weißt du.« Seine Stimme war ganz leise geworden. In seinen Augen sah ich den gleichen Schmerz, den ich fühlte. »Ich würde sonst was dafür tun, um Nico zu helfen, das musst du mir glauben.«

Tränen füllten meine Augen. »Ich habe einfach solche Angst. Ich kann doch nicht zusehen, wie Nico stirbt, nur weil das sein Schicksal ist. Warum muss gerade ich darüber entscheiden?«

»Weil du stark genug bist, das Richtige zu tun.« Er strich mir die Tränen aus dem Gesicht. »Ich bring dich nach Hause«, flüsterte er. »Du musst was essen und duschen und vor allem schlafen.«

»Nein! Ich kann nicht, Esra. Ich muss hierbleiben.«

»Sina bleibt bei Nico. Du hilfst niemandem, wenn du als Zombie herumläufst.«

Ich atmete tief ein und aus. »Ich bleibe hier. Das ist das Mindeste, was ich für ihn tun kann. Ich kann jetzt nicht nach Hause gehen und schon gar nicht schlafen. Bitte, versteh das.«

Esra nickte. »Dann lass uns wenigstens kurz an die frische Luft gehen.«

Ich ließ mich von ihm hinausführen. Es war noch immer grau und nass draußen, aber ich spürte keine Kälte. Der Straßenlärm und die geschäftige Hektik drangen nur dumpf zu mir durch. Die Arme um mich geschlungen, trottete ich Esra blind hinterher. Bei der Johanniterbrücke kletterten wir die lange Steintreppe zum Flussufer hinunter. Er zog das Hemd aus, das er offen über einem T-Shirt trug, und legte es für mich auf den nassen Stein des Rheinbords. Ich stand teilnahmslos daneben, bis er mich am Ärmel zupfte und mir bedeutete, mich zu setzen. Ich gehorchte.

»Gut so?«

Ich nickte und schaute auf den Fluss, ohne etwas zu sehen.

»Wir hatten nie Geheimnisse voreinander«, begann ich. »Und nun betrüge und hintergehe ich ihn. Ich lasse ihn leiden und nehme sogar seinen Tod in Kauf, nur …« Ich verschluckte den Rest, denn plötzlich wusste ich wieder, wofür ich das tat. Dieses Medikament war Esras Todesurteil. Und das von Juna und Lesh und Drako und all den anderen. Es gab eben kein Zaubermittel gegen Krebs. Nicht alles, was möglich war, durfte auch umgesetzt werden. Es gab Grenzen. Grenzen, die uns als denkende und fühlende Lebewesen auszeichneten.

Ich ließ den Kopf hängen. Tränen strömten über meine Wangen, und auf einmal brach der ganze Lärm des Alltags über mich herein. Das Brummen der Autos, die über die Brücke jagten, das dumpfe Horn eines Frachtschiffes, das sich gischtsprühend flussaufwärts kämpfte, Kindergeschrei von der Bushaltestelle über uns. Die Welt drehte sich wieder.

Esra hielt mich fest. Mein Körper zuckte unter dem heftigen Schluchzen, und ein nasser Fleck breitete sich auf seinem T-Shirt aus. Ich wollte Nico einweihen. Ich musste es tun, auch wenn er mich dafür hassen würde. So konnte ich auf jeden Fall nicht weitermachen.

Kapitel 24

Esra begleitete mich zurück. Als wir Nicos Zimmer betraten, ging er gleich auf meinen Bruder zu.

»Esra!« Nico zog sich an dem Griff über dem Bett hoch, und ich erhaschte einen Blick auf sein Gesicht. Er strahlte. Esras Auftritt in der Schule hatte wohl einiges verändert. Das freute mich.

Esra nahm seine Hand und strich ihm mit der anderen über den Kopf. Sina überließ ihm ihren Platz. Ihre Augen waren geschwollen und leicht gerötet. Sie sah ungefähr so aus, wie ich mich fühlte. Wir setzten uns an den kleinen Tisch, der vor dem Fenster stand. Esra redete so leise, dass ich nicht verstand, was er sagte, aber Nico lachte ab und zu herzhaft auf.

Meine Tante brachte mich auf den neuesten Stand. Der Arzt war vorhin da gewesen. Die Knochenmark- und Lumbalpunktion war auf den späten Nachmittag angesetzt worden. Danach würde Dr. Brenner ihn gern noch eine Nacht im Krankenhaus behalten, bis alle Resultate vorlagen. Nicos Sprache hatte sich wieder etwas normalisiert, was mich trotz allen Einwänden des Verstandes hoffen ließ.

Ich schickte Sina zur Arbeit. Eigentlich wollte sie hierbleiben, aber ich musste mit Nico reden, und wenn ich das nicht bald tat, würde ich es wohl nie mehr tun. Auch Esra hatte sich zurückgezogen, und plötzlich waren wir allein. Ich saß auf dem Stuhl neben dem Bett, mein Gesicht in den Händen vergraben.

»Was ist mit dir?« Nico hatte sich aufgesetzt und stützte sich mit beiden Händen hinter dem Rücken ab.

Ich schaute ihn an. »Ich muss dir was sagen. Über mich und Esra und Juna.«

»Okay.« Nico zog die Brauen hoch. »Was denn?«

Ich wusste nicht, wo ich anfangen sollte. Während des Sprechens flüchtete ich mich andauernd in belanglose Details, nur um nicht auf den Punkt zu kommen. Nico hörte mir schweigend zu, obwohl er manchmal zu einem Satz anhob. Aber da ich wie ein Wasserfall weiterquasselte, kam er nicht dazwischen. Mittlerweile hockte er im Schneidersitz vor mir, und seine Augen wurden immer größer. Irgendwann brach ich ab, stand auf und ging zum Fenster. Das Wichtigste hatte ich noch nicht über die Lippen gebracht.

»Krass.«

Ich schaute hinaus in den Garten. Wassertropfen rannen über sattgrüne Blätter. Nach dem Regen war die Natur wie reingewaschen.

»Und dieses Amulett ist mit deiner Haut verschmolzen?«

Nicos Stimme riss mich aus den Gedanken. Lächelnd drehte ich mich um. »Ja.«

»Hat das wehgetan?«

»Es hat ein bisschen gebrannt.«

»Und wie ist das mit Esra?« Seine Wangen bekamen einen Hauch von Rot. »Ich meine, als Mensch, ist da alles gleich … also so wie bei mir?«

Ich kicherte. »Ja, alles genauso.«

Nico riss die Augen auf. »Du hast ihn nackt gesehen?«

Auf dem Weg zurück zu meinem Stuhl kniff ich ihn in die Seite. »War das eine Fangfrage?«

Er grinste. »Nein, ich …«

»Ja, ich habe ihn nackt gesehen, aber nicht so, wie du jetzt denkst.« Ich setzte mich wieder.

»Hmm. Und Juna ist auch ein Basilisk?«

Ich nickte. »Aber das weiß ich auch erst seit gestern.«

Er rückte näher und ließ die Beine über die Bettkante baumeln. »Ist ja irre. Vielleicht ist Mattmann auch einer.«

»Dein Lehrer?« Ich schürzte die Lippen.

»Oder irgendwelche Leute auf der Straße. Wie soll man das denn merken?«

Ich zuckte mit den Schultern. »Bei uns in der Firma arbeiten noch mehr von Esras Clan. Irgendwie haben sie alle eine extrem autoritäre Ausstrahlung. Ich habe das Gefühl, man spürt instinktiv ihre Kraft.«

Nico spitzte die Lippen. »Das disqualifiziert Mattmann eindeutig als Kandidaten.«

Ich prustete los. »Ja, dasselbe dachte ich eben auch gerade.«

»Meinst du, Panazea hat dich eingestellt, weil du zum Rat gehörst?«

Ich bekam eine Gänsehaut. Mein Blick schweifte Halt suchend durch den Raum. Ich atmete durch den Mund, da ich das Gefühl hatte zu ersticken. »Ja und nein«, stieß ich hervor. Ich musste es ihm sagen. Alles. »Was ich dir jetzt erzähle, ist …« Ich brach ab, räusperte mich. »Also, du musst wissen, dass ich dich über alles liebe, Nico.« Ich schaute zu ihm hoch und legte die Hände auf seine Oberschenkel. »Das weißt du doch, oder?«

»Ja«, sagte er gedehnt.

»Du bist alles für mich.«

»Elin!« Nico zog die Augenbrauen hoch. »Wir waren bei Panazea.«

Ich nickte, zog die Hände zurück und fuhr über meine Knie. »Panazea entwickelt ein Medikament gegen Krebs – also eigentlich ist das Mittel nichts anderes als das Blut von Basilisken. Das Problem ist nur … na ja … dass der Basilisk dafür sterben muss, damit sich die heilende Wirkung entfaltet. Aber das ist Dr. Siller egal. Er nimmt den Tod von Unschuldigen einfach in Kauf, um Ruhm und vor allem viel Geld einzustreichen. Leider verliert das Blut seine Wirkung nach kurzer Zeit, wodurch eine Produktion auf Vorrat und damit eine Vermarktung unmöglich ist. Unser Vater hat einen Weg gefunden, die Heilwirkung dauerhaft zu erhalten, und ich soll ihnen nun diese Formel aus den verschlüsselten Notizen übersetzen.« Ich schnappte kurz nach Luft, um gleich weiterzureden. »Man weiß aus Vorstudien, dass das Blut zu hundert Prozent wirkt, und zwar gegen alle Arten von Krebs, was so viel heißt wie: Wenn es dieses Medikament gäbe, wäre Krebs für einen Menschen nicht schlimmer als ein Schnupfen, aber für jedes Leben, das wir retten würden, wäre jemand anderes gestorben, jemand wie Juna oder Esra oder all die anderen.« Mein Kinn sank gegen die Brust.

Stille.

Ich wagte kaum, Atem zu schöpfen, hatte das Gefühl,

in einem Vakuum zu sitzen, das alles um mich herum verschlang.

»Ich habe mich dafür entschieden, gegen Dr. Siller zu kämpfen«, flüsterte ich und griff nach Nicos Hand. Ich drückte sie fest, küsste sie, aber ich wagte nicht, ihn anzusehen. »Bitte … hass mich nicht dafür. Ich stelle dein Leben nicht hinter das von Esra oder Juna. Das würde ich niemals tun, das weißt du doch, oder?« Kurz schaute ich hoch, aber der Augenblick reichte nicht, um Nicos Gefühle zu lesen. »Ich glaube einfach, dass es falsch ist, dass wir Menschen über Leben und Sterben entscheiden. Es ist viel verlangt, aber ich hoffe so sehr, dass du mich verstehst.«

Nico entzog mir die Hand. Mein Herz setzte einen Schlag aus. Natürlich verstand er es nicht. Was hatte ich erwartet? Alles in mir verkrampfte. Es tat so weh.

Dann fühlte ich seine Finger über meine Wange streichen. Langsam blickte ich hoch.

Er lächelte traurig. »Ich würde mir so sehr wünschen, dass es dieses Medikament gäbe«, sagte er, »aber es ist ein Traum. Nichts weiter.«

Ich starrte ihn an. Er rückte etwas nach vorne und umarmte mich. Tränen strömten über mein Gesicht. Ich schlang die Arme um ihn und drückte die Wange gegen seinen Bauch.

»Wein doch nicht«, flüsterte Nico.

Ich löste mich von ihm, um ihm in die Augen zu sehen. »Warum bist du nur so unendlich viel klüger als ich? Wer hat dir das beigebracht?«

Er grinste. »Niemand. Ich überleg mir halt so dies und das. Zeit hatte ich ja mehr als genug, mich mit dem Thema Krankheit und Tod zu beschäftigen.«

Ich streichelte über seine Stirn.

»Ich sage ja nicht, dass ich keine Angst davor habe, und eine Chemo will ich nie mehr mitmachen müssen, aber wenn es sein muss …« Er brach ab und schüttelte den Kopf. »Ein Medikament zu nehmen, für das jemand umgebracht wurde, ist doch keine Option. Das wäre ja, als ob man jemanden umbringt, nur weil einer ein neues Herz braucht.«

Ich straffte ruckartig die Schultern. »Nico, du bist ein Genie!«, rief ich. »Genauso sollte man das machen. Bevor ein Basilisk stirbt, müsste er so etwas wie eine letztwillige Verfügung unterschreiben, eine Art Blutspendeausweis. Dann darf man sein Blut benutzen.«

Nico strahlte über beide Backen. »Blutspendeausweis? So wie ein Organspendeausweis?«

»Ja genau!« Ich sprang auf. »Weißt du was, Bruderherz, du brauchst mich gar nicht. Ich brauche dich!« Dass mir das nicht selbst in den Sinn gekommen war? Das musste ich unbedingt Esra erzählen.

»Willst du eine Praline?«, fragte Nico, während er schon über das Bett krabbelte und eine Tüte vom Nachttisch holte. Der herbe Duft der dunklen Schokolade umspielte meine Nase, als er knisternd die Tüte öffnete und sie mir entgegenstreckte.

»Ja, verdammt!« Ich lachte und griff hinein. »Wo hast du die denn auf einmal her?« Ich schob mir eine der Kugeln in den Mund und nahm auch gleich noch die nächste, bevor ich überhaupt hinuntergeschluckt hatte.

»Lennja und ihre Eltern waren vorher kurz hier, als du draußen warst. Aber sie konnten nicht lange bleiben wegen der Schule und Arbeit und so.« Er legte sich wieder hin. »Lennjas Vater arbeitet übrigens auch bei Panazea.«

»Echt? Wie heißt er denn? Vielleicht kenne ich ihn.«

»Richard Liemann.«

Ich verschluckte mich fast an der vierten Praline. »Liemann«, rief ich und sprang vom Stuhl hoch. »Bist du sicher?«

Er nickte. »Also mit Richard bin ich mir nicht mehr sicher, aber Liemann ganz bestimmt.«

»Liemann ist einer vom Rat«, flüsterte ich und riss ihm die Tüte aus der Hand. »Vielleicht solltest du das besser nicht essen.«

»Warum?«

»Du magst keine Schokolade«, sagte ich und warf die Tüte in den Mülleimer.

»Sag mal, spinnst du jetzt?« Nicos Mund zuckte, als ob er nicht recht wusste, ob er nun lachen sollte oder eher nicht.

Dass Liemann hier gewesen war, der Vizepräsident von Panazea, war mir mehr als unheimlich. Hatte Dr. Siller ihn geschickt? Spionierte er mir nach? Oder hatte ich schon Verfolgungswahn und sah in jedem ein Monster. Wer sagte denn, dass der ganze Rat schlecht war? Vielleicht wussten die alle gar nicht Bescheid. Dennoch wollte ich auf keinen Fall, dass Nico noch mehr von dem Zeug aß.

Nach der Knochenmark- und Lumbalpunktion musste Nico ein paar Stunden kopfunter liegen und viel trinken. Ich wich nicht von seiner Seite, hielt ihm die Trinkflasche hin und streichelte über seinen Arm. Die Vollnarkose hatte ihn ziemlich mitgenommen, aber langsam wachte er wieder auf.

Später kam Esra vorbei, und jetzt wo Nico wusste, dass

er ein Basilisk war, fragte er ihm Löcher in den Bauch. Esra beantwortete alles geduldig. Wir lachten so viel wie schon lange nicht mehr. Ich genoss es und konnte zumindest für diese Zeit all meine Sorgen verdrängen.

Nachdem Nico eingeschlafen war, setzten Esra und ich uns auf die violett ausgeleuchtete Terrasse. Wir zogen unsere Stühle bis ganz nach vorne zum Gitter, sodass ich die Füße darauf abstützen konnte. Die Temperaturen waren mild, und eine leichte Brise umspielte meine Beine. Der Himmel glühte schwach in der Dämmerung.

Ich schaute Esra von der Seite an. Er sah um einiges frischer aus als am Morgen, und plötzlich fiel mir die Verletzung wieder ein. Ich war ja so ein Idiot! Wie konnte ich das nur vergessen? Gestern wäre er fast gestorben, und heute hatte ich ihn so von mir gestoßen.

»Es tut mir so leid«, brachte ich hervor und drehte mich zu ihm. »Wie geht es dir?«

Er beugte sich hinüber und berührte kurz mein Kinn. »Alles bestens.«

»Nein! Ich bin so ein …«

»Hör auf. Bitte. Ich verstehe dich.«

»Aber ich fühl mich schrecklich.«

»Das brauchst du nicht.« Er schaute tief in meine Augen. »Quäl dich nicht, Elin. Es ist alles in Ordnung.«

Manchmal wäre es schön, man könnte die Zeit zurückdrehen. Ich lehnte die Stirn gegen seine. »Es tut mir wirklich leid. Ich war völlig durch den Wind.«

Seine Hand schmiegte sich um meine Wange. »Ich weiß.«

Ich schloss die Augen, und plötzlich spürte ich seine Lippen auf meinen. Ich zuckte zusammen. Seit wann taten wir solche Dinge in der Öffentlichkeit? Ich versteifte mich, wollte mich zurückziehen, aber seine Hand hielt meinen Kopf eng bei ihm. Sein Mund umschloss meine Unterlippe, er zog daran, setzte ab und schaute mich an. Dann wich er langsam zurück. Ein Lächeln umspielte seine Mundwinkel. »Elin, der Vertrag ist wertlos. Der Rat hat ihn gebrochen, schon vor langer Zeit.«

Ich schaute ihn an. »Meinst du wirklich, Dr. Siller sieht das genauso?«

»Mach dir keine Sorgen. Ich habe ihn schon um ein Treffen gebeten. Morgen um diese Zeit ist alles geklärt. Es wird alles gut. Du wirst sehen.«

Ich nickte vor mich hin und versuchte, die Gedanken zu ordnen. »Nico hat mich auf eine Idee gebracht«, begann ich. »Die wird uns vielleicht helfen.«

»Schieß los.«

Nachdem ich ihm die Sache mit dem Blutspendeausweis erzählt hatte, weiteten sich Esras Augen. »Wir sind ja echt blind gewesen!«

Ich nickte grinsend.

»Dein Bruder ist ein außergewöhnlicher Mensch. Gut, dass du ihn eingeweiht hast.«

»Ich hoffe, Dr. Siller geht darauf ein.«

»Er muss. Wenn wir uns so einigen, hätten doch alle gewonnen.«

»Das stimmt«, sagte ich und verdrängte die aufkeimenden Zweifel vehement.

Kapitel 25

Am nächsten Morgen erfuhr ich, dass Nicos Testergebnisse ohne Befund waren. Weder im Knochenmark noch in der Hirnflüssigkeit konnten Krebszellen festgestellt werden. Damit schloss der Arzt einen Rückfall aus. Dennoch musste Nico noch im Krankenhaus bleiben, um die Ursache für die Symptome abzuklären. Die Schwester hatte meinem Bruder eine Menge Blut abgezapft zur Untersuchung auf mögliche allergische Reaktionen oder Überempfindlichkeiten. Da es ihm besser zu gehen schien, willigte ich ein, dass Sina mich heute an seiner Seite ablöste.

Die Nachricht des Arztes war eine große Erleichterung gewesen. Von der Kinderklinik war es nicht weit bis zur Firma, also beschloss ich, zu Fuß zu gehen. Ich brauchte die Zeit, um Abstand zu gewinnen und mich auf den bevorstehenden Arbeitstag einzustellen. Es erschien mir, als ob man der Welt den grauen Schleier abgenommen hätte. Mein umherwandernder Blick registrierte jedes Detail der alten Häuserfassaden. Ich ging unter dem St.-Johanns-Tor, dem alten Stadttor, hindurch, und als ich zurückschaute, wurden meine Augen von der Freske der zwei Basilisken angezogen, die unser Stadtwappen hielten. Schmunzelnd bog ich in die Parkanlage ein. Die Basilisken gehörten zu unserer Stadt wie unser Fußballclub. Das war schon immer so gewesen, und daran konnte auch Dr. Siller nichts ändern. Gierig sog ich den frischen Duft der regennassen Natur in mich ein, aber mit jedem Schritt stieg auch die Nervosität.

Wieder bei Panazea aufzutauchen, als ob nichts geschehen war, fiel mir schwer. Ich war eine miserable Lügnerin und eine noch schlechtere Schauspielerin. Wie sollte ich entspannt lächelnd vor Dr. Siller treten und Small Talk machen, wo ich doch kaum den Kaffeebecher gerade halten konnte?

Ich hatte noch nicht mal den PC hochgefahren, als Timon hereinplatzte. Er sah immer noch aus wie ein Gespenst. »Ich soll dich abholen.«

»Abholen? Wofür?«, stotterte ich.

»Eine Sitzung.«

»Was für eine Sitzung?«

»Mit Siller und ein paar anderen wichtigen Leuten.«

Die Ratsversammlung! Natürlich. »Okay, ich komme gleich.«

»Nein, Elin. Du solltest *jetzt* kommen.« Timon schob die Tür auf und machte eine einladende Geste mit der freien Hand.

Einen Moment war ich wie gelähmt. Durfte ich nicht mehr frei herumlaufen, oder was war hier los? Widerwillig stand ich auf und folgte ihm durch die Tür. Wir fuhren mit dem Lift in den obersten Stock. Dr. Sillers Reich. Weit weg von der natürlichen Umgebung der Basilisken. War das Taktik, oder maß meine Angst diesem Detail zu viel Bedeutung bei?

Timon tippte einen Zahlencode in ein kleines Kästchen, das in die Spiegelwand rechts neben dem Lift eingelassen war. Das fiel mir heute zum ersten Mal auf. Der Spiegel glitt zischend zur Seite. Alles in mir sträubte sich dagegen, Timon in den düsteren Raum zu folgen, der sich dahinter auftat. Als sich meine Augen an das wenige Licht gewöhnt hatten, stockte ich. Es war wie ein Szenenwechsel in einem Film. Die Wände des quadratischen Flurs waren aus unverputztem Mauerwerk wie in einem alten Schloss. Das Licht kam von Fackeln, die einen Geruch nach Teer und Petroleum ausdünsteten. Zwischen den Fackeln hingen gemalte Portraits in barocken Goldrahmen, und ich vermutete, dass es sich dabei um die Ratspräsidenten vergangener Zeiten handelte. Auf der rechten Seite führte ein unbeleuchteter Gang ins Nirgendwo, und uns gegenüber gab es drei große Holztüren mit wunderbar verzierten Eisenverschlägen.

»Komm«, drängte Timon und steuerte auf das mittlere Tor zu. Er drückte die Flügel mit beiden Armen auf, und ich trat hinter ihm in den Saal. Die anderen Ratsmitglieder saßen schon in ihren Sesseln mit den hohen Rückenlehnen. Die antike Tafel war aus dunklem Holz, genau wie die Stühle. Darüber hing ein schmiedeeiserner Kronleuchter mit etwa zwanzig Leuchten, die aber so sehr gedimmt waren, dass sie kaum Licht spendeten. Ein roter Samtvorhang verkleidete die gesamte hintere Wand, und bis auf die unscheinbare Holztür auf der rechten Seite waren die drei Tore hinter mir wohl der einzige Fluchtweg.

»Elin.« Dr. Siller nickte mir zu. »Willkommen im Inneren Kreis.«

»Danke«, sagte ich mit dünner Stimme.

Er erhob sich, und ich sah, dass er eine alberne Robe trug wie ein aus dem Mittelalter entsprungener König. Auch die anderen waren in merkwürdige Gewänder gekleidet.

Dr. Siller wies auf den freien Platz zu seiner Linken. »Bitte, setz dich doch.«

Ich umrundete die Tafel und ließ mich auf den mir zugewiesenen Platz sinken.

»Timon, bitte führ nun unsere Gäste herein.«

Er nickte und verschwand. Plötzlich fühlte ich mich alleingelassen, was lächerlich war, denn Timon gehörte zu ihnen.

Dr. Siller und die anderen unterhielten sich im Flüsterton. Er hätte mich ja mal vorstellen können. Dass ich den Geschäftsführer einmal sympathisch gefunden hatte, konnte ich mir heute nicht mehr erklären. Sein professorenhaftes Erscheinungsbild war die perfekte Tarnung für sein narzisstisches Ego, das nun in dieser Robe schonungslos ans Licht gezerrt wurde.

Als Esra eintrat, kreuzten sich unsere Blicke. Er lächelte nicht. Trotzdem spürte ich die Wärme, die von ihm ausging. Er trug ein schwarzes Hemd zu einem schwarzen Anzug. Die Kleidung unterstrich seine Autorität. Irgendetwas an seiner Haltung hatte sich seit dem Alphakampf verändert. Er war nun ein wahrer Anführer. Das machte mich stolz.

Auch Lesharo und Drako hatten sich in Schale geworfen. Die drei blieben hinter den Stühlen stehen.

»Meine Herren.« Dr. Sillers Blick wanderte zwischen den Basilisken hin und her. »Esra.« Der heuchlerische Singsang in seiner Stimme machte mich wütend. »Da hast du ja eine steile Karriere hingelegt. Vom kleinen Wachmann zum Alphabasilisken.«

Dr. Sillers Ratskollegen quittierten den Seitenhieb mit wohlwollendem Nicken. »Wenn du dich da mal nicht etwas übernommen hast, nicht wahr?«

»Wir werden sehen.« Esra verzog keine Miene.

»Kennst du meine Ratskollegen schon?« Dr. Siller wies mit ausgestrecktem Arm nach rechts. »Vielleicht stellt ihr euch am besten selber vor. Bitte, Richard.« Dr. Siller nickte dem Typen neben sich zu.

»Richard Liemann, Vizepräsident des Rates und der Firma.« Lennjas Vater saß aufrecht, während die kalten grauen Augen durch die Runde streiften. Das schlanke, kantige Gesicht war wie in Wachs gegossen, die Mundwinkel zeigten verhärmt nach unten. Ich suchte verzweifelt nach etwas Menschlichem. Nico zuliebe. Aber da war nichts als eisige Berechnung.

»Hans Leutenegger, Sekretär.« Der ältere Herr mit Bart hatte immerhin so viel Anstand, sich kurz aus dem Stuhl zu erheben. In eine komplett aufrechte Haltung schaffte er es jedoch nicht, bevor er sich wieder setzte. Sein Blick war die ganze Zeit auf die Papiere vor sich gerichtet.

»Bernhard Schäfer, strategischer Berater.« Der Typ hatte einen Stiernacken, und sein Kopf war kahl geschoren wie der von Victor.

»Und diese junge Dame hier«, sagte Dr. Siller und bedachte mich mit einem mitleidigen Blick, »ist Elin Bergmann, die Erbin.« Er hielt kurz inne, zog die Brauen hoch und schüttelte den Kopf. »Aber was sage ich, ihr kennt euch ja.«

Ich presste die Lippen zusammen, die angefangen hatten zu zittern. Ich wagte nicht, Esra anzuschauen.

»Danke«, hörte ich seine Stimme. »Meine Begleiter kennen Sie ja auch bereits: Lesharo Alkashar und Drako Cathal.«

»Bitte«, sagte Dr. Siller, und ich sah aus dem Augenwinkel, wie er über die Tafel wies. »Setzt euch.«

Stühle kratzten über den Parkettboden.

»Also, Esra, was hast du für ein Anliegen?« Dr. Siller faltete die Hände auf dem Tisch und legte den Kopf schief.

»Mein Anliegen, Herr Siller, ist unser Vertrag.« Esra betonte die höfliche Anrede.

»Der Vertrag? Ach. Und ich dachte, der Vertrag interessiere dich nicht mehr. Oder habe ich da etwas falsch verstanden?« Sein Blick bohrte sich in meine Seite.

»Wie kommen Sie darauf?«, fragte Esra. »Nur weil Aakash mit Ihnen spezielle Abmachungen getroffen hat, heißt das nicht, dass ich das akzeptieren werde. Unter meiner Führung hat der Vertrag seine ursprüngliche Gültigkeit.«

»Tatsächlich? Das finde ich wirklich interessant.«

Esra ignorierte die Anspielung. »Ihr Vorhaben, unser Blut als Krebsmedikament zu verkaufen, gefährdet unsere Existenz. Der Grund, warum dieses Geheimnis so aufwendig geschützt und warum dieser Vertrag geschlossen wurde, ist der, uns vor so einer Gefahr zu schützen. Und ich werde solch einen Verstoß nicht hinnehmen.«

»So?« Dr. Siller lehnte sich weit über den Tisch. Seine Miene verfinsterte sich plötzlich. »Du bist ein Kleindenker und ein Feigling! Genau wie dein Vater.« Er spuckte die Worte aus wie Gift.

Lesharo und Drako richteten sich auf, bereit, Esra zurückzuhalten. Aber er rührte sich nicht. Er hielt Dr. Sillers Blick stand. Nichts in seinem Gesicht regte sich, aber ich wusste, dass ihn die Bemerkung nicht kaltließ.

»Mein Vater?« Esra hob die Augenbrauen. »Sie haben mit ihm verhandelt?«

»Du weißt wohl von gar nichts«, schnaubte Dr. Siller verächtlich.

»Klären Sie mich auf.«

»Dein Vater hat sich geweigert, mit uns Geschäfte zu machen, also sind wir auf deinen Onkel zugegangen.« Dr. Siller lachte auf. »Der war leicht zu überzeugen. Er hat die Vorteile schnell gesehen, die solch ein Deal bringt.« Zwinkernd rieb er Daumen und Zeigefinger gegeneinander. Ich hätte kotzen können von all seiner Selbstgefälligkeit.

»Was haben Sie mit meinem Vater gemacht?«, stieß Esra durch zusammengebissene Zähne hervor.

Dr. Siller zuckte mit den Schultern. »Was man so mit Problemen macht – man beseitigt sie.« Er grinste und schaute dann zu mir. »Nicht wahr?«

Ich schnappte nach Luft. Meine Finger gruben sich in die Oberschenkel. Am liebsten hätte ich ihm das dämliche Lachen aus dem Gesicht gekratzt.

Esras Stuhl fiel krachend nach hinten, als er aufsprang. Seine Haut schillerte, und die Pupillen veränderten sich zu Schlangenschlitzen. Drako und Lesharo hielten ihren Anführer mit beiden Händen zurück.

»Herr Delano.« Mein Hals war so ausgetrocknet, dass ich nur krächzte. Ich stand auf, aber Esra wandte seinen

Blick nicht von Dr. Siller ab. Ich räusperte mich. »Esra!«, sagte ich nun laut und klar. »Lassen Sie uns über das Geschäft reden.« Bescheuerter Satz, aber irgendwas musste ich doch tun! Zu meiner Beruhigung zeigte es Wirkung. Die aufgeheizte Atmosphäre kühlte sich ab. Esras Augen wurden wieder menschlich, und Lesharo und Drako lockerten ihren Griff. Ich wagte nicht, zu Dr. Siller oder einem seiner Hampelmänner zu schauen. Wenn es bis jetzt nur eine Vermutung gewesen war, hatte ich ihnen wohl gerade den Beweis geliefert, dass zwischen uns etwas lief. Ich sank auf den Stuhl zurück.

»Gut.« Auch Esra setzte sich wieder. »Ich habe einen Vorschlag.«

»Ach, sieh an.« Dr. Siller schaute in die Runde. »Da bin ich aber gespannt.«

»Wir Basilisken wollen euch Menschen helfen, daher ist sicher ein Großteil meiner Spezies dazu bereit, sein Blut nach dem Tod für die Herstellung des Medikaments zur Verfügung zu stellen. Gezwungen soll jedoch niemand werden, vielmehr beruht es auf einer freiwilligen Spende.«

Einen Moment lang war es still.

»Weißt du eigentlich, wie viele Menschen Krebs haben?« Dr. Sillers Stimme war schrill und scharf. »Das würde niemals reichen.« Plötzlich begann er zu lachen. Es war ein dreckiges Lachen, bei dem sich mir sämtliche Härchen im Nacken aufstellten.

»Nein, nein, mein Lieber, ich habe schon anderweitig vorgesorgt. Dafür brauche ich weder dich noch irgendeinen anderen Dummkopf, der sich als Anführer aufspielt. Ihr Delanos seid ein Pack von visionslosen Idioten.«

»Sie sprechen von Visionen?« Esras Blick durchbohrte

Dr. Siller. »Was für Visionen sollen das sein, in denen ein ganzes Volk ausgerottet wird? Daran sind schon viele andere gescheitert.«

»Oh«, höhnte Dr. Siller, »kennt sich da jemand mit der Geschichte der Menschen aus? – Vergleich mich, mit wem du willst, jeder hat seinen Preis. Auch du!«

»Da täuschen Sie sich. Ich brauche Ihr Geld nicht. Ich bin nicht wie mein Onkel.«

»Oh, nein.« Dr. Siller kicherte. »Mein lieber Esra, ich biete dir kein Geld. Ich biete dir Straffreiheit.«

Esra zog die Brauen zusammen. »Straffreiheit? Wofür?«

»Du lehnst dich wirklich weit aus dem Fenster, dafür dass du keine Ahnung hast, mit wem du es zu tun hast.« Dr. Siller war aufgestanden und stützte die Fäuste auf den Tisch. »Du kommst hierher und schwingst große Reden über einen Vertrag, den du selbst gebrochen hast, und denkst, eure bedrohte Existenz, die mir, gelinde gesagt, am Arsch vorbeigeht, könne mich von irgendetwas abhalten?«

Die Worte schlugen ein wie Geschosse.

»Können wir bei der Sache bleiben«, sagte Esra.

»Bei der Sache? Ach ja? Dann komme ich jetzt mal zur Sache! Du hast den Vertrag gebrochen, Esra, denn du musstest ja unbedingt die Erbin ficken!« Kleine Spucketröpfchen sammelten sich vor ihm auf der Tischplatte.

Esras Augen weiteten sich, und auch die Ratsmitglieder schauten mit offenen Mündern zu Dr. Siller.

»Ich lasse mir nicht von einer solch triebgesteuerten Kreatur wie dir meinen Lebenstraum zerstören, nur weil du dich für etwas Besseres hältst!« Seine Faust polterte auf den Tisch nieder. »Ja, meine Herren …« Dr. Siller zeigte mit bebendem Finger auf Esra, »dieser Basilisk vergreift sich an Menschenmädchen!«

»Jetzt reicht's!« Esra sprang hoch. Lesharo hielt ihm sofort den Arm vor die Brust.

»Ja, ganz recht. Betrachte dieses Treffen als beendet!« Damit gab Dr. Siller Timon ein Zeichen, der auf mich zukam und mich vom Stuhl riss.

»Hey!« Ich ruderte wild mit den Armen. »Lass mich los!«

»Schaff sie raus!«

Als Timon mich zu der kleinen Tür zerrte, packte Esra den Tisch und kippte ihn um. Es krachte, als ob die Decke eingestürzt wäre, und der Boden unter meinen Füßen erzitterte vom Aufprall. Die Ratsmitglieder waren aufgesprungen, um nicht unter dem tonnenschweren Möbel begraben zu werden, das Esra einfach so hochgehoben hatte. Der Sekretär rieb sich mit schmerzverzerrtem Gesicht das Knie, während Liemann sich lautstark fluchend vom Boden aufrappelte. Offensichtlich war er hinterrücks über den eigenen Stuhl gefallen. Ein Glucksen entfuhr mir bei dem Anblick. Timon verharrte eine Sekunde lang, drückte dann aber die Klinke hinunter und zog mich mit sich. Ich stemmte mich gegen den Türrahmen.

»Lass sie sofort los.« Esras donnernde Stimme füllte den ganzen Raum.

»Sonst was?« Dr. Siller lachte ungehalten. Er klang wie ein Verrückter. Im nächsten Moment wurden die drei Tore aufgestoßen. In einem Sekundenbruchteil hatten sich Esra, Lesharo und Drako verwandelt. Aus ihren Nüstern strömte dichter weißer Rauch, der begann, wie Trockeneis den Raum mit undurchsichtigem Nebel zu fluten. Schon bald sah ich nicht mehr weiter als einen Meter.

Schüsse knallten durch den Raum. Ich zuckte zusammen. Timon zerrte an mir. Einen Ärmel fest auf Nase und Mund gepresst, drückte er den anderen Arm wie einen Schraubstock um meine Rippen. Ich hörte ein Krachen, dumpfe Schreie. Husten. Meine Hände rutschten vom Türrahmen ab, und ich schürfte mir beide Unterarme auf. Bevor die Tür zufiel, sah ich noch schemenhaft, wie die Ratsmitglieder mit einer Gasmaske im Gesicht hinter dem dicken Vorhang verschwanden. Eine Welle ging durch den Stoff. Dann hörte ich die Scharniere einer Tür quietschen.

Timon hustete heftig, dennoch zog er mich unerbittlich weiter. Weg von dem Licht am nahen Ende des Ganges, durch das ich den Vorraum erkannte, aus dem wir gekommen waren. Der kleine Ausschnitt, den ich sah, genügte, um zu erkennen, dass dort dicht an dicht Soldaten mit Gasmasken standen. Auf ihrer schwarzen Uniform prangte das AdIK-Logo, und sie hatten alle ein Sturmgewehr im Anschlag.

Weißer Rauch waberte unter den Toren hervor, der nun auch zu uns in den Gang zog. Timons Kraft schwand langsam.

Bestimmt wollte Esra die Angreifer betäuben, um so ohne Blutvergießen zu entkommen. Aber dieser Plan würde nicht aufgehen, das war mir nun klar. Ich musste ihn warnen, sonst würden sie abgeschlachtet werden wie Tiere in einem Gehege.

Im Reflex biss ich so fest in Timons Arm, dass er fluchend losließ. Ich stolperte zurück in die Richtung, aus der wir gekommen waren. Timons Schimpftirade endete in einem schlimmen Hustenanfall. Ein dumpfer Schlag folgte. Dann war es ruhig. Ich zögerte nicht lange, tastete mich weiter an der Wand entlang. Das Bild der Soldaten mit Gasmasken hatte sich in mein Gehirn gebrannt. Esra und seine Freunde würden dort drin sterben!

Elin?

Ich erstarrte. Das war eindeutig Esras Stimme, aber ich hörte sie nicht wirklich, sie war in meinem Kopf. Was passierte da mit mir? Schleppende Schritte ließen mich herumfahren. Timon hatte sich aufgerappelt. Verdammt. Ich widerstand dem Drang loszurennen, denn ich sah keine zwei Zentimeter weit. Ich musste einfach irgendwie zurück zu dieser Tür.

Elin!

»Was? Wo bist du?«

Schhhh. Nicht schreien! Ich höre deine Gedanken, also denk!

Ich halluzinierte. Aber war ich vor dem Atem nicht sicher? Ich drückte gegen mein Brustbein, dort wo das Amulett mit mir verschmolzen war. Wenn das Ding jetzt kaputt war … Ich verdrehte die Augen. Das konnte ja wohl nicht wahr sein!

Esras Lachen erfüllte meinen Kopf. *Hab keine Angst. In Basiliskengestalt kommunizieren wir über Gedanken. Schon auf der Hütte habe ich bemerkt, dass das auch mit dir funktioniert.*

Esra? Die fremden Gefühle, die aufblitzenden Bilder, das waren Esras Gedanken gewesen?

Ja … Also, was ist da draußen los?

Oh Mann. *Okay!*, dachte ich. *Da stehen mindestens zwanzig bewaffnete Soldaten mit Gasmasken. Das war eine Falle! Ihr müsst kämpfen.*

Meine Beine waren wie Gummi, aber ich zwang mich

Schritt für Schritt weiter. Endlich fühlte ich Holz unter den Händen. Ich tastete nach der Türklinke und drückte sie vorsichtig hinunter. Es war gespenstisch ruhig in dem Raum dahinter. Ab und zu knarrte eine Holzdiele von den Schritten der sich umkreisenden Gegner. Durch den dichten weißen Qualm konnte man absolut nichts erkennen. Auf allen vieren krabbelte ich auf den umgekippten Tisch zu.

Lesh, Drako, wir müssen angreifen.

Irgendwie hörte ich nur Esra.

Während der weiße Dunst allmählich abzog, wurde die Sicht besser.

Hinter dir, Esra!, schrie ich in Gedanken, als ich die Umrisse des wunderschönen schwarzen Basilisken sah, auf dessen Rücken der Lauf eines Gewehres gerichtet war. Der Schwanz des Basilisken peitschte hoch und schlitzte dem Soldaten mit der Spitze die Kehle auf. Auf einmal kam Bewegung in die Szenerie. Gedämpfte Männerstimmen brüllten Befehle, die unter den Gasmasken dumpf klangen. Stiefel trampelten auf mich zu, sodass ich mich hinter die Tischplatte duckte und auf die andere Seite robbte. Als weitere Kugeln durch den Raum pfiffen, konnte ich nicht anders, als wieder hochzusehen. Ich klammerte mich an der Tischkante fest und spähte darüber hinweg. Ein braungrüner Basilisk fegte mit dem Schwanz die erste Reihe der nachrückenden Männer nieder. Einer der Soldaten flog durch die Luft und knallte gegen eine Fackel. Seine Kleider fingen Feuer, und bald brannte er lichterloh. Einige Kollegen kamen ihm zu Hilfe, zogen ihn aus dem Raum.

Sturmgewehrsalven ratterten los und ließen Gesteinssplitter von der Wandverkleidung auf mich niederregnen. Ich vergrub meinen Kopf unter den Armen. Als es aufhörte, riskierte ich einen Blick seitlich um den Tisch herum. Wieder Schüsse. *Runter, Elin!*

Aber dazu kam ich nicht mehr. Ich blickte direkt in einen Gewehrlauf. Instinktiv hob ich die Hände. Ein heller Blitz ließ den Soldaten herumfahren. Hinter ihm sah ich Esras Augen, die so grell leuchteten, dass es mich blendete.

»Nicht hinsehen!«, schrie eine Stimme dem jungen Soldaten zu. Aber es war zu spät. Er erstarrte, als sein Blick den von Esra traf. Die schwarze Uniform ergraute. Seine Beine brachen unter ihm weg. Er fiel. Und im gleichen Moment zerbrach sein Körper in tausend kleine Gesteinssplitter, die wie eine Handvoll Kies klingend auf den Boden rieselten.

Wieder Schüsse, begleitet von wütendem Gebrüll. Ich kam kaum zum Atemschöpfen, als plötzlich ein ohrenbetäubendes Klirren hinter mir anschwoll. Es verebbte so schnell, wie es gekommen war. Der rote Samtvorhang blähte sich auf, und ich spürte den Luftzug. Dahinter war eine Fensterfront. *Esra!*

Hab's gehört. Danke.

Immer mehr Soldaten stürzten in den Raum, der mir plötzlich verdammt klein vorkam.

Lesh, Drako! Raus hier!, befahl Esra.

In dem Moment wurde ich von hinten gepackt und weggezogen.

»Lass mich!« Ich krallte die Fingernägel in den Arm, der mich umschloss. »Du sollst mich loslassen!«

»Halt still, verdammt noch mal!« Timon trug nun ebenfalls eine Gasmaske.

Elin! Der Schmerz in Esras Gedanke kam genauso heftig bei mir an wie die Worte.

Flieh, Esra!, dachte ich verzweifelt, und dann war es wieder ruhig in meinem Kopf. Keine Stimme, kein Esra.

Kapitel 26

Panik erfasste mich. Esra!

»Lass mich los!« Ich schlug wild um mich. Ohne Erfolg. »Ich muss Esra helfen!«

»Der muss sich jetzt selbst helfen«, sagte Timon und zerrte mich weiter durch den dunklen Gang und hinein in einen Lift. Er stieß mich in die Kabine, sodass ich mit dem Gesicht gegen die Wand knallte. Blut schoss mir aus der Nase. Ich versuchte, es mit der Hand aufzuhalten. Sobald sich die Tür geschlossen hatte, reichte Timon mir ein Taschentuch. »Entschuldigung«, sagte er, nachdem er die Maske abgenommen hatte, »das wollte ich nicht.«

Ich riss ihm das Taschentuch aus der Hand und drückte es vorsichtig gegen die Nase. Der Schmerz trieb mir Tränen in die Augen, und ich sank auf den Boden.

»Scheiße!« Timon kniete sich zu mir hinunter und legte eine Hand auf meine Schulter. »Geht es?«

Ich holte aus und schlug ihm mit aller Kraft ins Gesicht. Er zuckte zurück. »Das hab ich wohl verdient«, murmelte er und griff mir unter die Achsel, um mich hochzuziehen.

»Lass mich los, du Idiot!« Ich versuchte, ihn abzuschütteln.

»Beruhig dich, Elin.«

»Fass mich nicht an! Kapiert?«

»Okay, wie du willst.« Er ließ mich los, und ich rappelte mich auf. Als der Fahrstuhl hielt, packte er mich grob am Arm und schob mich vor sich her durch die Tiefgarage. Ich versuchte, mich zu wehren, aber der Schmerz machte mich fast blind. Timon stieß mich auf die Rückbank seines Wagens, setzte sich hinters Steuer und startete den Motor. Mit quietschenden Reifen setzte er zurück, bremste aber gleich wieder. Erschrocken schaute ich hoch. Hinter uns stand Esras schwarzer SUV.

Lesharo öffnete die Fahrertür und zerrte Timon hinter dem Lenkrad hervor. Der stolperte über die eigenen Füße und fiel durch Lesharos Stoß der Länge nach hin. »Sag mal, hast du sie noch alle?«

Lesharo drückte ihm wortlos das Knie in den Rücken und zog grob seine Arme nach hinten. Kabelbinder ratschten um die Handgelenke.

Ich lehnte die Stirn gegen die Nackenstütze des Fahrersitzes. Meine Nase brachte mich um. Tränen liefen aus meinen Augen. Atmen konnte ich nur noch durch den Mund.

Esra öffnete die Tür und kniete sich zu mir hinunter. Er strich mir über die Wange. »Komm, wir müssen los.« Seine Stimme war kaum mehr als ein Flüstern. Er griff nach meinem Arm, und ich ließ mich von ihm aus dem Wagen ziehen. Als er mein Gesicht sah, hörte ich seine Zähne aufeinanderschlagen.

»Drako«, zischte er und deutete auf Timons Maserati, als er mich zu seinem Auto schob.

Drakos Augen weiteten sich. »Wirklich?«

Esra grinste. »Irgendjemand muss seinen Wagen nehmen.«

Lesharo zog Timon auf die Füße und stieß ihn in den Frachtraum des SUV, sodass sein Kopf gegen eine der Einbauboxen knallte. Er stöhnte auf. Der Deckel des Kofferraums schlug zu, und Lesharo stieg auf die Rückbank des SUV. Ich kletterte auf den Beifahrersitz, das Taschentuch lose auf die Nase gedrückt. Die ganze Aktion hatte keine zwei Minuten gedauert.

Viel zu schnell rasten wir in Richtung Stadtzentrum. Entsetzte Gesichter rauschten an mir vorbei, die gerade noch wegspringen konnten. Im Rückspiegel sah ich sie schimpfend die Hände in die Luft werfen. Wohl kaum die unauffälligste Art zu flüchten. Nicht nur dass sowohl Esras Wagen als auch der Maserati von Timon ziemlich auffällig waren, wir mussten den Eindruck erwecken, uns ein Rennen zu liefern. In meinem Kopf hörte ich schon die Sirenen heulen.

Esra schaute kurz zu mir. »Wie geht es deiner Nase?«

»Geht schon.« Ich nahm das Taschentuch aus dem Gesicht, um deutlicher sprechen zu können. »Du fährst zu schnell.«

»Ist sie gebrochen?«

»Keine Ahnung.« Ich legte die Hand auf seinen Arm. »Esra …«

»Das hättest du nicht tun sollen, Timon«, rief er nach hinten und ging endlich ein wenig vom Pedal. Der Zeiger des Tachometers wanderte Richtung sechzig Kilometer pro Stunde.

»Es tut mir leid, Elin«, sagte Timon. »Ehrlich!«

Esra schnaubte verächtlich und ging mit Vollgas in die Kurve. Timons Kopf krachte wieder gegen den Spind. »Das ist alles ein Missverständnis.«

»Ja, klar«, mischte sich Lesharo ein, und ich hörte einen dumpfen Schlag.

»Hör auf, Lesh!«, sagte Esra scharf und blickte dann in den Rückspiegel. »Klär uns auf, Timon.«

»Ich bin auf eurer Seite.«

»Ach? So plötzlich? Liegt das vielleicht daran, dass du gefesselt in meinem Kofferraum liegst?«

»Nein!« Timons Stimme klang trotzig. »Es liegt daran, dass ich etwas herausgefunden habe, etwas das …« Er brach ab.

»Was?«, sagte ich genervt. »Was hast du herausgefunden?«

»Siller ist ein Monster.«

Ich lachte auf. »Da bist du ja wirklich schnell draufgekommen.«

Er ging nicht darauf ein, schien irgendwohin abgedriftet zu sein. Sein Körper begann zu zittern, sodass ich schon dachte, es wären irgendwelche Nachwirkungen von dem Gift, das er eingeatmet hatte, aber dann sprach er weiter. »Da waren diese Kinder. Hilflose Geschöpfe …«, presste er hervor.

»Was für Kinder, wovon sprichst du?«

»Panazeas Blutbank«, sagte er tonlos.

»Eine Blutbank?«, rief ich und drehte mich im Sitz um. »Timon, hör auf, in Rätseln zu sprechen. Was hast du gesehen?«

»Siller klont Basilisken und züchtet sich eine Blutbank. Diese Kinder haben nur einen Lebenszweck …«

»Sie Leben, um zu sterben«, vervollständigte ich den Satz.

Timon nickte.

»Das bedeutet …«

»Sie brauchen euch nicht mehr. Keinen Einzigen von eurem Clan. Sie werden euch vernichten.«

Esra fuhr rechts ran. Die Zeit schien einen Moment stillzustehen.

»Ich habe es gewusst«, stotterte ich, »Siller wird unsere Beziehung als Vorwand nehmen und euch alle umbringen.«

»Red keinen Unsinn.«

Ich zuckte zusammen. So hatte Esra noch nie mit mir gesprochen.

»Entschuldige«, sagte er sogleich und legte eine Hand auf meinen Oberschenkel. »Es tut mir leid, ich wollte dich nicht so anfahren.«

»Schon okay«, murmelte ich.

Timon räusperte sich. »In diesem Krieg geht es nicht um Vertragsbruch, sondern darum, ein weiteres Problem zu beseitigen. Siller ist euer Vertrag nicht mehr Wert als eine Rolle Toilettenpapier.«

»Da siehst du's. Dieser Krieg ist nicht zu verhindern. Siller ist jedes Mittel recht, um seine Ziele zu erreichen.«

»Ja«, bestätigte Timon. »Und noch was, dich, Elin, brauchen sie. Und zwar gefügig, damit du ihnen die Formel lieferst, wie man das Blut der toten Basilisken haltbar machen kann. Die ist ohne Zweifel in den Aufzeichnungen deines Vaters zu finden.«

Lesharo packte Timon am Hemd. »Willst du ihr drohen?«

Esra berührte seinen Freund am Arm, woraufhin der Timon widerwillig losließ.

»Das ist keine Drohung. Nur ein gut gemeinter Rat. Ich weiß einfach, wie Siller tickt. Ich habe die Anweisung, Elin zu seiner Villa im Elsass zu fahren. Weit weg von jeglicher Zivilisation. Ich hoffe, deine Familie ist irgendwo in Sicherheit.«

Ich vergaß für einen Moment zu atmen.

»Ich muss zu Nico! Sofort!«

Esra drehte sich nach vorne und legte den Gang ein.

»Ich hoffe, es ist noch nicht zu spät«, murmelte Timon.

»Halt die Klappe«, schnauzte Lesharo ihn an.

»Hört auf damit. Das hilft jetzt niemandem.« Esras Stimme durchdrang jede Faser meines Körpers. Sogar das Auto schien in Resonanz zu geraten. Eine drückende Stille folgte, in der ich nur das Heulen des gequälten Motors hörte. Endlose Minuten später sah ich die farbige Fassade des Kinderkrankenhauses.

Esra hatte kaum den Motor ausgeschaltet, als ich schon auf den Haupteingang zurannte. Esra folgte mir dicht auf den Fersen. Wir stürmten in die Eingangshalle. Ich ging geradewegs auf den Aufzug zu, der sich mit einem Klingeln ankündigte. Beinahe hätte ich eine Mutter mit ihrer kleinen Tochter überrannt, die erschrocken zusammenfuhr.

»Passen Sie doch auf«, schimpfte sie.

»Entschuldigung«, sagten Esra und ich wie aus einem Mund. Esra drückte die Tür auf und ließ mich zuerst einsteigen.

Im zweiten Stock angekommen, passierten wir den Durchgang zur Leukämiestation und rannten den Gang entlang zu Nicos Zimmer. Ich riss die Tür auf und erstarrte augenblicklich. Es war leer. Auch Esra war plötzlich nicht mehr neben mir, ich musste ihn irgendwo abgehängt haben. Also eilte ich zurück zum Wartebereich.

»Ich bitte Sie, das ist wirklich nicht nötig.«

Das war Esra. Was war hier los? Ich stürmte um die Ecke und sah ihn zwischen zwei Polizisten stehen. Einer war gerade dabei, ihm Handschellen anzulegen.

»Hey«, rief ich und fuchtelte mit den Armen. »Was machen Sie da?«

»Sind Sie Elin Bergmann?« Der ältere der zwei Polizisten, der einen beträchtlichen Wohlstandsbauch mit sich herumtrug, drehte sich zu mir um.

»Ja.« Mein Herz raste, und das hatte nichts mit dem Sprint durch den Gang zu tun. Was machte die Polizei hier?

»Was ist mit meinem Bruder?« Meine Augen sprangen hektisch von einem zum anderen.

»Kennen Sie diesen Mann?« Der jüngere Kollege drehte Esra am Oberarm zu mir herum.

»Ja, natürlich! Lassen Sie ihn in Ruhe, er gehört zu mir. Was ist mit Nico?«

»Ihre Familie ist in Sicherheit«, sagte der ältere. Er gab dem Kollegen ein Zeichen, Esra die Handschellen abzunehmen. »Hier sind offenbar ein paar merkwürdige Typen herumgeschlichen, die nach ihrem Bruder gefragt haben. Sie waren ebenso schwarz gekleidet wie Ihr Freund. Deswegen.« Er hob entschuldigend die klobigen Schultern.

»Kein Problem«, sagte Esra und rückte die Armbänder zurecht.

»Irgendeine Idee, wer das sein könnte?«

Ja, ich hatte sogar eine ziemlich genaue Vorstellung davon, wer diese Typen waren. »Nein«, sagte ich und wich dem Blick des Polizisten aus.

»Das waren so kahl rasierte Bullen mit Kampfstiefeln«, meldete sich die Schwester mit zittriger Stimme. Sie saß hinter den Polizisten versteckt auf dem Sofa des Wartebereichs, sodass ich sie zuerst gar nicht gesehen hatte. »Ich habe denen gesagt, dass Nicolas Bergmann nicht mehr hier auf der Station ist. Aber sie sind nicht gegangen, sondern haben in jedes Zimmer geschaut. Ich habe sie gebeten, das zu lassen und zu gehen, und da hat mich der eine angegriffen.« Sie schaute auf ihre ineinander verknoteten Hände. »Eine Kollegin hat danach die Polizei geholt.«

»Und wo ist mein Bruder jetzt?«

»Ein Kollege ist bei ihm und ihrer Tante. Es gibt ein paar Dinge, die geklärt werden müssen.«

»Was für Dinge?«

»Ihr Bruder wurde vermutlich vergiftet.«

»Vergiftet? Aber …«

»Die Pralinen der Confiserie Liemann & Adler, die Nicolas wohl über einen längeren Zeitraum zu sich genommen hat, wiesen eine hohe Konzentration an Lithium auf«, erklärte einer der Beamten.

Ungläubig starrte ich in die Runde.

»Na ja … und weil er uns gesagt hat, dass Schokolade das Einzige ist, was er früher nie gegessen hat, haben wir sie untersucht«, meldete sich die Schwester zu Wort. »In diesen Mengen kann das Lithium nicht zufällig da reingeraten sein. Deshalb die Vermutung, dass es Absicht war.«

»Liemann & Adler«, stieß ich hervor. *Liemann & Adler!* Lennjas Mutter arbeitete nicht nur in der Confiserie, sie war die Chefin. Ob sie auch darin verwickelt war? Ich wollte gar nicht darüber nachdenken, wie oft Nico schon bei denen zum Essen gewesen war.

»Können wir zu ihnen?«, durchbrach Esra meine Gedanken und nahm meine Hand.

»Ich bringe sie hin.« Die Schwester erhob sich. »Das heißt, wenn das in Ordnung ist …« Sie wandte sich zu dem älteren Polizisten um.

Er nickte. »Ja, Sie können gehen. Mein Kollege wird alles Weitere mit Ihnen besprechen.«

Während der Aufnahme unserer Aussage, hatte ich Nico die ganze Zeit in den Armen gehalten. Es fiel mir schwer, ihn nun zurückzulassen. Aber er musste noch eine Nacht im Krankenhaus bleiben zur Entgiftung. Esra hatte jemanden aus seinem Clan beauftragt, Wache zu stehen, und Sina war auch noch da. Es würde ihm nichts geschehen. Das hatten mir alle versprochen. Inklusive ihm selbst. Sobald er nach Hause durfte, würden Esras Leute sie auf Esras abgeschiedene Hütte bringen und mit ihnen dort bleiben, bis alles vorbei war. Das beruhigte mich.

Kapitel 27

Nachdem die Schwester meine Nase verarztet hatte – wie sich herausstellte, war sie nicht gebrochen –, gingen wir zurück zum Parkplatz.

Lesharo sprang sogleich aus dem Wagen. »Alles klar?«, fragte er.

»Dr. Sillers Leute waren schon da, aber die Schwester hat super reagiert und gleich die Polizei gerufen«, sagte ich, als wir den SUV erreicht hatten.

Er nickte. »Lass uns von hier abhauen.« Fahrig strich er sich durch die Haare. Seine übliche Coolness war verschwunden.

Auch Drako sagte kein Wort. Sein Blick wanderte unruhig umher.

»Also los, fahren wir«, sagte Esra und umrundete die Haube. »Lesh, verbinde Timon die Augen.«

Ich zog mich am Handgriff hoch und schwang mich auf den Beifahrersitz.

Auf der Rückfahrt entspannten sich alle ein wenig. In der Parkgarage angekommen, zerrte Lesharo Timon aus dem

Wagen, dessen Stirn hart gegen den Kofferraumdeckel knallte.

»Mann!«, rief Timon.

»Pass halt auf, du Idiot«, herrschte Lesharo ihn an.

»Entschuldige mal! Wie soll ich aufpassen, wenn du an mir herumzerrst wie ein Berserker? Ich sehe nun mal nichts.«

»Halt's Maul!«

»Drako, kümmere dich um Timon«, sagte Esra und stieß Lesharo von ihm weg. Der knurrte etwas Unverständliches und ging uns voraus.

»Und nimm ihm die Fesseln ab.«

Drako durchtrennte die Kabelbinder, und Timon rieb sich die Handgelenke. Dann packte Drako ihn am Arm und schob ihn vor sich her. Er führte Timon mit mehr Geduld. Achtete darauf, dass er sich nirgends stieß, kündigte ihm Treppen an und stützte ihn, bis er den Rhythmus der Stufen gefunden hatte.

In der Basilisken-Welt angekommen, nahm Drako ihm die Augenbinde ab. Mit offenem Mund schaute Timon sich um. Sein Staunen machte ihn eine Sekunde lang sympathisch und verdrängte die allwissende Arroganz, die er für gewöhnlich ausstrahlte. Drako musste ihn beinahe hinter sich herziehen.

Esra führte uns den Versorgungstunnel entlang zum Amphitheater. Von dort ging es über eine der Brücken auf den zentralen Platz. Kleine verschiedenfarbige Pflastersteine verzierten ihn mit Mosaiken. Die Ornamente sahen aus wie Rebenranken, die vom Fluss her auf die künstliche Insel wuchsen. Über eine weitere Brücke gelangten wir direkt in einen Innenhof von Aakashs ehemaligem Palast.

Auch hier rankten überall pflanzenartige Formen an den Wänden entlang nach oben. In der Mitte plätscherte ein Springbrunnen. Wir passierten den Hof, und Esra stieß eine eisenbeschlagene Tür auf. Über eine kleine Treppe erreichten wir einen großen Saal. Um die lange Tafel in der Mitte des Raumes reihten sich fünfzehn Stühle mit üppig verzierten hohen Rückenlehnen. Esra zündete die Fackeln an, die in schmiedeeisernen Halterungen an den Wänden bereitstanden. Der Raum war über und über mit klischeehaften Bildern von Aakash behangen. Ölgemälde, die nicht in diese Welt passten. Auch seine Söhne waren in prahlerischen Posen dargestellt. Am hinteren Ende des Raumes verdeckte ein roter Samtvorhang zur Hälfte einen Treppenaufgang, der vermutlich zu den Wohnräumen führte.

»Bitte setzt euch«, sagte Esra und wies auf den Tisch.

Die Möbel waren fest mit dem Fels verwachsen, aber anders, als ich es von Esras Höhle kannte, waren die Sitzflächen der Stühle drehbar.

Esra setzte sich neben mich. »Also, Timon«, begann er, »wo ist dieses Klonlabor? Wie gut ist es bewacht, und was erwartet uns dort?«

»Die Station ist auf dem Campus. Es ist eine unterirdische Hochsicherheitsanlage, die von der AdIK bewacht wird. Auf der Station selbst arbeiten Forscher und Leute, die sich als Ärzte bezeichnen.«

»Hast du Zugang?«

»Ja, wenn ich noch nicht aufgeflogen bin.«

»Wie wahrscheinlich ist das?«

Timon wiegte den Kopf. »Schwer zu sagen. Ich hätte Elin wie gesagt zu diesem Anwesen im Elsass bringen sollen, wo ich auf weitere Anweisungen hätte warten müssen.«

»Wo genau?«, fragte Lesharo.

»Die Adresse ist im Navigationssystem meines Wagens gespeichert. Ungefähr eine Stunde Fahrt von hier …«

Ich sah auf die Uhr. »Dann haben wir noch ein bisschen Luft.«

»Ja, wenn das stimmt, was er sagt«, brummte Lesharo.

»Warum sollte ich lügen?«

»Ja, hmm«, äffte Lesharo ihn nach und strich sich übers Kinn. »Vielleicht weil du eine falsche Schlange bist?« Seine Stimme war zu einem Grollen geworden.

»Die einzigen Schlangen, die *ich* hier sehe, seid ihr«, murmelte Timon in sich hinein.

Lesharo sprang auf, packte ihn am Kragen, riss ihn vom Stuhl und drückte ihn gegen die Wand. »Halt dein Maul Leva, oder …«

»Lesharo!« Esras Ton war messerscharf.

Augenblicklich ließ sein Freund Timon los, der an dem Fels entlang auf den Boden sank.

»Wir haben nun mal keine andere Wahl, als ihm zu vertrauen«, sagte Esra und ging zu Timon hinüber. Er wollte ihm aufhelfen, aber der ignorierte seine Hand, rappelte sich hoch und setzte sich wieder auf seinen Stuhl.

»Mir gefällt das aber nicht.« Lesharo reckte sein Kinn in Timons Richtung. »Wir sollten nicht einfach blindlings in die nächste Falle rennen, nur weil *der* vielleicht noch Zutritt hat.«

Esra rieb sich über die Augen und nickte langsam.

Timon räusperte sich, aber als er sprach, hielt er den Kopf gesenkt. »Wir können die Kinder sowieso nicht befreien. Nicht am helllichten Tag unter den Augen der AdIK«, sagte er. »Die Kinder liegen alle in einer Art Brutkasten. Sie sind in einem künstlichen Koma und werden über Maschinen am Leben erhalten.«

Mein Magen zog sich zusammen. »Wie alt sind sie denn?«

»Zwischen null und sieben Jahren.«

Esra schluckte. »Also gut. Siller will Krieg.« Er erhob sich und ging einige Schritte hinter uns auf und ab. »Seine Truppen sind bestens ausgebildet und trainiert. Sie haben sich seit Jahrzehnten auf diesen Kampf vorbereitet, während wir uns in Sicherheit gewiegt haben.«

»Wir müssen an die Öffentlichkeit«, sagte ich. »Das ist unsere einzige Chance.«

»Wie meinst du das?«

»Überlegt doch mal … die Basiliskenkinder sehen in ihrer menschlichen Gestalt doch genauso aus wie Menschenkinder. Wenn wir den Leuten da draußen zeigen, was Dr. Siller getan hat – dass er Klonkinder gezüchtet hat, um sie wieder umzubringen –, wird sie das ganz sicher schockieren. Sie werden auf unserer Seite sein und erkennen, dass Dr. Siller das Monster ist und nicht die Basilisken.«

Esra nickte. »Und wie sollen wir das anstellen?«

»Wir fahren zum Labor, machen Fotos und Videos und verschwinden wieder. Das Material schicken wir zur Zeitung und ans Fernsehen.«

Timon rückte unruhig auf dem Stuhl hin und her. »Ich kann da nicht einfach hingehen und Fotos machen. Wenn ich auffliege, bin ich ein toter Mann.«

»Deshalb habe ich ›wir‹ gesagt. Ich gehe mit.« Timons Blick kreuzte meinen. »Unter dem Vorwand, dass du mir

Angst machen willst und ihr Nico herbringen werdet, falls ich nicht kooperiere.«

Timon spitzte die Lippen. »Könnte klappen. Die AdIK ist kämpferisch in Topform, aber mit der Intelligenz haben sie es nicht so. Ich glaube, die Aktion würde ihnen sogar gefallen.«

Esras Finger trommelten auf meiner Stuhllehne. »Gut, aber ich gehe mit.«

Lesharo nickte zustimmend, aber Timon schüttelte den Kopf. »Die kennen dich.«

Esra stieß den Atem aus. Ich drehte mich zu ihm um und legte meine Hand auf seine. »Du wirst hier gebraucht, Esra. Wir schaffen das schon.«

Er schaute mich lange an. Ich spürte seine Unruhe.

»Timon«, sagte er scharf und wies zur Tür.

Er erhob sich zögernd und folgte Esra. Lesharo und Drako tauschten Blicke.

»Macho«, sagte Drako, als die Tür hinter den beiden zugefallen war.

Lesharo schlug ihm mit der Hand an den Hinterkopf. »Ein bisschen Respekt, Junge.«

Sie gluckstem beide, und ich grinste vor mich hin.

Kurz darauf polterte das Tor wieder auf, und Esra trat ein. Mit etwas Abstand schlich Timon, den Kopf zwischen den Schultern eingezogen, hinterher. Was zum Teufel hatte er ihm gesagt?

»Lesh, ruf die Leute zusammen. Wir sollten zumindest etwas vorbereitet sein.«

Lesharo stand auf. Beim Herausgehen klopfte er Esra auf die Schulter. »Wird schon schiefgehen.«

Esra nickte.

»Drako, bring Timon in ein Gästezimmer und bleib bei ihm. Ruht euch aus, wir werden all unsere Kräfte brauchen.«

Drako sah nicht gerade glücklich aus, sagte aber nichts. Er stand auf und winkte Timon zu sich.

Esra und ich gingen zu seiner Höhle. Gleich hinter dem Eingang blieb er stehen und zog mich zu sich. Seine Finger fuhren über meine Haare. »Ich hatte noch nie Angst. Weder um mich noch um andere. Aber das ist jetzt anders, seit du in mein Leben getreten bist.« Er atmete tief ein. »Es gefällt mir nicht, dass du dich für uns in Gefahr bringst.«

»Das ist meine Aufgabe, Esra«, sagte ich und entzog mich seiner Umarmung. »Dafür wurde ich geboren. Schon vergessen?«

Esra senkte den Blick und ließ seine Finger über meinen Unterarm wandern. »Ich habe Timon geschildert, was mit ihm passiert, falls dir etwas zustößt.« Er machte eine Pause. »In allen Einzelheiten.«

Ich konnte mir das Grinsen nicht verkneifen. Irgendwie gefiel es mir, dass er mich beschützen wollte. Das gab mir das Gefühl, wertvoll zu sein.

»Ich vertraue ihm nicht – aber der Liebe schon.« Seine goldenen Augen drangen bis in mein Innerstes. »Ich habe gesehen, wie er dich anschaut, und auch wenn ich ein Basilisk bin – ich bin immer noch ein Mann.«

Ich zog die Brauen zusammen und wollte protestieren, aber er legte mir den Zeigefinger auf den Mund. »Du bedeutest ihm etwas, Elin. Mehr als mir lieb ist.«

»Aber er bedeutet *mir* nichts … Nicht so.«

Esras Züge entspannten sich.

»Du bist doch nicht etwa eifersüchtig – auf Timon!«

»Er ist ein Mensch.«

»Esra!« Ich schaute ihn einen Moment reglos an. »Wie kannst du auch nur eine Sekunde an uns zweifeln?«

»Ich habe einfach Angst, Elin. Verdammt viel Angst.«

Ich kuschelte mich an ihn, und er schlang die Arme um mich. »Ich auch«, gestand ich. »Aber eins weiß ich ganz genau: Für mich wird es nie einen anderen Mann geben. Mensch oder Basilisk!«

Er fasste mich um die Hüfte und hob mich hoch. Ich schlang die Beine um seine Taille und strich über seine Haare. Er legte den Kopf in den Nacken. Langsam beugte ich mich zu ihm hinunter, küsste ihn. Unsere Zähne stießen gegeneinander, als er mich zum Bett hinübertrug. Behutsam setzte er mich ab. Ich schob mich nach hinten, während er sich über mich lehnte. »Ich werde nie jemanden lieben, wie ich dich liebe«, flüsterte er, und die Worte verloren sich in einem leisen, kehligen Grollen. Mein Herz begann, schneller zu schlagen, als er mit den Fingern unter den Träger meines Tops fuhr und ihn über meine Schulter zog. Wie ein sanfter Regen hauchte er Küsse über meinen Hals und weiter am Schlüsselbein entlang. Ich zog mich ganz nahe zu ihm hin. Meine Hände glitten unter sein T-Shirt. Die Haut fühlt sich seidig an über den angespannten Muskeln. Sein Gewicht drückte gegen mein Becken. Die Wärme durchströmte mich. Vorsichtig biss er mir in die Schulter. Ein wohliger Schauer jagte über meinen Körper. Die Hände fest um meine Rippen gelegt, wanderte sein Mund kitzelnd über meinen Bauch. Geschickt öffnete er meine Hose, und ich schlüpfte aus den Hosenbeinen. Als er sich aufrichtete, um sein T-Shirt auszuziehen, sah ich, wie seine Haut überall schwarz und golden schillerte. Die Pupillen waren zu senkrechten Schlitzen geworden.

»Esra!«, rief ich und zog die Beine unter ihm weg. Ich wich ein Stück zurück, um Abstand zwischen uns zu bekommen.

Er hielt inne, starrte an sich hinunter. Ruckartig erhob er sich, taumelte zurück und wandte sich ab. »Verdammt, ich habe keine Ahnung, warum ich das nicht in den Griff bekomme.«

Langsam stand ich auf und näherte mich ihm. Seine Haut war wieder menschlich, also berührte ich seinen Oberarm. »Wir haben noch genügend Zeit zum Üben«, flüsterte ich.

Endlich schaute er zu mir. Er nickte, und ein Lächeln zupfte an seinen Mundwinkeln. »Wir sollten uns ein bisschen ausruhen«, sagte er, nahm meine Hand und zog mich Richtung Bett. Wir legten uns hin, und ich kuschelte mich in seine Arme.

Kapitel 28

Es war schon Nachmittag, als Timon und ich uns auf den Weg machten. Ich versuchte, Esras Andeutungen über Timons Gefühle mir gegenüber zu verdrängen. Bestimmt sah er Gespenster.

Kaum hatten wir die Tiefgarage verlassen, klingelte Timons Handy. Wir fuhren beide zusammen. Timon stieg auf die Bremse. Die Hände am Steuer verharrte er reglos.

»Willst du nicht rangehen?« Meine Stimme klang schriller als beabsichtigt.

»Es ist Siller.«

»Ja, und?«

Hinter uns hupte es schon.

»Und? Ich kann dir sagen, was und!«

»Entschuldige, so meinte ich das nicht.« Ich atmete tief ein. »Wenn du nicht annimmst, schöpft er vielleicht Verdacht. Bestimmt versucht er nicht das erste Mal, dich zu erreichen.«

Das Hupen wurde penetranter. Ich drehte mich um. Wir blockierten die Ausfahrt.

»Und was soll ich sagen?«

»Dir fällt schon was ein, jetzt fahr erst mal zur Seite.«

Er rollte ein paar Meter nach vorn, wo die Straße zweispurig wurde. Die ersten Autos überholten uns. Aus dem Augenwinkel sah ich, wie einer der Fahrer zu uns herüberblickte und ärgerlich beide Hände hob.

Das Handy klingelte immer noch. Am liebsten hätte ich selbst abgehoben. Timons Hand zitterte, als er sie endlich vom Lenkrad löste, um den Knopf der Freisprechanlage zu drücken. »Leva.«

»Timon, wo zum Teufel steckst du? Und warum verdammt noch mal bist du nicht zu erreichen?« Dr. Sillers Stimme überschlug sich fast.

»Elin ist mir entwischt. Ich musste sie erst wieder einfangen, nun sind wir aber auf dem Weg zur Villa.«

Dr. Sillers Atem zischte durch die Soundanlage. »Was nützen zwei Doktortitel, wenn einem die verdammte Lebensintelligenz fehlt? Habe ich zu viel verlangt, als ich dich beauftragt habe, dich um das Mädchen zu kümmern? Man könnte meinen, dass das sogar dir gelingen sollte.«

Timons Hand war zur Faust geballt. »Dann wäre es vielleicht mal intelligent gewesen, mir auch so eine Gasmaske zu geben, Christoph«, knurrte er.

»Jetzt ist es also meine Schuld, dass du versagt hast?« Wieder ein verächtliches Schnauben. »Ich hätte auf deinen Vater hören sollen, er hat mich gewarnt.«

Ich hörte Timons Zähne aufeinanderklacken.

»Du bist nur für eine Sache gut, hat er mir gesagt ...«

Plötzlich war der Ton weg, und Timon hatte das Handy am Ohr. Aber Dr. Sillers durchdringende Stimme war trotz allem nicht zu überhören.

»… um Zigaretten und Bier zu holen. Was anderes bekommst du nicht gebacken.«

Timons Gesichtsfarbe wechselte von Rot zu Weiß und zurück. »Das hat er gesagt?«

Dr. Siller lachte auf. »Du bist ein verdammter Trottel!«

Timon atmete schwer, und ich wusste, dass er im nächsten Moment die Beherrschung verlieren würde. Das durfte ich nicht zulassen. Wer weiß, was ihm alles rausrutschen würde.

Mit den Fingern strich ich über seinen Arm und schaute ihm in die Augen. Langsam schüttelte ich den Kopf. Einen qualvollen Augenblick lang stand alles still. Dann ließ Timon den Kopf sinken.

»Ich sollte jetzt los, sonst kommen wir nie an.« Die gewohnte kühle Sachlichkeit hatte wieder die Oberhand gewonnen.

»Aber verfahr dich jetzt nicht noch.« Wieder lachte Dr. Siller.

Timon knallte das Handy auf die Mittelkonsole. Er zitterte. Die Hände auf das Lenkrad gestützt, ließ er die Stirn dagegensinken. Ich konnte nur ahnen, was er in seiner Kindheit durchgemacht hatte, und das tat mir unendlich leid.

Timon fuhr los. Ich schaute zum Fenster hinaus, ohne etwas wahrzunehmen.

»Was ist denn hier los?«, murmelte Timon, als wir uns dem Firmengelände näherten.

Ich reckte mich im Sitz, um besser sehen zu können. Eine Traube von Leuten hatte sich vor dem Hauptgebäude von Panazea versammelt. Am Maschendrahtzaun, der das

Gelände absperrte, klebten weitere Schaulustige. Mein Blick folgte den Gesten. Im obersten Stock des Hochhauses fehlte die halbe Glasfassade. Ein schwerer Vorhang versperrte die Sicht ins Innere des Gebäudes, aber ich wusste, was dahinter war: der Saal, in dem die Versammlung stattgefunden hatte.

Feuerwehr und Polizei waren vor Ort, aber die AdIK mit ihren schwarzen Uniformen versuchte verzweifelt, die Polizisten abzuwimmeln. Timon fuhr in eine kleine Seitenstraße und hielt auf einem freien Parkplatz an. »Da hat dein Freund ja ganz schön Aufsehen erregt. Ich misch mich mal unters Volk und frag mich durch, was hier los ist.« Er schnallte sich ab und öffnete die Tür. Die Hände in den Hosentaschen schlenderte er zum Zaun.

Ich konnte nicht still sitzen, also ging ich ihm hinterher. Er unterhielt sich gerade mit einem älteren Herrn, der einen fledermausohrigen Chihuahua an der Leine hielt. Das Vieh kläffte mich zähnefletschend an, dabei zitterte es so schrecklich, dass es beinahe von den Füßen kippte.

»Was ist denn passiert?« Timon nickte Richtung Gelände. »Chemieunfall?«

»Weiß ich nicht«, sagte der Herr und zog das Hündchen näher zu sich. »Da gehen ganz merkwürdige Dinge vor sich. Irgendwelche Kreaturen sollen aus dem Fenster gesprungen sein.«

Ich schnappte nach Luft.

»Sie scherzen.« Timon schaute ihn schräg an.

Der Alte wies mit dem Kinn auf einen Teenager. »Fragen Sie den da, der hat es aufgenommen.«

Als Timon mich bemerkte, half sein augenrollender Das-haben-sie-ja-toll-hinbekommen-Blick nicht gerade, mich zu beruhigen. »Danke«, sagte er und ging zu dem Typen hinüber. »Hey.« Er tippte ihm auf die Schulter.

»Hä?« Der Junge drehte sich zu ihm um.

»Du hast das alles aufgenommen?«

»Ja klar, Mann! Willste sehen?«

»Gern.«

»Ist voll die abgefahrene Scheiße. Wetten, die machen da irgendwelche Versuche mit Mutanten? Wie in *X-Man*, weißte. Du kennst doch *X-Man*, oder?« Er winkte ab, ohne auf eine Antwort zu warten. »Auf jeden Fall sind diese Biester jetzt frei.«

Mein Herz setzte einen Schlag aus. Das durfte nicht wahr sein! Ein gefundenes Fressen für die Presse. Die Polizei und vielleicht sogar die Armee würden keine Ruhe geben, bis sie die »Ungeheuer« gefunden und getötet hatten. Und Dr. Siller musste nichts weiter tun, als zusehen, wie die Behörden sich seines Problems annahmen.

Ich schielte auf das Display. Es war ziemlich verwackelt, aber man sah tatsächlich drei Basilisken, die sich nach unten gleiten ließen. Dann versperrte ein Gebüsch die Sicht, sodass zumindest dieser Junge nichts von der Verwandlung mitbekommen hatte.

»Wow, echt gruselig«, sagte Timon. »Und was ist seither passiert?«

»Nicht mehr viel. Die Typen in Schwarz da«, er zeigte mit dem Finger zum Vorplatz, »versuchen, alles unter den Teppich zu kehren, aber nicht mit mir. Dieses Video ist schon im Netz, und spätestens heute Abend wissen alle Bescheid.«

»Ah, cool.« Timon packte mich am Arm und zog mich mit sich. »Die AdIK ist ziemlich beschäftigt. Das ist gar nicht so übel, dann haben wir vielleicht freien Eintritt in den wirklich gruseligen Teil dieser Firma.«

Er hatte recht, das konnte ein Vorteil sein. Aber die beruhigende Wirkung hielt sich in Grenzen.

Wir liefen zurück zum Auto. Eine Seitenstraße weiter bog Timon ab und hielt auf einem kleinen Angestelltenparkplatz.

»Ich muss dich jetzt etwas grob anfassen, nur für den Fall, dass Sillers Leute uns sehen.«

»Mach einfach, was nötig ist.« Ich war zu angespannt, um mir über solche Kleinigkeiten Gedanken zu machen. Also ließ ich mich von Timon herumschubsen und anschreien wie in alten Zeiten.

Am Tor war lediglich ein Typ, der mit wichtiger Miene ins Funkgerät sprach, und als Timon den Ausweis scannte und das Tor aufsprang, sah er nicht mal hoch. Timon stieß mich rüpelhaft über den Hof. Wir gingen auf ein einstöckiges Wellblech-Gebäude zu. Es hatte keine Fenster, nur eine Flügeltür mit runden Gucklöchern. Es sah mehr aus wie eine Fertigungsfabrik als nach einer medizinischen Einrichtung. Die Klone, die sie hier züchteten, waren für die keine Lebewesen, sondern Ware.

»Da sind überall Kameras«, zischte ich, ohne die Lippen zu bewegen.

»Ich weiß.« Timon riss mich am Arm weiter. »Warum meinst du, schubse ich dich so rum? Für den Clown da vorne an der Pforte mit Sicherheit nicht.« Er hielt den Ausweis an das kleine Kästchen rechts neben der Flügeltür und legte die Hand auf eine blau blinkende Halbkugel. Das Blau wurde zu Grün, und die Tür schwang auf.

»Was war das denn?«

»Ein Handvenenleser.«

»Handvenen?«

»Ja, das Muster der Venen ist wie ein Fingerabdruck.« Er packte mich wieder und stieß mich in das Gebäude. Neonlampen erwachten zum Leben und leuchteten die leere Halle aus. Am hinteren Ende befand sich ein Treppenabgang mit orangefarbenem Geländer. Das war alles.

Mein erster Gedanke war, dass wir zu spät kamen, dass Dr. Siller und seine Leute schon alles hatten verschwinden lassen. Aber Timon stieß mich unbeirrt quer durch die Halle in Richtung dieser Treppe. Wir stiegen die Stufen hinunter. Je tiefer wir kamen, desto wärmer wurde es. Auf der untersten Ebene versperrte uns eine weitere Flügeltür den Weg. Wieder scannte Timon den Ausweis, legte die Hand auf die Halbkugel und gab anschließend einen Code ein. Das Schloss klackte. Timon drückte die Tür einen Spaltbreit auf, bevor er sich zu mir umdrehte.

»Okay, Elin«, begann er. Die Art, wie er mich anschaute, ließ mich frösteln. »Das wird kein schöner Anblick. Wenn dir schlecht wird oder sonst was ist, gib mir ein Zeichen.«

Ich schluckte.

»Wie gesagt, es gibt einige Leute, die hier arbeiten, also halte den Kopf unten und überlass das Reden mir. Die Geschichte bleibt: Ich bringe dich hierher, um dich einzuschüchtern, also tu auch bitte so, okay?«

Ich nickte. Wenn es nur halb so schlimm war, wie er mich glauben ließ, würde mir das nicht schwerfallen. Timon atmete einmal tief ein und stieß die Tür ganz auf. Wir traten in einen schlauchartigen Vorraum, dessen lange Seite von einer Fensterfront begrenzt war. Grelles Licht blendete mich, sodass ich hinter der Scheibe nichts erkennen konnte.

Timon ging geradewegs zu der massiven Stahltür und zog das übliche Ritual durch. Ich spähte derweil durch das Fenster, das aus dickem Panzerglas zu bestehen schien. Langsam begannen sich einzelne Konturen abzuzeichnen. Boden und Wände waren weiß gefliest. Eine Gestalt in weißem Kittel huschte vorbei. Ich zuckte zurück, aber sie beachtete mich gar nicht und verschwand hinter einer der mannshohen Trennwände, die die riesige Halle in verschiedene Abteile unterteilten. In regelmäßigen Abständen ragten Monitore und Tropfständer mit Beuteln darüber hinaus. Massenabfertigung wie in einem Lazarett, nur dass es kein Zelt in einem Kriegsgebiet war, sondern ein Bunker mitten in der friedlichen zivilen Welt.

Timon lugte durch die Tür und zerrte mich mit sich. Eine Hand in der Hosentasche nickte er einem vorbeigehenden Arzt zu, der am Ende des Ganges durch eine Tür verschwand, und zog mich um die nächste Trennwand in eine der Abteilungen.

Alles in mir erstarrte.

Rechts und links zogen sich endlose Reihen von Glaskästen hin. Nackte Kinder im Kindergartenalter lagen darin auf blankem Glasboden. Ihre Arme und Beine waren mit Hartplastikschellen an den Kastenboden gefesselt. Schläuche kamen aus ihren Mündern, führten heraus aus dem Glaskasten und hinein in eine leise zischende Herz-Lungenmaschine, die sie am Leben hielt. Weitere Schläuche hangelten sich von einem Tropf mit einer klaren Flüssigkeit über eine Nadel in ihre Armbeuge. Das Piepen der Herzüberwachung und das Zischen der Beatmungsmaschine füllten den ganzen Raum aus. Der säuerliche Geruch nach Desinfektionsmittel ließ mich würgen.

Ich ging langsam zu einem der Kästen, stets darauf bedacht, nur noch durch den Mund zu atmen, und legte die Hand auf den Deckel. Er war warm, vermutlich hielten sie die Körper auf sechsunddreißig Grad. Der Junge hatte die Augen geschlossen. Die Haare waren frisch geschoren, was mich unweigerlich an Nico erinnerte. Meine Knie sackten kurz ein. Als ich mich zu dem Jungen hinunterbeugte, begannen seine Lider zu zucken. Erschrocken wich ich zurück und stieß mit Timon zusammen. Meine Beine zitterten, und ich fühlte mich, als ob alle Kraft langsam aus mir hinausrann. Mir war kalt.

»Da siehst du es«, fuhr Timon mich an, »was wir mit deinem Bruder machen, wenn du nicht spurst.«

Ich fuhr herum. Neben Timon stand ein hochgewachsener Mann mit weißem Kittel und Brille. Er hatte graue Haare und ein gemeines Grinsen, das eine Reihe strahlend weißer Zähne zeigte. Warum hatte ich ihn nicht kommen hören? Er war hier aufgetaucht wie ein Geist.

»Wir testen gerade die Verarbeitung«, sagte er zu Timon.

»Ah, schön, dann kann es also bald losgehen.«

»Noch haben wir kein grünes Licht, aber wir müssen einen reibungsfreien Ablauf garantieren können. Wenn die Phase-III-Studie anläuft, muss es schließlich schnell gehen.« Das Lachen des Arztes zerriss das monotone Surren und Piepen der Maschinen.

»Die Verarbeitung habe ich noch gar nicht gesehen. Sie wissen ja, dass Dr. Siller mich erst kürzlich in diese wunderbaren Gefilde hier berufen hat.«

»Na, dann wird es aber höchste Zeit. Kommen Sie.« Er legte Timon kurz die Hand auf den Rücken und dirigierte ihn den Korridor hinunter.

Ich bewunderte Timons Schauspielkunst, aber vermutlich lag das daran, dass er es sein Leben lang geübt hatte. Ich wollte mir gar nicht vorstellen, was die beiden mit »Verarbeitung« gemeint hatten, noch wollte ich das sehen. Der Mageninhalt stand mir schon jetzt bis zum Hals. Timon sollte einfach die Bilder machen, damit wir hier rauskamen. Aber nein, er musste ja noch ein Pläuschchen mit Doktor Frankenstein halten.

»Was macht eigentlich die Göre hier?«, fragte der Arzt. Er machte sich keine Mühe zu flüstern.

»Ach die. Anweisung von oben. Eine kleine Schocktherapie für die Motivation.« Timon lachte, was ebenfalls schadenfroh klang, und plötzlich war ich mir nicht mehr sicher, ob er das Ganze nur spielte.

Hatte er überhaupt vorgehabt, Fotos zu machen? Mein Herz schlug schneller. Was, wenn das eine Falle war? Ich verfluchte meine Naivität. Wir hatten drei Sicherheitstüren passiert. Und die waren hier auf das Beseitigen von Menschen spezialisiert. Ich musste kurz anhalten.

Timon drehte sich um und kam mit energischen Schritten auf mich zu. »Hey!«, rief er, packte mich grob und stieß mich so heftig nach vorne, dass ich ins Stolpern geriet und beinahe hingefallen wäre. »Was trödelst du herum?«

Der andere lachte schmetternd. »Weiber«, sagte er. »Wenn die so was wie Kinder sehen, machen sie sich gleich ins Hemd.«

»Geh gefälligst so, dass ich dich sehe!« Timon schnalzte

mit der Zunge. »Langsam habe ich es satt, Babysitter zu spielen.«

Der Arzt nickte. »Ja, ja, was man nicht alles tut.« Er bog nach rechts um eine Trennwand herum in einen Zwischengang. Am Ende passierten wir die vierte Sicherheitstür und kamen in einen Bereich, der wie ein Schlachthof aussah. Und genau das war es auch. Der gekachelte Boden war zur Mitte hin leicht abschüssig und endete in einem Ablauf.

»So«, sagte der Arzt. »Hier bringen wir sie hin.« Er wies auf eine metallene Arbeitsfläche rechts von uns, auf der Behälter aufgereiht waren, die an Badewannen erinnerten. Rote Schläuche fielen über deren Rand und verschwanden in einem etwa beindicken Metallrohr, das auf halber Höhe unter der Arbeitsplatte verlief. »Sobald wir die Herz-Lungen-Maschinen kappen, sterben sie, da wir ihnen Muskellähmer verpassen.« In seiner Stimme schwang etwas mit, was ich nur als Stolz identifizieren konnte. »Danach schnallen wir sie gleich an die Blutpumpe.« Er klopfte auf eine der Wannen, und erst jetzt bemerkte ich, dass das keine roten Schläuche waren, sondern durchsichtige, die mit Blut gefüllt waren.

Ich schluckte mit letzter Kraft den hochgekommenen Mageninhalt hinunter, der mir die Speiseröhre verätzte. Zu meiner Beruhigung hatte Timons Gesicht in etwa die Farbe der weißen Kacheln angenommen, obwohl sein Ausdruck eine gewisse Begeisterung zur Schau trug.

»Tja, und danach«, fuhr Frankenstein fort, »geht es ab in den großen Ofen.« Er hatte die Arbeitsfläche umrundet und klopfte mit der Hand gegen einen der metallenen Schränke, die hinter der Theke aufgereiht waren. Sie hatten Klapptüren, die man nach unten öffnete, wie bei einem

Backofen, was er dann auch prompt tat. Der Geruch von verbranntem Fleisch und Haar stieg mir in die Nase. Ich würgte, drehte mich um und spie den gesamten Mageninhalt in die Ecke.

»Putz das sofort auf, du dummes Huhn!«, schrie mich Timon an.

Ich zitterte am ganzen Körper, mein Kreislauf fuhr Achterbahn, und ich musste mich hinknien, um nicht umzukippen.

»Gibt es hier einen Lappen?«

»Sicher.« Der Arzt lachte. »Wir könnten es aber auch mit dem Schlauch abspritzen.«

»Nein! Die soll lernen, sich zusammenzureißen.«

»Gut. Ich hol ihr einen.«

Er verschwand, und Timon kniete sich zu mir hinunter. »Geht es?«

Ich nickte. »Tut mir leid.«

»Nein, das ist perfektes Timing.« Er stand auf, zückte das Handy und begann, Fotos zu schießen. Er nahm die Wannen auf und den Ofen, den er nochmals öffnete, aber als ich die halbverkohlten Leichen sah, kam gleich der nächste Schwall in mir hoch. Ich hustete und spuckte, während ich mich immer noch kniend an der Mauer abstützte. Es reichte. Ich konnte nicht mehr.

»Los, raus hier.« Timon zog mich hoch, und wir eilten den Weg zurück, den wir gekommen waren. Timon filmte alles und machte noch ein paar Fotos von den Brutkästen.

Als wir im Treppenhaus waren, sprinteten wir wie auf Kommando los. Oben angekommen brannten meine Lungen wie Feuer, aber ich trieb meine müden Beine weiter an. Unsere Schritte hallten wie Schüsse von allen Seiten wider, als wir die leere Halle durchquerten. Eine Sirene ertönte genau in dem Moment, als wir in die Freiheit stürmten. Draußen war es gespenstisch still. Wir schauten uns kurz um, dann brach ein Auto durch die Schranke und raste auf Timon und mich zu. Es hielt mit quietschenden Reifen vor uns. Die Beifahrertür schwang auf.

»Einsteigen«, schrie Juna uns entgegen.

Wir sprangen hinein, und sie gab Gas. Keine Sekunde zu früh, denn hinter uns rannten schwarz gekleidete Kerle auf den Hof und begannen zu schießen. Ich duckte mich, so tief ich konnte, zwischen die Sitze. Juna jagte wie eine Verrückte durch die Straßen, und ich hoffte nur, dass wir nicht von der Polizei angehalten wurden.

»Habt ihr alles?«

»Ja«, sagte Timon.

»Du hast dich echt gut verstellt. Einen Moment habe ich geglaubt, du hättest uns reingelegt.« Meine Stimme zitterte.

Timon schaute zurück. »Tut mir leid. Auch all das dumme Zeug, was ich gesagt habe.« Er tätschelte mein Knie, bevor er sich wieder nach vorne wandte.

»Schon gut. Es hat funktioniert, das ist die Hauptsache.«

Ich schaute immer wieder zurück, aber wir wurden nicht verfolgt. Das kam mir merkwürdig vor.

»Ich hab ihre Reifen zerstochen«, kommentierte Juna den unausgesprochenen Gedanken.

»Oh.«

Sie grinste. »Ein Tipp von Esra. Kluges Kerlchen, dein Freund.«

Sobald wir Junas Wohnung betraten, verschwand Timon im Bad. Ich hörte sein Würgen und Husten. Er kam sicher eine halbe Stunde nicht mehr raus, und danach sah er aus wie eine Leiche. »Sind wir hier sicher?«, fragte er an Juna gerichtet.

»Ich denke schon.«

Timon nickte. »Kann ich mich hinlegen?« Er rieb sich die Stirn. »Ich kann nicht mehr. Du bist gefahren wie …«

»Wir mussten fliehen«, verteidigte sie sich. »Da kann ich auf schwache Mägen keine Rücksicht nehmen.«

Junas Fahrstil war vielleicht ein Teil der Erklärung, der andere war das Labor. Ich erinnerte mich an Timons plötzlichen Wandel nach dem letzten Wochenende, seine geisterhafte Erscheinung, da hatte Dr. Siller es ihm gezeigt, davon war ich nun überzeugt.

»Du kannst die Couch nehmen.« Junas Stimme drang nur noch wie durch Watte zu mir durch. »Ich richte sie kurz her.«

Ich setzte mich an den Küchentisch und wartete, bis meine Freundin zurückkam.

»Puh, der ist ziemlich fertig.« Juna setzte sich neben mich. »Und wie geht es dir?«

»Ich bekomm die Bilder nicht aus dem Kopf.«

Juna zog mich in ihre Arme. Es tat gut, gehalten zu werden, so hatte ich wenigstens nicht das Gefühl auseinanderzufallen.

»Danke, dass du da warst.«

»Esra hat mich geschickt, um auf euch zu warten. Er muss gespürt haben, dass ihr in Gefahr seid. Als die Sirene losgegangen ist, habe ich einfach Gas gegeben.« Sie lächelte. »Keine Ahnung, was ich gemacht hätte, wenn ihr nicht genau in dem Moment herausgekommen wärt.« Sie küsste meine Haare. »Wenn dir etwas passiert wäre, Lin …«

Ich löste mich von ihr. »Was ist bei euch los?«

»Die AdIK ist an verschiedenen Orten in die Abwasserkanäle gestiegen und hat begonnen, die Schächte auszuräuchern. Der Rauch ist bis zu uns hineingedrungen, aber das hatten wir bald im Griff. Es hat sich herausgestellt, dass sie nicht so zahlreich sind. Ich glaube, die haben gerade so viele Baustellen, dass sie nirgends mit voller Kraft zuschlagen können. Ein Glück für uns, so können wir sie auf Abstand halten.« Sie lächelte und nahm meine Hand. »Esra will keinen Befehl zum Töten geben, was ich gut finde, denn wir sind zum Schutz der Menschen da und dürfen uns nur verteidigen.«

»Und was heißt das jetzt?«

»Es gibt Wege rein und raus, aber im Prinzip sind wir umstellt.«

»Und was, wenn die nur warten, bis sie ihre eigenen Probleme gelöst haben, und dann mit voller Härte angreifen? Was, wenn die Armee anrückt, weil ganz Basel in Panik gerät? Man hat Esra, Lesh und Drako in ihrer Basiliskengestalt gesehen, als sie von Panazea geflohen sind. Sogar ein Film davon flimmert schon durchs Netz.«

»Wenn es so weit ist, schauen wir weiter. Aber im Moment warten wir ab.«

Das machte unsere Aufgabe umso dringender. Wir mussten die Bevölkerung und die Behörden informieren, bevor Dr. Siller seine Lügen streuen konnte.

Kapitel 29

Ich erwachte in Junas Gästezimmer. Einen kurzen Moment lang kam mir alles wie ein böser Traum vor, aber die Illusion hielt sich nicht lange. Ich kroch unter der Decke hervor und checkte als Erstes mein Handy. Keine Nachrichten. Aber was hatte ich erwartet? Esra hatte andere Sorgen, als sich bei mir zu melden.

Ich schlug die Decke zurück und schlüpfte in die Jeans. Das Oberteil stank nach Schweiß. Überhaupt fühlte ich mich schmutzig und wollte einfach nur duschen und Zähne putzen. Aus der Küche drang leises Murmeln und Klappern von Geschirr und Besteck. Ich strich die Haare glatt und tapste mit den nackten Füßen über den Fliesenboden des quadratischen Flurs, um den alle Zimmer angeordnet waren. Ich schob die Tür auf. »Juna, hast du etwas zum Anziehen für mich?«

»Hey Süße, klar. Komm mit.« Sie packte mich an der Hand und zog mich in ihr Schlafzimmer. »Also«, sagte sie und begann, in ihrem Schrank zu wühlen. »Unterwäsche, T-Shirt, das sollte passen.« Sie legte mir die Sachen über den Arm. »Ein Handtuch habe ich dir bereits hingelegt.«

Im Bad stellte ich mich unter die Dusche und ließ mir vom starken Strahl Nacken und Schultern massieren. In der Ecke, auf dem Rand der Badewanne, entdeckte ich einen Tontopf. Neugierig hob ich den Deckel ab. Darin befand sich derselbe Lehm, mit dem ich mich schon in den Baderäumen der Basilisken gewaschen hatte. Ich grub die Finger hinein und begann, den ganzen Körper damit einzureiben. Es prickelte, als ob ich in Mineralwasser baden würde. Der Duft gemahlenen nassen Sandes umhüllte mich und trug mich fort in Esras Welt.

Nach der Dusche fühlte ich mich wie neugeboren. Ich rubbelte die Haare trocken und klemmte sie mit einer Spange hoch. Danach ging ich in die Küche.

Timon saß hinter Junas Laptop.

»Morgen Timon«, sagte ich. »Was schreibst du denn da?«

»Ich stelle eine kleine Präsentation für die Presse und die Behörden zusammen, ich glaube, die wird Wirkung zeigen …«

»Oh, gut.«

»Komm, setz dich«, sagte Juna, die hinter der Küchenzeile stand und unter den Hängeschränken hindurch zu mir schaute. »Jetzt gibt es erst mal Kaffee.«

Ich hockte mich neben Timon und spähte auf den Bildschirm. Er tippte, löschte wieder und tippte erneut.

Von meinem Platz aus gut sichtbar hing ein kleiner Fernseher über einer Kommode. »Kann ich den mal einschalten?« Ich deutete auf das TV-Gerät. »Ich frage mich, ob die über Panazea berichten.«

»Ja klar.« Juna umrundete die Bar und stellte mir eine dampfende Tasse vor die Nase.

Ich stand auf und schnappte mir die Fernbedienung.

»Milch?«

»Gerne.« Ich drückte den Einschaltknopf und hätte fast die Fernbedienung fallen gelassen. »Da ist Dr. Siller!« Langsam ging ich rückwärts und sank auf den Stuhl zurück.

Die Sprecherin begrüßte den Geschäftsführer von Panazea, dem drittgrößten Pharmaunternehmen von Basel. Im Hintergrund spielten sie die Sequenz des Vorfalles ein, der nach dem Austausch der Höflichkeitsfloskeln herangezoomt wurde, um die Zuschauer nochmals zu informieren, was sich gestern Morgen Schlimmes zugetragen hatte. Man sah das Panazea Hauptgebäude mit der fehlenden Fensterfront im obersten Stock. Der Vorhang wehte leicht im Zugwind. Und kurz darauf sprangen drei Basilisken aus dem Gebäude. Sie segelten nach unten und verschwanden hinter den Büschen. Man hörte das »Ach du Scheiße« des Jungen, der gefilmt hatte, dann verwackelte alles, und das Bild schaltete auf die Moderatorin.

Sie dankte dem Geschäftsführer nochmals herzlich, dass er in dieser schweren Stunde den Weg ins Studio gefunden hatte, um die verängstigten Menschen vor den Bildschirmen zu informieren. Dr. Siller lächelte sein Professorenlächeln, schob sich die Brille auf der Nase zurecht und begann die Rede mit den Worten: »Was ich Ihnen nun erzähle, werden Sie nicht glauben.« Er nahm einen Schluck Wasser und wechselte die überschlagenen Beine. »Wir leben in einer Stadt, der viele Sagen und Legenden vorauseilen, aber einige Legenden sind wahr. Diese Kreaturen«, er deutete auf das Standbild hinter sich, »sind Basilisken. Schon immer haben sie unsere Stadt bedroht und die

Menschen verängstigt. Nun haben sie sich für einen neuen Schlag gerüstet. Ihr oberstes Ziel ist es, die Menschen aus Basel zu vertreiben. Dafür sind sie zu allem bereit. Wenn es sein muss, töten sie jeden einzelnen Bürger. Männer, Frauen, Kinder, Säuglinge. Sie sind gefährlich und feindselig, und wenn wir sie nicht ein für alle Mal vernichten, wird die Menschheit über kurz oder lang ausgerottet.« Er machte eine theatralische Pause. Schaute betroffen in die Kamera.

Meine Hände waren zu Fäusten geballt.

Das Gesicht der Moderatorin sah starr aus. »Um wie viele dieser Kreaturen handelt es sich denn, und woher kommen sie so plötzlich?«

»Diese Monster hausen schon seit Anbeginn der Zeit im Untergrund wie Würmer, und nun haben sie offensichtlich genug davon. Wie viele es genau sind, kann ich Ihnen nicht sagen, aber ich würde von Hunderten ausgehen.« Er richtete sich zur Kamera aus. »Das sind Tiere, niedere Wesen, die sich vermehren wie die Karnickel.«

»Ach du meine Güte.« Die Moderatorin schlug sich die Hand vor den Mund. Dr. Siller hatte sie komplett um den Finger gewickelt. Sie hing an seinen Lippen wie ein Kind dem Weihnachtsmann.

»Meine Familie ist seit Generationen um den Schutz der Basler Bevölkerung bemüht. Wir bilden Spezialeinheiten aus, die für den Kampf gegen diese Ungeheuer trainiert werden. Wir Menschen sind nicht schutzlos. Meine Leute sitzen in diesem Moment mit der Spitze der Armee zusammen und diskutieren den Einsatzplan.« Das Bild zoomte auf ihn. »Wir werden Basel von dem Unkraut befreien. Das verspreche ich jedem Einzelnen da draußen. Bleiben

Sie vorerst in Ihren Häusern und informieren Sie sich regelmäßig über Fernsehen und Radio.«

Er benahm sich, als hätte er das Kommando über die Stadt übernommen.

»Vielen Dank, Herr Dr. Siller«, sagte die Moderatorin. »In wenigen Minuten befragen wir den Polizeisprecher von Basel zu diesen außergewöhnlichen Vorfällen. Bevor ich Sie allerdings entlasse, habe ich noch eine letzte Frage.«

»Aber gern.«

»Warum jetzt? Was hat diese Kreaturen aufgescheucht? Und warum greifen sie ausgerechnet Panazea an?«

»Eine berechtigte Frage, die ich Ihnen sehr gern beantworte.« Ein wohlwollendes Lächeln umspielte seinen Mund. »Panazea befindet sich mit einem Medikament in der Testphase, das jegliche Art von Krebs heilen kann. Mit nur einer einzigen Infusion wird diese schreckliche Krankheit bald nicht schlimmer als ein Schnupfen sein. Diese Kreaturen befürchten nun, dass sich die Menschen dadurch zu sehr vermehren. Sie fühlen sich schlicht und einfach von uns bedroht.«

Wie unverfroren er log. Und diese Siegessicherheit in seinen Zügen. Warum hakte diese dumme Pute nicht nach? Das war ja wohl der fadenscheinigste Grund aller Zeiten! Wut brodelte in mir auf, aber im gleichen Moment überkam mich die Angst, dass es womöglich schon zu spät war. Die Leute jetzt noch davon zu überzeugen, dass diese Wesen sie in Wirklichkeit beschützten und Dr. Siller das eigentliche Monster war, würde nicht einfach werden.

»Was für eine Neuigkeit!« Die Moderatorin schien alle Monster vergessen zu haben. »Und das sagen Sie in einem Nebensatz?« Sie musste sich am Stuhl festhalten, um nicht hochzuspringen. »Wenn es wahr ist, was Sie da sagen, sind Sie ein Halbgott!«

Dr. Siller winkte verlegen ab, aber jeder, der ihn kannte, wusste, dass das der Auftritt seines Lebens war. Er war angekommen. Er sog den Ruhm und die Bewunderung in sich auf.

Ich konnte mir das nicht länger anschauen und schaltete aus. »Wir müssen sofort zu diesem Studio fahren und den Leuten die Wahrheit sagen.«

Timons Zeigefinger schlug auf die Enter-Taste. »Zumindest die zuständigen Behörden wissen seit diesem Augenblick Bescheid, was für ein Bastard Siller ist.«

»Worauf wartest du dann noch, Timon. Du hast Elin gehört. Ruf beim Fernsehen an. Wir müssen Sillers Lügengebilde zerstören!«

»Ist die immer so?«, fragte er an mich gewandt.

»Ich befürchte, ja.«

»Hey!« Juna gab mir einen Klaps auf die Hand.

Timon hob die Schultern. »Gut, dann gib mir das Telefon.«

»Was?«

»Gib mir dein verdammtes Telefon.«

»Hast du kein eigenes?«

»Das ist ausgeschaltet.«

»Dann mach es an, Dummkopf.«

»Gerne, wenn du willst, dass hier in zehn Minuten ein paar schwarz gekleidete Typen mit Sturmgewehren im Anschlag hereinstürmen. Und die verstehen keinen Spaß – nicht so wie ich.«

»Na, besonders witzig scheinst du mir nicht zu sein.«

»Juna, ich versuche hier nur deinen durchaus knackigen

Hintern zu retten, also wenn du so freundlich wärst und mir dein Telefon leihen könntest …«

Ich zog die Brauen hoch. Timon flirtete? Mit Juna?

»Hey, du …« Juna brach ab. »Sag das nur nie vor Lesh. Der macht dich alle.« Sie stand auf, verschwand kurz im Flur und kam mit dem Festnetztelefon zurück.

Timon nahm es entgegen. »Sehe ich so aus, als wäre ich lebensmüde?«

»Lesh?« Ich machte eine unschuldige Miene. »Hast du da vielleicht vergessen, mir etwas zu erzählen?«

»Ich klink mich mal aus.« Timon stand auf und verließ die Küche, das Telefon am Ohr.

Aber Juna hatte noch nicht mal Luft geholt, als plötzlich der Katastrophenalarm ertönte. Das Heulen der Sirene ließ mich zusammenfahren. »Hörst du das?«

»Der Alarm!«

»Es geht los.« Meine Stimme zitterte, und die Anspannung kehrte augenblicklich in meinen Körper zurück. »Wir müssen uns beeilen! Dieser Fernsehauftritt ist unsere einzige Chance!«

Esra

»Wollt ihr einfach hier herumstehen und abwarten – oder wollt ihr kämpfen?«, rief Ilari über die Köpfe einer kleinen Gruppe hinweg, die sich um ihn scharte. »Denkt ihr etwa, euer neuer Anführer wird euch retten? Ha! Bevor ihr euch einmal umdreht, ist er verschwunden und hat euch im Stich gelassen, genau wie sein Vater!«

Das Geflüster schwoll zu einem bedrohlichen Zischen an. Einzelne Rufe wurden laut, und immer mehr Basilisken gesellten sich zu den Versammelten. Bald fanden nicht mehr alle in dem geräumigen Versorgungstunnel Platz, sodass die Gruppe flechtenartig in die Gänge hineinwuchs.

»Es reicht, Ilari!« Esras Stimme donnerte durch den Tunnel. Er hätte seine Cousins in den Kerker sperren sollen. Für immer! Dutzende erregte Augenpaare ruhten auf ihm, und das erste Mal seit dem Alphakampf spürte Esra den Druck der Verantwortung, der auf ihm lastete. Er musste diese Leute beschützen, er war verantwortlich für ihr Wohlergehen.

»Ich verstehe eure Sorgen«, sagte er, »und ich werde nicht zulassen, dass euren Frauen und Kindern etwas geschieht. Wir werden zurückschlagen, wenn die Zeit gekommen ist.«

»Und wann soll das sein?«, rief Arik. »Wenn die Armee der Menschen in unseren Gängen herumballert?«

»Ja, Alpha! Wie willst du vorgehen?«, bestärkte ihn sein Bruder, der von der Holzkiste heruntergestiegen war und sich nun mit den Fäusten in der Hüfte vor Esra aufbaute. Aber Esra spürte keine Angst. Auch nicht, als Ilaris vier Schatten und sein Bruder ihm den Rücken stärkten. »Unser Vater hätte gewusst, was zu tun ist«, sagte Ilari.

»Dein Vater hat unsere Leute an Panazea verkauft. Er war ein Mörder.« Esras Stimme war ruhig, aber die Kraft breitete sich wie eine Druckwelle durch den Gang aus, sodass die Gruppe synchron einen Schritt zurückwich.

Ilaris Gesichtszüge verkrampften sich zu einer Grimasse. Sein Kiefer zitterte, seine Fäuste waren geballt. »Und du? Du hast den Vertrag gebrochen, weil du unbedingt diese Menschengöre flachlegen musstest. Dieser Krieg«, rief er und zeigte mit der Hand in eine unbestimmte Richtung, »dieser Krieg ist deine verdammte Schuld, und du wagst es, über meinen Vater zu richten?«

»Dieser Krieg ist unausweichlich, Ilari«, sagte Esra und wandte sich dann seinem Volk zu. »Wie viele von uns Aakash auch geopfert hätte, um die Fassade dieses Vertrags aufrechtzuerhalten, die Alchemisten hätten dennoch einen Weg gefunden, uns zu vernichten. Das war seit jeher Sillers Plan. Im Geheimen hat er Basilisken-Klone gezüchtet, die uns als Vertragspartner nicht nur überflüssig machen, sondern zu einer Gefahr werden lassen.«

Lesharo und Drako hatten sich mit einigen Vertrauten hinter Esra positioniert. Die Atmosphäre knisterte.

Plötzlich zog Ilari sein Messer und machte einen Satz in Esras Richtung. Auch Arik stürzte auf Esra zu, der sich blitzschnell verwandelte. Sein Schwanz peitschte durch die Luft und schleuderte Arik gegen die Wand. Keuchend rappelte er sich auf, während er seine Basiliskengestalt annahm. Auch Ilari hatte sich verwandelt. Aber mit Esras

Schwanzspitze an der Kehle wich er Schritt um Schritt zurück.

Mach keine Dummheiten, Ilari, drohte Esra. *Die Zeiten sind vorbei, in denen ich euch verschont habe. Ich bin bereit, dich und deine Verbündeten zu töten, um mein Volk zu schützen.*

Ilaris Gedanken standen still. Man hörte nur seinen angestrengt zischenden Atem, als Esras Schwanzspitze Millimeter um Millimeter in sein Fleisch drang. Auch Arik bewegte sich nicht mehr. Die Freunde der beiden Brüder hatten die Flucht ergriffen.

Plötzlich verwandelte sich Ilari zurück und hob die Hände. Auch Esra stand kurz darauf wieder in seiner Menschengestalt vor den Leuten. Ein Nicken in Lesharos Richtung genügte, damit er und seine Männer Ilari und Arik abführten.

»Die Eingänge zu unserer Welt sind bewacht«, wandte sich Esra an die Menge. »Späher berichten mir halbstündlich über die Lage draußen. Ihr habt die Sirenen gehört. Basel ist im Ausnahmezustand. Die Menschen werden angehalten, in ihren Häusern zu bleiben, das kann für uns nur heißen, dass es bald losgeht. Aber wir sind bereit. Alle, die nicht von mir aufgeboten worden sind, bitte ich nun, in ihre Höhlen zu gehen. Wir brauchen alle Kräfte, die wir haben, und können es uns nicht leisten, uns gegenseitig anzugreifen. Vertraut dem Schicksal, dass es euch einen würdigen Anführer für diese schwere Zeit geschickt hat.«

Kapitel 30

»Die sind interessiert«, rief Timon aus dem Flur. »Sie erwarten uns in einer Stunde im Fernsehstudio.«

»Hast du das Video schon geschickt?«

»Jep.« Timon griff sich Junas Autoschlüssel von dem Bord neben der Tür. »Ich fahre.«

Juna wollte ihn aufhalten, aber er war schon durch die Tür.

»Das ist mein Wagen!« Juna polterte hinter ihm die Treppe hinunter, während ich noch die Schuhe anzog.

»Ich hab aber keine Lust, mir wieder die Seele aus dem Leib zu kotzen. Du fährst wie eine Irre.«

»Wir waren auf der Flucht!«

Das Trampeln stoppte abrupt. »Wie auch immer: Jetzt fahre ich.«

Juna brummte verärgert, sagte aber nichts mehr. Die Holztreppe knarrte, als die zwei weitergingen, und ich beeilte mich, zu ihnen aufzuschließen.

Juna wohnte am oberen Ende der Martinsgasse, mitten in der autofreien Altstadt Großbasels. Eine unheimliche Stille lag über dem ausgestorbenen Quartier. Der Wind schob raschelnd ein zerknülltes Papier hin und her, und im Hintergrund heulten unablässig die Sirenen. Die Schatten der hohen, eng zusammenstehenden Häuser gaben uns Schutz. Wir sprachen nicht und schlichen dicht an den Hausmauern entlang. Timon spähte um die Ecke und bog in die nächste Gasse ein. Sie war breiter und die Häuser niedriger.

Am Rand des Münsterplatzes angekommen, hob Timon eine Hand, woraufhin wir abrupt stehen blieben. Nun waren es nur noch wenige Schritte bis zum Auto, aber diese Schritte mussten wir auf offenem Gelände hinter uns bringen. Ich lauschte in die Stille. Timon gab uns ein Zeichen weiterzugehen. Im gleichen Moment hörte ich ein rhythmisches Schlagen, das die Luft zerteilte. Dann sah ich den Helikopter über die Hausdächer steigen. Wie auf Kommando rannten wir los, sprangen ins Auto. Timon setzte zurück, wendete mit quietschenden Reifen, die auf den abgewetzten Steinen durchschliffen, und gab Gas. Der Mini ächzte über die unebenen Pflastersteine und schüttelte uns verärgert durch. Beim Vorbeirasen schaute ich an den zwei viereckigen Türmen des Münsters entlang hoch und blieb einen kurzen Moment an der Freske des heiligen Georg hängen, der hoch zu Ross einen Drachen besiegte. Es war wie ein Schlag in den Magen. Drachen waren der Inbegriff des Bösen, wie sollten wir die Menschen nur vom Gegenteil überzeugen?

Als ich zurückblickte, schwebte der Hubschrauber schon tief über dem Platz. Ein Typ mit Megafon lehnte sich aus dem Rumpf der schwarzen Wespe und forderte uns auf, unverzüglich anzuhalten. Das Verlassen der Häuser sei streng verboten, und wenn wir ihrer Aufforderung nicht nachkämen, seien sie gezwungen, das Feuer auf uns zu eröffnen.

»Halt an!«, sagte Juna streng.

»Nie im Leben!«

»Bitte, Timon. Die schießen sonst auf uns«, beharrte sie.

»Wenn wir jetzt anhalten, stecken sie uns ins Gefängnis.«

»Besser, als tot zu sein.«

Wir hatten schon den Eingang zur Rittergasse passiert, die uns vom Platz wegführte, als die Diskussion von einer Sturmgewehrsalve durchschnitten wurde, die mindestens einen unserer Reifen traf. Timon verlor die Kontrolle über den Mini, der über den Gehsteig schlingerte, den Baum vor dem Kreuzgang des Münsters streifte, um dann in die Mauer zu krachen. Ich hielt mich, so gut es ging, am Griff über der Tür fest, aber der Aufprall war heftig. Timon stöhnte und rieb sich die Stirn, während Juna sich zu mir umdrehte. »Alles klar bei dir?«

»Ja, geht.«

»Timon?« Ich tippte ihm auf die Schulter.

»Nicht so schlimm.« Er drückte den Handballen gegen die Stirn.

»Das blutet aber ziemlich heftig.« Juna drehte Timons Kopf am Kinn zu sich. Eine Platzwunde über der linken Braue spuckte Blut über die gesamte Gesichtshälfte. Er wischte sich mit dem Ärmel über die Wange. Plötzlich wurden alle Türen aufgerissen. Schwarz gekleidete Männer zerrten uns aus dem Wagen. Einer der Typen hatte eine komische Brille auf. Zielsicher schnappte er sich Juna und stieß sie einen Meter von uns weg. Vermutlich eine Art Infrarotbrille, die ihre Kaltblüternatur offenbarte. Er hob das Gewehr. Zielte.

Ohne zu überlegen, riss ich mich los und rannte in die Schusslinie, genau in dem Moment, als er abdrückte. Ein brennender Schmerz fuhr durch meine Schulter. Der Schuss dröhnte in meinen Ohren, dann pfiff es nur noch. Die Szenerie vor meinen Augen wurde dunkel, und ich spürte, wie ich fiel. Neben dem Pfeifen und Rauschen vernahm ich dumpfe Rufe. Von der Sonne aufgeheizte Pflastersteine brannten auf meiner Wange. Ich wollte mich aufrappeln, aber der Schmerz in der Schulter drückte mich zurück auf den Boden. Weit entfernt knallte es. Jemand schrie irgendetwas. Ich versuchte, die Augen zu öffnen und schielte hoch. Aber es blieb dunkel.

Krallen fassten mich vorsichtig um den Rumpf und hoben mich hoch in die Luft. Jetzt begriff ich: Juna hatte sich verwandelt und schützend über mich gebeugt. Keine Sekunde später flog ich an Fenstern vorbei, in denen Menschen mit Handykameras auf mich zielten.

Die kühle Zugluft tat gut, aber der Schmerz kroch langsam meinen Arm hinunter und machte ihn ganz kribbelig und taub. Auf der anderen Seite schlich er den Hals hoch und versteifte meinen Nacken und den ganzen Rücken. Alles brannte und pochte. Mir wurde schwindelig, und ich musste die Augen schließen. Mein Kopf war schwer und dumpf. Der in Wellen anschwellende Schmerz machte mich wahnsinnig. Ich wollte davor fliehen. Aufwachen, wenn es nicht mehr so verdammt wehtat.

Kurze Zeit später verriet mir mein Magen, dass wir an Höhe verloren. Ich zwang mich, die Augen zu öffnen. Juna setzte mich vor Sinas Haus ab und verwandelte sich zurück.

»Schnell, Süße. Wir dürfen nicht lange hierbleiben.

Ich hol mir nur was zum Anziehen und verbinde deine Wunde.«

Ich nickte. Meine Kehle war ausgetrocknet. Der Schmerz lähmte mich. Juna hantierte an der Tür herum, bis sie aufging. Das Geräusch, das sie dabei machte, hallte von allen Seiten der Häuserwände wider. Erst jetzt realisierte ich, wie leer und grabesstill die Stadt war.

»Komm.« Juna half mir auf die Beine und stützte mich. Im Haus machte sie kein Licht, huschte die Treppe hoch und verschwand in meinem Zimmer, während ich an dem Geländer entlang auf die unterste Stufe glitt.

Juna fegte durchs ganze Haus. Ich hörte, wie sie in Sinas Badezimmer im Medikamentenschrank wühlte. Pillendosen fielen scheppernd in das Waschbecken, Tablettenschachteln wurden aufgerissen, und schließlich erschien sie mit Verbandszeug und Schmerzmitteln. Sie begann, mein Oberteil aufzuschneiden und zog es mir vorsichtig vom Leib. Ich hielt einen Moment die Luft an, weil es so wehtat. »Wie schlimm ist es?«, presste ich hervor.

»Ein glatter Durchschuss. Die Eintrittswunde vorne ist nicht so dramatisch. Am Rücken ist es übler, aber wir bekommen dich schon wieder hin«, sagte sie und begann, mich einzuwickeln. Danach half sie mir in ein frisches Hemd.

»Was ist mit Timon?«

»Durch die ganze Aufregung, die wir veranstaltet haben, konnte er entkommen. Drako hat ihn aufgegriffen«, flüsterte sie und tippte sich an den Kopf. »Das ist das Schöne an der Gedankenkommunikation. Sie funktioniert auf weite Strecken und durch Mauern und Felsen hindurch.«

»Oh, gu…« Meine Erleichterung erstickte sofort, als ein metallisches Klicken uns beide zusammenfahren ließ.

Wie gebannt starrten wir zum Eingang. Dumpfe Schritte erklangen auf den Pflastersteinen vor der Tür. Hektisches Flüstern.

Alles in mir krampfte sich zusammen.

Juna packte meinen Arm. Wir schlichen in die Küche, keinen Moment zu früh, denn im selben Augenblick hörte ich die Diele im ersten Stock knarren. Dr. Sillers Leute waren schon im Haus! Juna übergab mir ihre Klamotten und stieg aus dem Küchenfenster in den total verwilderten Garten. Sie verwandelte sich, während ich mich abmühte, ihr nachzusteigen. Meinen linken Arm konnte ich so gut wie nicht bewegen vor Schmerzen.

Und plötzlich war die Stille erfüllt mit bellenden Befehlen, zerberstendem Geschirr und fallenden Möbeln. Juna packte mich und stieß in den Himmel. Dr. Sillers Soldaten richteten ihre Waffen auf uns, aber wir waren schon unerreichbar.

Kapitel 31

»Wo geht es hier zu den Studios?«, fragte Juna die junge Frau hinter der Empfangstheke. Meiner Freundin war die Anstrengung des Fluges nicht anzumerken. Ich hingegen spürte meine Kräfte schwinden. Die Schulter brannte wie Feuer.

Ohne den Blick von ihrem Smartphone abzuwenden, nickte die Empfangsdame mit dem Kopf über ihre Schulter. »Dahinten«, murmelte sie.

Juna hielt meine Hand fest in ihrer und ging forsch auf die Flügeltür zu. Als sie dagegendrückte, wäre ich beinahe in sie hineingestolpert, denn die Tür bewegte sich keinen Millimeter.

»Können Sie uns bitte aufmachen?«

»Haben Sie eine Verabredung?« Jetzt endlich schaute sie uns an.

»Nicht direkt«, sagte Juna und schleppte mich zurück zur Theke. »Timon Leva hat uns angekündigt.«

Die junge Frau schob ihre modische Brille mit dem schwarzen Rand hoch bis zur Nasenwurzel. »Und wer soll das sein?«

»Er ist ein Freund von uns. Er hat brisante Neuigkeiten bezüglich Panazea, vermutlich ist er schon hier. Könnten Sie vielleicht mal nachsehen und denen Bescheid sagen?«

Der gelangweilte Blick der Tussi streifte mich. Mit der Zunge schob sie ihren Kaugummi von einer Seite auf die andere.

»Bitte«, fügte ich hinzu. »Es ist wirklich wichtig.«

»Wissen Sie, die Leute wollen ins Fernsehen, *no matter what*. Wenn ich wegen jedem, der hier mit irgendeiner Story ankommt, das ganze Studio aufscheuchen würde, könnten wir keine Sendung mehr machen.«

Am liebsten hätte ich sie gepackt und geschüttelt, aber ich brauchte meine verbleibenden Kräfte noch, und wenn wir hinausgeschmissen wurden, hätten wir unsere einzige Chance, an die Öffentlichkeit zu gelangen, vertan.

Plötzlich sah ich aus dem Augenwinkel eine Bewegung. Der Durchgang zu den Studios wurde aufgestoßen, und jemand trat hinaus. Ich hechtete zur Tür, was ich sogleich bereute, aber ich schaffte es, den Fuß dazwischenzubekommen. Mir wurde schwindelig. Der Schmerz trieb mir Tränen in die Augen. Juna stützte mich, und wir schlüpften zusammen durch den Eingang in einen dunklen Korridor. Die Lady vom Empfang hatte es nicht einmal bemerkt. Die war schon wieder zu sehr mit ihrem Handy beschäftigt.

Oberhalb einer der Türen brannte ein rotes Licht. Vorsichtig spähte Juna in den Raum dahinter.

Mir fiel ein Stein vom Herzen, als ich Timon erblickte, der zusammen mit einem Moderator im Scheinwerferlicht vor der Kulisse des *Extra-Studios,* wie die Sendung offenbar hieß, stand. Er hatte es also geschafft, unbeschadet hierherzukommen.

Da keiner die Kameras bediente, die Leute in kleinen Gruppen zusammenstanden und leise schwatzten, ging ich davon aus, dass sie nicht auf Sendung waren. Niemand beachtete uns, also glitten wir in den Raum, und ich schloss leise die Tür hinter uns. Darauf bedacht, im Schatten zu bleiben, arbeiteten wir uns einige Schritte an der mit schwarzen Tüchern verhangenen Wand entlang vor in Richtung Aufnahmefeld.

Auf einem Monitor lief Timons Video vom Klonlabor. Ich hörte, wie Juna neben mir die Nase hochzog, und als ich zu ihr hinübersah, rollten Tränen über ihre Wangen. Ich griff nach ihrer Hand und drückte sie.

»Dr. Siller ist ein größenwahnsinniger Geisteskranker«, kommentierte Timon. Er tupfte sich mit einem Taschentuch die Platzwunde über dem Auge ab, deren Blutung noch immer nicht komplett gestillt war, und auch sein Hemd zeigte deutliche Spuren vom Unfall.

»Ich hoffe, diese Bilder werden Sie überzeugen. Wir müssen das umgehend senden und die Leute informieren.«

»Jetzt mal langsam, was hier gesendet wird, bestimmt immer noch der Aufnahmeleiter.« Der Moderator musterte Timon. »Nachdem Sie uns das Video geschickt hatten, haben wir Dr. Siller um eine Stellungnahme gebeten. Er sagte uns, dass diese Kreaturen nur aussehen wie Menschen, es aber nicht sind. Sie tarnen sich, um uns irgendwann heimtückisch zu vernichten.«

»Sehen diese Kinder für sie gefährlich aus?«, blaffte Timon den Moderator an.

»Nein, aber nur weil sie von Dr. Siller unschädlich gemacht wurden.«

Timon ballte seine Faust. Ich sah, wie sich alles in ihm

anspannte. »Hören Sie doch auf, so einen Scheiß zu erzählen. Der Typ ist total irre!«

»Nun, Herr Leva, Dr. Siller sagte das Gleiche über Sie. Aber dass Sie gerade mit solch kompromittierendem gefälschtem Material hier aufkreuzen, hat ihn sichtlich schockiert.« Der Moderator schüttelte den Kopf. »Sie können froh sein, wenn er Sie nicht verklagt.«

»Gefälscht? Ich habe nichts gefälscht!« Timons Faust donnerte auf den Tresen. »Wann hätte ich das denn tun sollen? Auf der Flucht?«

»Wie auch immer«, der Moderator gab jemandem ein Handzeichen. »Bevor Sie sich lächerlich machen, sage ich Ihnen ganz offen, dass wir hier keine Story haben. Sie sind gekränkt, weil Dr. Siller Sie nicht befördert hat, Ihre Stadt wird von Monstern angegriffen, und Sie mussten fliehen. Da gehen schon mal die Nerven mit einem durch.«

Die Studiotür ging auf. Ein Mann von der Security kam geradewegs auf Timon zu und bat ihn bestimmt, mit ihm zu kommen. Timon würdigte ihn keines Blickes und trat einen Schritt näher zum Moderator. »Ich musste nicht vor den Basilisken fliehen, sondern vor Sillers Armee!«

Der Wachmann legte Timon eine Hand auf die Schulter, aber der wand sich unwirsch darunter weg und packte den Moderator mit beiden Händen am Hemdkragen. »Sind Sie tatsächlich so blöd, wie Sie sich anstellen, oder verarschen Sie mich?«, zischte er.

Im selben Augenblick schnappte der Wachmann Timons Handgelenk, riss ihm blitzschnell den Arm auf den Rücken und verdrehte ihn nach oben. Ich sog scharf die Luft ein, als ich Timons schmerzverzerrtes Gesicht sah, der sich unter dem Griff vornüberbeugte.

Der Moderator stolperte rückwärts. »Sind Sie vollkommen durchgedreht? Egal was Sie erlebt haben, das geht zu weit.«

»Hören Sie doch«, presste Timon zwischen zusammengebissenen Zähnen hervor und versuchte vergeblich, sich zu befreien. »Sie machen einen Fehler!«, rief er, als er vom Wachmann in Richtung Tür gestoßen wurde.

Timon war noch nicht mal aus dem Studio, als die Visagistin schon das Gesicht des Moderators nachpuderte und der Rest der Crew wie auf Kommando auf ihre Plätze huschte.

Mist!

Mein Herz begann zu rasen. Die Wunde pochte wie verrückt, und mein gesamter Rücken fühlte sich feucht an. Ich wagte nicht, danach zu tasten, aus Angst meine Hand könnte in blutdurchtränkten Stoff greifen. Warum glaubten die Timon nicht? Ich war so überzeugt davon gewesen, dass die Bilder die Menschen umstimmen würden. Und nun das! Ich hatte keinen Plan B, und ich kam auch nicht dazu, darüber nachzudenken, denn plötzlich umklammerte Junas Hand meinen Unterarm. Sie schnappte nach Luft. Abrupt drehte ich den Kopf zu ihr. Mit zittrigem Finger wies sie auf den großen Monitor hinter dem Moderator. *Oh nein!*, schoss es mir durch den Kopf. *Nicht auch noch das.* Aus der Vogelperspektive sah man Junas Mini, dessen Türen aufgerissen wurden.

»Das sind wir«, stammelte sie kaum hörbar.

Die schwarz gekleideten maskierten Soldaten der AdIK separierten Juna von mir und Timon und zielten auf sie. Dann warf sich mein Film-Ich in die Schusslinie, und schon sah man Juna in voller Basiliskengestalt, wie sie sich schützend über mich beugte, mich hochhob und davonflog.

Ich hatte keine Luft zum Sprechen. Auf dem Bildschirm wurde mein Gesicht herangezoomt, bis ich in Großaufnahme darauf zu sehen war.

»Liebe Zuschauerinnen, liebe Zuschauer«, ertönte die Stimme des Moderators. »In diesen schweren Stunden sind unsere Gedanken in Basel und ganz besonders bei der Familie des verschleppten und getöteten Mädchens, das zu einem traurigen Symbol für diesen ungleichen Krieg geworden ist. Ein Symbol für die Grausamkeit, mit der diese Monster gegen uns Menschen vorgehen.«

Ohne einen weiteren Gedanken an die Folgen zu verschwenden, stürzte ich mich vor die Kamera. Der Schmerz wurde vom Adrenalin betäubt, das durch meine Adern schoss.

»Ich wurde von den Basilisken nicht getötet, sondern gerettet!«, sagte ich, so laut ich konnte. »Dr. Sillers Armee hat uns angegriffen.« Ich deutete auf meine Schulter. »Die haben auf mich geschossen, weil ich auf der Seite der Basilisken stehe. Und ich versichere Ihnen, alles was diese Geschöpfe wollen, ist in Frieden mit uns Menschen zusammenzuleben. Mein Freund ist ein Basilisk. Und kein Mensch ist mir jemals mit so viel Respekt und Feingefühl begegnet wie er. Basilisken sind keine Monster! Aber sie wurden Opfer eines Monsters, und dieses Monster heißt Dr. Siller.«

Der Moderator starrte mich mit weit aufgerissenen Augen an, als mich jemand grob im Genick und am Arm packte und wegzerrte. Krampfhaft versuchte ich, mich an der Theke festzuhalten. »Bitte! Hören Sie mir zu!«, krächzte ich. Meine Schulter schien zu zerreißen, dann glitt meine Hand ab. »Bitte …«

Esra

Die schmale in Stein gehauene Wendeltreppe führte Esra und seine Männer immer tiefer in den Untergrund. Die Luft wurde wärmer und feuchter. Über ihnen verstummte das dumpfe Dröhnen der Granatenexplosionen allmählich, die seit heute früh die Unterwelt erschütterten. Das Ziel der Basilisken war einer der Hauptarme des Grundwasserstroms, der sie, versteckt von der Außenwelt, in nordöstlicher Richtung zum Rhein trug. Einer nach dem anderen nahmen sie ihre Basiliskengestalt an und glitten geräuschlos ins Wasser.

Als die Armee, auf der Suche nach den geheimen Eingängen zur Basiliskenwelt, begonnen hatte, systematisch die Abwasserschächte und Notversorgungstunnels der Stadt zu durchkämmen und zu zerstören, konnte Esra nicht länger warten und gab den Befehl zum Gegenangriff.

Esras Truppe war eine von zehn Gruppen, die nun ausschwärmten, um den Soldaten einen Hinterhalt zu stellen. Während ihre Gegner ihr ganzes Augenmerk darauf richteten, tiefer in den Untergrund zu gelangen, würden die Basilisken sie von außen umstellen und so ihre eigene Falle zuschnappen lassen.

Das kühle Wasser streichelte Esras Federn und umspülte seine Nüstern, aber er erlaubte sich nicht, das Gefühl zu genießen. Er musste fokussiert bleiben. Zu wichtig war es, dass sie erfolgreich waren. Nur wenn sie es schafften, die Angreifer zu umstellen, waren sie in der Position zu verhandeln. Und nur dann konnten sie diesen sinnlosen Krieg ohne Blutvergießen beenden.

Tageslicht brach sich in den leisen Wellen der Strömung, als sie der Grundwasserstrom in den Rhein trug. Auch die anderen Gruppen hatten ihre Posten erreicht. Leise erklommen die Basilisken das Ufer. Hier unten an der Schifflände war die Stadt wie leer gefegt. Eine gespenstische Stille lag über den Straßen. Im Schatten der Häuser arbeiteten sie sich zur Stadtmitte vor. Esra spürte jeden einzelnen seiner Männer. Wie ein unsichtbares Netz verbanden sich ihre Gedanken miteinander. Sie funktionierten wie ein Schwarm.

Je näher sie dem Stadtzentrum kamen, desto deutlicher wurden die Geräusche des Aufstandes. Aus den Gullis stiegen Staubwolken auf, die nebelartig durch die Gassen zogen.

Esra roch sie, bevor er sie sah.

Wachposten!

Sein Herzschlag beschleunigte für den Bruchteil einer Sekunde. Die Soldaten patrouillierten keine zwei Meter von ihnen entfernt durch die Steinenvorstadt. Lautlos stoppte der Schwarm. Das Nervengift, das die hundert Basilisken langsam aus ihren Nasen strömen ließen, vermischte sich mit dem Rauch und Staub der Zerstörung. Sanft glitten die Soldaten in den Schlaf. Esra ließ einige seiner Männer zurück, um sie zu fesseln und zu bewachen.

Als der Rest des Hinterhaltkommandos vor den eigenen Toren stand, verwandelte sich Esra zurück in seine Menschengestalt. Wie eine undurchdringbare Mauer kesselten seine Männer die Soldaten in den Abwasserschächten ein.

»Hier spricht der Anführer der Basilisken!« Esras dunkle Stimme schien durch alle Ritzen in den Untergrund zu dringen. »Wir kommen in friedlicher Absicht. Bitte legt eure Waffen nieder und kommt raus, bevor Unschuldige zu Schaden kommen.«

Die Explosionen verstummten. Der zitternde Boden kam zur Ruhe.

Ein leises Klicken, Metall auf Metall. Dann noch eines – wie ein Lauffeuer zog sich das Geräusch durch alle Gänge und Gassen. Und plötzlich regnete es Gewehrkugeln. Sie kamen von überall. Aus den Schächten und Gassen, vom nahe gelegenen Parkdeck und von den Dächern der umstehenden Häuser. Wie ein Hagelsturm peitschten die Kugeln um Esra herum in den Asphalt. Gesteinssplitter flogen durch die Luft und zerschnitten sein Gesicht. Blitzschnell verwandelte er sich. Sein Rückenpanzer würde ihn zumindest für eine gewisse Zeit vor den Einschlägen der Kugeln schützen. Aber er spürte bereits, wie die Kraft seiner Männer schwand, die ihm beistanden.

Die Basilisken stießen ihr Nervengift aus, aber die Soldaten hatten Gasmasken, und ihre Spezialbrillen schützten sie vor dem tödlichen Blick. Also blieb ihnen nur ihre physische Kraft.

Rückzug!, befahl Esra. Außer vielen Opfern auf beiden Seiten würde das nichts bringen. Sie mussten sich versammeln und einen Plan B besprechen. Seine Männer erhoben sich wie Pfeile in die Luft. Höher und immer höher.

Als Esra ihnen folgen wollte, sah er aus dem Augenwinkel, wie sich ein kleiner Menschenjunge aus einem der Hauseingänge löste und mitten ins Feuer lief. Schützend breitete er seine Flügel aus, ging auf den Jungen zu und überdeckte ihn mit seinen Schwingen. Die Mutter des Jungen stürzte auf Esra zu, und endlich verstummten die Maschinengewehre.

»Lass meinen Jungen frei, du Biest!«, schrie sie. Ihre Stimme überschlug sich beinahe.

Esra öffnete seine Flügel. Der Junge kicherte und brabbelte, als er seine Mutter sah, die ihn sofort in ihre Arme zog und davonrannte. Auf halbem Weg blieb sie stehen, als ob sie erst jetzt bemerkt hätte, dass es totenstill geworden war.

»Wir wollen keinen Krieg«, begann Esra, der sich nun wieder in Menschengestalt zeigte, seine zerrissene Hose um die Hüften gebunden. »Alles, was wir wollen, ist, in Frieden mit euch zu leben.«

»Ach ja?« Der Armeechef trat hinter seinen Soldaten hervor. »Und warum entführt ihr unsere Mädchen und greift unsere Leute an?«

»Wir haben niemanden entführt und schon gar nicht angegriffen. Siller, euer Oberbefehlshaber, ist ein Lügner.«

»Er hat recht«, rief ein Zivilist aus einem der Fenster. »Die zeigen das gerade im Fernsehen.«

»Was zeigen die im Fernsehen?«

»Na, das Mädchen von dem Video, das von dem Basilisken verschleppt wurde!«

Kapitel 32

»Aus. Aus!«, rief eine Stimme. »Verdammt! Was ist da eigentlich los? Wir sind auf Sendung!«

Meine Knie sackten unter mir weg, aber der Typ, der mich gepackt hatte, zog mich unbeirrt weiter.

»Lassen Sie sie los!« Juna trat dem Typen entgegen.

»Und wer zur Hölle sind Sie?«

»Das Mädchen ist verletzt. Sehen Sie das nicht? Lassen Sie sie los!«

Als er den Griff lockerte, um mich anzuschauen, glitt ich auf den Boden. Vor meinen Augen tanzten leuchtende Punkte. Mir war speiübel, und mein Sichtfeld verdunkelte sich von außen her. Ich kämpfte gegen die Schwärze an. Auf keinen Fall durfte ich jetzt wegtreten. Am Ende würde ich in einem Krankenhaus erwachen, und all meine Freunde wären tot!

Junas Arm legte sich um meine Taille. Vorsichtig hob sie mich hoch.

»Ich rufe einen Krankenwagen«, murmelte der Typ, der mich fortgezerrt hatte.

»Nein«, würgte ich hervor. »Meine Freundin ist Ärztin. Ich brauche keine Hilfe, nur eine Chance zu sprechen.«

Endlich erschien das Gesicht des Moderators in meinem begrenzten Blickfeld. »Du liebe Güte!«, platzte er heraus. Dann wanderte sein Blick zum Monitor hinter uns und wieder zu mir zurück. »Sie sind nicht tot!«

Ich schüttelte den Kopf. »Bitte«, sagte ich und legte ihm meine Hand auf den Arm. »Lassen Sie mich vor die Kamera. Die Leute müssen die Wahrheit erfahren. Über Panazea und die Labore und die Basilisken.«

Schon diese wenigen Worte kosteten mich eine enorme Anstrengung. Ich hatte das Gefühl, von innen heraus zu verbrennen, und meine Zunge fühlte sich in dem trockenen Mund an wie ein Fremdkörper. »Kann ich vielleicht etwas zu trinken haben?«, flüsterte ich.

»Ja … natürlich … ähm …« Der Moderator drehte sich einmal um die eigene Achse und hob die Hand, woraufhin einer der Kabelträger durch die Tür verschwand. Keine Minute später wurde mir ein Glas gereicht, und ich trank in hastigen Schlucken. Das Wasser gab mir neue Kraft. Vielleicht war es auch nur die Aufregung, aber ich fühlte mich besser.

Ich bedeutete Juna, mich zur Theke zu begleiten. »Spielen Sie das Video von den Laboren ein, das Timon Leva Ihnen gezeigt hat. Das ist alles wahr. Ich habe es mit eigenen Augen gesehen, und ich werde es Ihnen erklären.«

»Ähm, ja, dann …« Der Moderator schaute sich Hilfe suchend um. Der Regisseur zuckte mit den Schultern und wies dann mit der Hand zum Aufnahmefeld. Also stellte er sich neben mich, während die Maskenbildnerin über mein

Gesicht puderte. Juna blieb bei mir, und ich war froh, sie in meiner Nähe zu wissen.

Mein Arm war mittlerweile taub, meine Finger eiskalt. Aber das musste ich ignorieren, denn schon hörte ich den Countdown.

»Liebe Zuschauer«, räusperte sich der Moderator. »Ich entschuldige mich für die Unterbrechung, aber wir haben hochbrisantes Material über Panazea erhalten, das wir Ihnen nicht vorenthalten wollen.«

Dann endlich lief das Video über den Schirm. Live!

»Unter dem Firmengelände von Panazea beginnt die Hölle«, kommentierte ich den Einspieler. »Was Sie hier sehen, ist Dr. Sillers Blutbank, die er für sein neues Krebsmedikament braucht. Er ist das Monster, nicht die Basilisken!«

Der Schmerz fegte in Wellen durch meinen Oberkörper und ließ mich jedes Mal erzittern. Ich versuchte es zu unterdrücken, indem ich mich noch fester an der Theke festhielt.

»Dr. Siller argumentiert, dass die Basilisken niedere Kreaturen sind«, setzte der Moderator an, nachdem das Video geendet hatte. »Würmer, die in feuchten Grotten hausen. Und Tierexperimente«, sagte er an mich gewandt und zeichnete Anführungsstriche in die Luft, »sind nun mal erlaubt.«

»Die Basilisken sind keine Würmer«, sagte ich und atmete langsam durch den Mund ein und wieder aus, bevor ich weitersprach. »Sie sind hochentwickelte, denkende, fühlende Wesen wie wir. Und sie leben seit Jahrhunderten unter uns. Sie haben die Bilder gesehen. Wirkten diese Geschöpfe auf Sie wie niedere Kreaturen? Oder vielleicht doch eher wie Menschen?«

»Na ja, sie sehen aus wie Menschen, aber Dr. Siller …«

»Und was die sogenannten Experimente angeht«, unterbrach ich ihn und benetzte meine rauen Lippen, »es geht hier nicht um Experimente. Dr. Siller hat diese Kinder nur aus einem einzigen Grund herangezüchtet: um sie wieder zu töten. Das Krebsmedikament, das Panazea angekündigt hat, ist nämlich nichts anderes als das Blut von Basilisken. Leider entwickelt sich die heilende Wirkung aber nur, wenn der Basilisk für die Spende gestorben ist.« Ich senkte den Blick. »Mein Bruder hat Krebs. Und wissen Sie, was er zu mir gesagt hat?« Nun schaute ich dem Moderator direkt in die Augen. »Er hat gesagt, dass er so ein Medikament niemals nehmen würde. Das wäre, als würde man jemanden umbringen, nur weil man sein Herz braucht. Er war es, der mich auf die Idee eines Blutspendepasses für Basilisken gebracht hat, die im Fall ihres Todes ihr Blut zur Verfügung stellen wollen. Aber Panazea wollte nichts davon wissen, sie hatten bereits ihre Klone, die sie aussaugen konnten.«

»Okay, das … das ist ja allerhand«, versuchte der Moderator, sich zu sammeln. »Wie stehen die Basilisken denn zu diesem Vorschlag?«

»Sie sind dafür absolut aufgeschlossen. Sie würden alles tun, um meinem Bruder und all den anderen krebskranken Menschen da draußen zu helfen. Der Alphabasilisk hat vor dem Vorstand von Panazea für diese Lösung gekämpft. Wie das ausgegangen ist, haben Sie ja gesehen.« Ich nahm noch einen Schluck Wasser. Die kleinste Bewegung schmerzte, und mir wurde immer kälter, trotz der brütenden Hitze der Scheinwerfer. »Die Basilisken wurden angegriffen, man hat auf sie geschossen, bis sie flüchten mussten.«

»Da steht nun Aussage gegen Aussage. Und Sie haben ja vorhin erzählt, dass Ihr Freund einer von denen ist, ein

Basilisk. Sie müssen mir doch recht geben, wenn ich sage, dass Sie nicht wirklich neutral sind, oder? Dass Panazea Basilisken klont, ist doch nur ein Grund mehr für diese Biester, die Firma und überhaupt die gesamte Bevölkerung anzugreifen.«

Ich starrte ihn an. Warum tat er das? Glaubte er mir nicht? Ich wischte die Gedanken beiseite. Das half jetzt auch nichts. Bemüht, langsam und klar zu sprechen, sagte ich: »Ja, ich bin in einen Basilisken verliebt. Das heißt aber nicht, dass ich nicht mehr klar denken kann. Im Gegenteil. Wem würden Sie wohl eher glauben, jemandem, der die Basilisken wirklich kennt, oder einem, für den sie nur Mittel zum Zweck sind, Schlachtvieh, sozusagen?«

Der Moderator nickte. »Okay. Das ist ein Argument. Dennoch, ich denke die Menschen da draußen brauchen etwas mehr als eine Behauptung.«

Meine Atmung ging flach. Ich hatte immer mehr Mühe, mich aufrecht zu halten. Es gab keine weiteren Beweise, nur mein Wort. Und wenn das die Leute nicht überzeugte, war alles umsonst gewesen. »Kein Basilisk würde jemals einem Menschen etwas tun, außer zur Selbstverteidigung«, begann ich. »Das liegt in einem uralten Vertrag verankert, an den sich die Basilisken halten. Seit sie im Jahre 1448 zum Wappenhalter unserer Stadt geworden sind, beschützen sie Basel und seine Bewohner. Jeder Basler weiß das im Grunde seines Herzens.« Ich schaute direkt in die Kamera, hinter der ich die ganze Stadt vermutete. »Bitte legt eure Waffen nieder! Dieser Krieg ist absolut sinnlos. Ihr kämpft gegen eure Freunde. Das Video, das ihr vorhin gesehen habt, zeigt es doch deutlich. Der Basilisk hat mich gerettet. Dr. Siller ist der wahre Feind! Ob Mensch oder Basilisk, wir sind doch alle Basler. Wir sollten zusammenhalten und uns nicht gegenseitig umbringen.«

»Und aus!« Der Regisseur klatschte in die Hände. Aber meine Erleichterung wurde sogleich wieder weggefegt, als die durchdringende Stimme, die ich von überallher wiedererkannt hätte, an mein Ohr drang: »Was soll der Mist! Ich habe Ihnen meine Stellungnahme zu den Bildern von den Laboren abgegeben, und Sie ignorieren das einfach? Das wird Sie teuer zu stehen kommen!«

»Dr. Siller.« Der Moderator wich zurück, als dieser auf ihn zustürmte. »Ich … also …«

Im Eingang hatten sich breitbeinig zwei Bulldoggen der AdIK postiert. Das ganze Studiopersonal war ein paar Schritte von der Tür weggewichen.

»Diese Göre …«, Dr. Siller zeigte mit dem Finger auf mich, »will meine Firma zerstören, genau wie Leva. Die … die …« Er wirbelte herum, stieß den Moderator zur Seite und stürzte sich auf den Kameramann. Er packte ihn am Kragen und schüttelte ihn. »Stellen Sie sofort dieses verdammte Ding wieder an! Ich habe der Nation etwas zu sagen.«

»Sind Sie wahnsinnig?«, rief der Kameraführer und befreite sich aus Dr. Sillers Griff.

Ungestüm wandte der sich um und kam nun auf mich zu. Sein Blick ging mir bis ins Mark. Juna postierte sich neben mir.

»Deine lieben Freunde sind umstellt. Sie werden alle abgeschlachtet. In diesem Moment«, sein dreckiges Lachen bereitete mir eine Gänsehaut.

»Nein«, sagte ich bestimmt. »Die Menschen sind nicht so dumm, wie Sie glauben. Sie können den Wahnsinn in

Ihren Augen sehen.« Meine Stimme war fest, aber in meinem Innern hatte ich das Gefühl auseinanderzubrechen.

Von draußen drangen Rufe und dumpfes Gepolter herein. War das die AdIK?

Dr. Sillers Lachen bäumte sich erneut auf. Er fühlte sich so sicher. So unbesiegbar. »Die Menschen, die du ansprichst, stehen auf meiner Gehaltsliste, Elin, vergiss das nicht.«

»Sie denken, mit Geld kann man alles kaufen. Aber da irren Sie sich. Respekt muss man sich verdienen. Die Menschen werden sich von Ihnen abwenden. Sie werden die Wahrheit erkennen.«

Die Studiotür krachte auf und stieß einen von Dr. Sillers Bulldoggen hart gegen den Kopf. Er taumelte nach vorne und wurde sogleich von zwei Männern überwältigt. Auch der andere hatte keine Chance. Wie die Ameisen quollen immer mehr Typen mit Sturmgewehren in Position in den kleinen Raum. Es handelte sich offenbar um eine Spezialeinheit. Einige drängten die Studiobesatzung zurück, der Rest zielte auf uns. Ich hielt den Atem an.

»Dr. Siller.« Einer der Männer trat hervor und legte ihm die Hand auf die Schulter. »Sie sind verhaftet. Ihre Labore wurden durchsucht.«

Geräuschvoll stieß ich die zurückgehaltene Luft aus und mit ihr meine letzte Kraft.

»Lassen Sie mich in Ruhe, Sie Trottel!«

»Sie haben das Recht zu schweigen«, überging er ihn und legte ihm Handschellen an. »Alles, was Sie sagen, kann und wird vor Gericht gegen Sie verwendet werden. Sie haben das …«

Weiter hörte ich nicht. Der Tumult um mich herum

brach wie eine Welle über mir zusammen und schien mich zu begraben.

Als ich den Tresen losließ sank ich in Junas Arme.

»Wir haben eine Liveschaltung zu Patrick«, rief eine Stimme. »Die Angriffe haben gestoppt!«

Oh bitte, lass Esra unverletzt sein!, dachte ich. Dann wurde es schwarz vor meinen Augen.

Kapitel 33

Als ich aufwachte, roch es nach Regen. Ich reckte mich. Die dunkelroten Vorhänge um das Himmelbett herum waren zugezogen.

Leises Murmeln wurde ab und zu von einem Lachen unterbrochen. Ich hob die Bettdecke an und dann mein T-Shirt. Ein Verband war um meine linke Schulter gewickelt, kreuzte sich zwischen den Brüsten, verlief um die Taille und wieder hoch um den Nacken zur Schulter. Auch der Oberarm war verbunden. Ich versuchte, die Finger zu bewegen. Das klappte. Als ich mich aufrichten wollte, ließ mich mein fürchterlicher Brummschädel gleich wieder stöhnend zurück ins Kissen sinken. Was hatte mir Juna da bloß verpasst? Hoffentlich war ihr klar, dass ich kein tonnenschwerer Basilisk war.

Der Vorhang wurde vorsichtig zur Seite geschoben. Esra tauchte neben mir auf. Eine Träne rollte aus meinem Augenwinkel. »Du lebst«, flüsterte ich und griff nach seiner Hand. »Ich hatte solche Angst um dich.«

Er setzte sich zu mir, ein Lächeln auf den Lippen, das mich bis in die Tiefe berührte. »Und ich erst.«

Mit den Fingern streichelte ich über sein Gesicht. »Du bist verletzt.«

»Ist schon fast verheilt.« Er hob meine Hand zu seinem Mund und küsste die Innenfläche. »Du hast es geschafft. Dank dir sind wir frei. Die Basilisken sind dir zu ewigem Dank verpflichtet«, flüsterte er. Dann spürte ich seine Hände um mein Gesicht und schloss die Augen. »Ich liebe dich, Elin, mehr als mein Leben, und ich würde mit dir bis ans Ende der Welt gehen.« Sein warmer Atem streifte meine Nase und mein Kinn, dann spürte ich seine kühlen Lippen auf meinen. Der Kuss fühlte sich an wie ein milder Sommerregen.

Als Esra zurückwich, betrachtete er mich einen Moment lang. Seine Hand suchte nach meiner, und er ließ seine Finger zwischen meine gleiten. »Elin«, begann er, »könntest du dir vorstellen, mit mir zusammenzuwohnen – bei uns, in meiner Welt?« Er biss sich auf die Lippen, während er mich prüfend anschaute.

Ich lächelte. »Ja – Ja! Und wie ich das kann.«

Esra lächelte und strich mir die Haare aus der Stirn. »Ich habe gehofft, dass du das sagst.«

Ich schaute in sein wunderschönes Gesicht mit den markanten Wangenknochen und diesen kunstvoll geschwungenen Augenbrauen. Seine Finger strichen an meiner Wange entlang über den Hals und den Arm hinunter. In mir schien alles zu brennen. Er massierte die Finger meines bandagierten Armes, was die Durchblutung in Gang setzte. Danach fing er wieder von vorne an. Es war einschläfernd, aber ich hatte nichts dagegen, noch etwas zu schlafen, also schloss ich die Augen und genoss die Berührung.

»Tut das sehr weh, oder darf ich dich umarmen?«

Ich schlug die Augen wieder auf. »Nico! Oh mein Gott, Nico. Du bist hier?« Ich zog ihn an mich und küsste ihn auf die Wange. Er schlang seine Arme um meinen Hals und versuchte, möglichst nicht meine Schulter zu berühren, wofür ich ihm unendlich dankbar war. »Was machst du hier?«

»Sina und ich sind hier auf Esras Hütte, seit ich vom Krankenhaus entlassen wurde.«

»Richtig«, lächelte ich. »Wie fühlst du dich?«

»Super!«

Ich strich ihm über den Kopf. Es fühlte sich irgendwie anders an. Flaumig. »Nico, du bekommst Haare!«

Er grinste mich an. »Jep.«

Ich zog ihn wieder zu mir und küsste ihn auf den Kopf. »Das glaub ich ja nicht …«

»Elin?« Er schälte sich aus der Umarmung und schaute mich an.

»Ja?«

»Lennja ist auch hier. Ich hoffe, das geht in Ordnung.«

Ich zögerte kurz. »Das ist Esras Hütte, frag ihn.«

»Hab ich schon«, grinste er und schaute zu ihm hoch.

Esra strich ihm über den Kopf und lächelte zurück.

»Eigentlich sind alle hier.«

»Wer alle?«

Nico gluckste und ging davon. »Musst halt mal aufstehen, du Faulpelz«, rief er über die Schulter.

»Ich versuch es.«

Esra atmete tief ein und aus und schaute mich mit erhobenen Brauen an. »Du solltest vielleicht noch etwas liegen bleiben.«

»Geht schon. Es tut gar nicht so sehr weh«, sagte ich und setzte mich auf. Allerdings fing die Wunde augenblicklich an zu pochen. Ich biss die Zähne zusammen, und ließ die Beine über den Bettrand gleiten. Meine steifen Bewegungen erlangten höchstens Zeitlupengeschwindigkeit. Aufrecht sitzend, musste ich erst mal wieder Luft in die Lunge pumpen. »Ich habe nur irgendwie taube Glieder. Das ist doch Junas Werk, oder?«

Esras Grinsen sagte alles. »Sie weiß einfach immer alles besser.«

Nachdem ich mich notdürftig gewaschen hatte und in frischen Klamotten steckte, ging ich, den Stimmen und dem Duft nach Gegrilltem folgend, hinaus vor die Tür. Sina, Juna, Timon, Lesharo, Drako – alle waren da. Juna kam auf mich zu und umarmte mich. »Danke, Süße. Du bist eine Heldin.«

»So ein Quatsch«, murmelte ich und musste grinsen.

Auch Sina nahm mich in den Arm. »Ich bin so stolz auf dich, Elin.«

»Ach, hört doch auf damit. Ich muss jetzt mal was essen.«

Wir lachten, und während Sina mich zu einem freien Platz begleitete, organisierte Juna mir ein Steak mit Kartoffelsalat.

Später erzählte uns Nico noch einmal ausführlich, was im Krankenhaus vorgefallen war und was es mit den vergifteten Pralinen genau auf sich hatte.

Timon pfiff leise durch die Zähne. »Lithium – Das ist Bestandteil von Medikamenten gegen manische Depression und löst in einer Überdosis Müdigkeit, Übelkeit, Erbrechen und Tremor aus. Auch die Sprache und die Koordination kann beeinträchtigt sein.«

»Was bei Nico genauso gut einen Rückfall hätte bedeuten können, den man aber erst nach intensiven Untersuchungen hat ausschließen können«, ergänzte ich nachdenklich. »Oh Mann!«, platzte ich heraus. »Die haben gehofft, dass mich dieser Schockmoment auf die richtige Spur bringt. Dr. Siller wollte mich zu seinem willenlosen Sklaven machen.«

»Das ist etwas theatralisch ausgedrückt, aber ja. Ich denke, das war der Plan.«

Lennjas Kopf lag auf Nicos Schulter. Er spielte mit ihren Haaren, und sie streichelte sein Knie.

»Es tut mir so leid«, schniefte sie.

»Du kannst doch nichts dafür.« Nicos Stimme war ganz weich.

»Doch, ich hab dich ja fast genötigt, die Pralinen zu essen. Und wer weiß, was mein Vater dir noch alles unter das Essen gemischt hat, als du bei uns warst.« Ihre Hand ballte sich zur Faust.

»Aber du bist doch selbst krank geworden davon.«

»Trotzdem.«

»Du warst auch krank, Lennja?«

Sie nickte zaghaft und linste zu mir hoch.

»Dein Vater hat in Kauf genommen, dass du krank wirst, nur um Panazea …« Ich brach ab. Das war ungeheuerlich, passte aber zu dem kalten, gefühllosen Typen, den ich bei der Ratsversammlung getroffen hatte.

»Und deine Mutter? Hat sie auch davon gewusst?«, fragte ich zögerlich.

Lennja schüttelte den Kopf. Dann wischte sie sich über die Augen. Nico beugte sich zu ihr und küsste ihre Wange.

»Als sie es erfahren hat, ist sie zusammengebrochen. Es war schrecklich.«

Ich strich ihr über den Kopf. »Es tut mir so leid.«

Eine drückende Stille breitete sich aus. Es schien alles gesagt.

»Elin?«, räusperte sich Timon und erweckte damit auch den Rest wieder aus der Starre. »Hast du einen Moment Zeit?«

»Klar«, nickte ich.

»Ich muss dir was zeigen.«

Ich folgte ihm zu seinem Wagen. Er öffnete den Kofferraum und zog mich am Handgelenk zu sich, sodass ich hineinsehen konnte. »Ich glaube, das gehört dir«, sagte er.

Ich schaute auf die sechs schwarzen Ordner und mein Buch. Mit offenem Mund stand ich da und brachte keinen Ton heraus.

»Nimm das Kuvert.«

Erst jetzt sah ich den Umschlag, der auf dem Buch lag. Ich griff danach. Das Logo der Basler Universität sprang mir entgegen. Mit zittrigen Fingern öffnete ich den Brief und beförderte eine Einschreibebestätigung hervor. »Du hast mich an der Uni eingeschrieben?«

Timon nickte. »Ich brauche deine Hilfe.« Er schaute auf die Ordner. »Wir ziehen das doch durch, oder?«

»Klar.« Ich schlang den gesunden Arm um ihn und drückte ihm einen Kuss auf die Wange. »Du bist der Beste!«

»Na, das hoffe ich doch nicht.«

Ich fuhr herum. Esra grinste mich an.

»Nach Esra«, sagte ich.

Timon lachte. »Ich bring dir die Sachen ins Büro.«

»Danke, Timon. Danke, tausend Mal. Ich weiß nicht, was ich sagen soll.«

»Nichts. Es ist alles gut, Elin. Ich mach das auch für mich.«

Am liebsten hätte ich die ganze Welt an mich gedrückt, aber für den Anfang sank ich einfach in Esras Arme. Er strich mir sanft über den Rücken. Der Kofferraumdeckel schlug zu, und Timons Schritte entfernten sich.